中國語言文字研究輯刊

二四編

許學仁 主編

第1冊

《二四編》總目

編輯部編

說文亦聲字研究

許育龍 著

花木蘭文化事業有限公司

國家圖書館出版品預行編目資料

說文亦聲字研究／許育龍 著 -- 初版 -- 新北市：花木蘭文化

事業有限公司，2023〔民 112〕

目 2+224 面；21×29.7 公分

（中國語言文字研究輯刊　二四編；第 1 冊）

ISBN 978-626-344-237-5（精裝）

1.CST：說文解字　2.CST：研究考訂

802.08　　　　　　　　　　　　　　　　　111021970

ISBN-978-626-344-237-5

9 786263 442375

中國語言文字研究輯刊

二四編　第 一 冊　　　　　　　　ISBN：978-626-344-237-5

說文亦聲字研究

作　　　者　許育龍

主　　　編　許學仁

總 編 輯　杜潔祥

副總編輯　楊嘉樂

編輯主任　許郁翎

編　　　輯　張雅淋、潘玟靜　美術編輯　陳逸婷

出　　　版　花木蘭文化事業有限公司

發 行 人　高小娟

聯絡地址　235 新北市中和區中安街七二號十三樓

　　　　　　電話：02-2923-1455／傳真：02-2923-1452

網　　　址　http://www.huamulan.tw 信箱 service@huamulans.com

印　　　刷　普羅文化出版廣告事業

初　　　版　2023 年 3 月

定　　　價　二四編 9 冊（精裝）新台幣 30,000 元　　　　版權所有·請勿翻印

《二四編》總目

編輯部編

《中國語言文字研究輯刊》
二四編　書目

說文研究專輯

　　第 一 冊　許育龍　說文亦聲字研究

古文字研究專輯

　　第 二 冊　陳夢兮　戰國楚簡「同用」現象研究

　　第 三 冊　李亦鵬　清華簡〈治政之道〉疑難字詞考釋

古代詞語研究專輯

　　第 四 冊　魏啟君、王闰吉　近代漢語詞語新探

　　第 五 冊　金　瑞　《漢語大字典》水部字研究（上）

　　第 六 冊　金　瑞　《漢語大字典》水部字研究（下）

　　第 七 冊　李秋霞　音韻學辭典編撰研究

名家論文集

　　第 八 冊　季旭昇編　孔壁遺文二集（上）

　　第 九 冊　季旭昇編　孔壁遺文二集（下）

《中國語言文字研究輯刊》二四編
各書作者簡介‧提要‧目次

第一冊　說文亦聲字研究

作者簡介

許育龍，輔仁大學文學士，淡江大學文學碩士，台灣大學文學博士，中研院文哲所博士後，福建師範大學經學研究所博士後。碩士期間受業於陳廖安先生，博士期間受業於蔣秋華、何澤恆先生，研究方向為《說文》、《尚書》。

提　要

在許慎《說文》的文字釋例當中，一般多認為以「從某從某」、「從某某」說明的是會意字；以「從某某聲」說明的則是形聲字。然而，在《說文》當中卻另有一類用「從某某，某亦聲」、「從某從某，某亦聲」這樣術語說明的文字存在，這類文字，學者將之稱為「亦聲字」。對於這些亦聲字，歷來學者看法頗為不一，有認為應屬形聲者，也有認為應歸會意者，甚至有人以為可以兼入兩類，或是兩者皆不是。

本文即是對《說文》「亦聲字」的問題，做一全面討論的工作。在論文第一章，首先整理自南唐到近代歷來亦聲說凡二十九家，希望能夠明其大要及源流；論文第二章則是對大徐、小徐、段注三本《說文》所載之從其分不從其合的二百六十七個亦聲字作版本、聲韻、形義的全面分析。

最後，再用整理分析的結果，對主張亦聲不能存在、認為亦聲字是孳乳字、從六書四體尋求歸宿，以及另外立一個自己的標準來規範亦聲字等前人對於四大類意見提出一些討論。

目 次

凡 例

緒 論 ··· 1

第一章 諸家亦聲說述評 ··· 5

　一、南唐·徐鍇 ··· 5

　二、宋·鄭樵 ··· 6

　三、清·張度 ··· 7

　四、清·段玉裁 ··· 8

　五、清·桂馥 ··· 10

　六、清·嚴章福 ··· 11

　七、清·王筠 ··· 11

　八、清·朱駿聲 ··· 13

　九、清·徐灝 ··· 13

　十、廖平 ··· 14

　十一、章炳麟 ··· 15

　十二、朱宗萊 ··· 16

　十三、馬敘倫 ··· 16

　十四、蔣伯潛 ··· 17

　十五、王力 ··· 18

　十六、高明 ··· 18

　十七、弓英德 ··· 19

　十八、林尹 ··· 20

　十九、日·白川靜 ··· 21

　二十、魯實先 ··· 22

　二十一、江舉謙 ··· 22

　二十二、龍宇純 ··· 23

　二十三、李國英 ··· 24

　二十四、施人豪 ··· 25

　二十五、許錟輝 ··· 26

　二十六、蔡信發 ··· 26

　二十七、王初慶 ··· 27

　二十八、劉煜輝 ··· 28

二十九、金鐘讚 ……………………………………………………… 29

小結 ……………………………………………………………… 30

第二章　說文亦聲字試析 ……………………………………… 33

一、《說文解字》第一篇之亦聲字 ……………………………… 34

二、《說文解字》第二篇之亦聲字 ……………………………… 42

三、《說文解字》第三篇之亦聲字 ……………………………… 53

四、《說文解字》第四篇之亦聲字 ……………………………… 69

五、《說文解字》第五篇之亦聲字 ……………………………… 80

六、《說文解字》第六篇之亦聲字 ……………………………… 89

七、《說文解字》第七篇之亦聲字 ……………………………… 94

八、《說文解字》第八篇之亦聲字 ……………………………… 102

九、《說文解字》第九篇之亦聲字 ……………………………… 110

十、《說文解字》第十篇之亦聲字 ……………………………… 116

十一、《說文解字》第十一篇之亦聲字 ………………………… 130

十二、《說文解字》第十二篇之亦聲字 ………………………… 134

十三、《說文解字》第十三篇之亦聲字 ………………………… 143

十四、《說文解字》第十四篇之亦聲字 ………………………… 151

小結 …………………………………………………………… 164

第三章　《說文》亦聲字的歸類 ……………………………… 169

一、對「亦聲說不能存在」之討論 …………………………… 169

二、對以「文字孳乳現象來解釋亦聲現象」之討論 ………… 172

三、對「在六書的『四體』中尋求亦聲字歸屬」之討論 …… 175

四、對「為亦聲字提出另一套新標準者」之討論 …………… 178

五、亦聲字歸類與六書系統的關係 …………………………… 179

小結 …………………………………………………………… 187

結　論 …………………………………………………………… 189

參考書目 ………………………………………………………… 195

附錄　《說文解字》亦聲字表 ………………………………… 199

一、大徐、小徐、段注三本亦聲字對照表 …………………… 199

二、徐鉉注亦聲字表 …………………………………………… 214

三、徐鍇注亦聲字表 …………………………………………… 214

四、段玉裁注亦聲字表 ………………………………………… 215

五、徐鉉新附亦聲字表 ……………………………………………………………220

第二冊　戰國楚簡「同用」現象研究

作者簡介

陳夢兮，四川自貢人。湘潭大學文學與新聞學院講師，碩士生導師，兼任湖南省語言學會理事。博士畢業於浙江大學。主要從事古文字方向的研究。發表的學術論文有：《〈石陶文字拓片與王獻唐提拔〉補證》《談遣伯盨銘文中的「匄祈」》《古文字中的「教」和「學」》《以出土文獻重論「苛政」之「苛」》《公、台及相關字考論》《再議安大簡〈詩經〉的語氣詞「氏」》。主持湖南省社會科學成果評審委員會課題1項。

提　要

戰國楚簡文字中「同用」現象是楚簡文字意義和功能相似、語法位置相同、在楚簡中可以互換的字詞現象。本文從三個方面對此現象進行研究：異體關係、通假關係和同義關係。戰國楚簡多個字形使用時，有相互替換的情況。如果多個字形對應的是一個詞，那麼它們之間是異體的關係。如果對應的是不同的詞，讀音相關則可能是假借字與本字的關係；如果是詞義相關則可能為同義關係。本文在吸收學界已有研究成果的基礎上進行分類，從而研究楚文字構形和用字的特徵。

在研究異體關係時，按產生方式分為以下幾類：1. 增加義符；2. 增加聲符；3. 改變義符；4. 改變聲符；5. 整體改變；6. 改變偏旁位置；7. 省略偏旁；8. 增加飾符。從義符的增減和替換中，可以看出楚簡文字的義符與甲骨、金文以及後世文字的義符相比，其所標識的「總類屬性」更加抽象。楚簡文字的系統性體現在具有強大的類化功能。義符從替換活躍度看，從高往低依次是「心」「攴」「人」「糸」「艸」「竹」「辵」「又」這幾個義符，與人體或人常利用的自然物有關。聲符活躍度整體不如義符，聲符增加、替換例中，頻次較高的有「必」「兌」「今」「予」。

對「同用」現象中通假關係的研究，本文分為同諧聲偏旁的通假和非同諧聲偏旁的通假。楚簡文字中有大量同諧聲偏旁的通假字，本文把同諧聲偏旁的通假關係製成表格，易於研究其分佈；並對非同諧聲偏旁的通假關係進行個案研究。結論認為：1.「同用」現象中，通假關係多於其他類型的關係，而其中同諧聲偏旁的通假關係有壓倒性優勢。2. 在所有諧聲系列中，最為活躍

的諧聲偏旁是之、爿、青，能作為 5 個以上字的諧聲偏旁。就單字來看，通假形體最多的字依次是「莊」（7 個）、「詩」（6 個）、「務」（6 個）、「志」（5 個）、「作」（5 個）、「鄩」（5 個）、「情」（5 個）、「侮」（5 個）。除「鄩」是地名用字外，其餘都是楚簡中的常用字。

對「同用」現象中的意義關係，本文討論了戰國楚簡文字的同義換讀。楚簡中「同用」的字，如果是不同的詞，有時它們是義近或義同關係，這種情況較為常見，比如「行—道」「剛—強」「家—室」「國—方」「伐—敗」「丘—山—茅」「保—寶」「遠—失」「泉—淵」「身—躬」「喪—亡」「處—居」「是—此」「弗—不」等。以上「同用」現象除了與詞義有關，通常還與形或音有聯繫。

目　次

凡　例
第一章　緒論 ……………………………………………………………………1
　　第一節　戰國楚簡共時文字關係研究的重要性 …………………………1
　　第二節　戰國楚簡文字中的「同用」………………………………………3
　　第三節　戰國楚簡字形——音義關係研究概況 …………………………5
　　第四節　研究方法 …………………………………………………………9
第二章　「同用」中的異體關係 …………………………………………… 11
　　第一節　增加義符 ……………………………………………………… 14
　　第二節　增加聲符 ……………………………………………………… 46
　　第三節　改變義符 ……………………………………………………… 54
　　第四節　改變聲符 ………………………………………………………118
　　第五節　整體改變 ………………………………………………………141
　　第六節　改變偏旁位置 …………………………………………………151
　　第七節　省略偏旁 ………………………………………………………160
　　第八節　增加飾符 ………………………………………………………185
第三章　「同用」中的通假關係 ……………………………………………195
　　第一節　同諧聲偏旁的通假字 …………………………………………198
　　第二節　非同諧聲偏旁的通假字 ………………………………………207
第四章　「同用」中的同義換讀 ……………………………………………225
結　語 …………………………………………………………………………241
參考文獻 ………………………………………………………………………247
後　記 …………………………………………………………………………265

第三冊 清華簡〈治政之道〉疑難字詞考釋

作者簡介

作者李亦鵬，中興大學中國文學研究所碩士。著有單篇文章〈讀清華簡札記五則〉。

提 要

本文以《清華大學藏戰國竹書（玖）》中的〈治政之道〉為研究對象，主要以原考釋為討論對象考釋疑難字詞。第一章介紹本篇竹書「同篇異制」的罕見情況，並指出簡背畫痕與簡序的不一致之處。其次，簡單介紹編聯、釋字情況，並提出完整的編聯。第二章首先修正原考釋四處分段，並在李守奎的基礎上提出新的完整段旨分析。其次，提出新編釋文，並出注修正或補證原考釋 16 則，如「上下」、「逾」、「大紀」、「𡚶」、「袚」、「不道」、「開」、「憑悠」、「懲」、「怒」、「馬女」、「悤」、「絴」等，諸家無說處或句讀或釋讀出注 10 則，如、「節」、「備」、「令色」、「暴贏」、「皇示」、「不謀初過之不立」、「愈」、「勖」等，其餘諸家有可從之說處出注數十條。再次，針對 67 處疑難字詞集釋並提出己見。最後，以逐字翻譯為原則提供白話語譯，俾利學界進一步研究。

目 次

凡 例

第一章 緒 論 ………………………………………………………………… 1
第二章 疑難字詞考釋及語譯 …………………………………………………… 9
　第一節 分段說明 ……………………………………………………………… 9
　第二節 原釋文 ………………………………………………………………… 13
　第三節 新編釋文 ……………………………………………………………… 19
　第四節 疑難字詞考釋 ………………………………………………………… 29
　第五節 白話語譯 ……………………………………………………………… 163
第三章 結 論 ………………………………………………………………… 169
參考文獻 ………………………………………………………………………… 173

第四冊 近代漢語詞語新探

作者簡介

魏啟君，畢業於四川大學文學與新聞學院，文學博士，研究生導師，教授，

雲南省語委專家庫成員之一。研究方向及興趣為漢語詞彙史、語言接觸等。在學術期刊發表論文 40 餘篇，其中語言學權威期刊《中國語文》2 篇，CSSCI 核心期刊 20 餘篇，出版學術專著 3 部、參與主編《大學語文》教材 1 本。主持並結項國家語委項目 1 項，主持在研教育部人文社科基金項目 1 項，以及其他各類社科項目 5 項。參與國家社科基金項目、教育部人文社科基金項目 3 項。獲雲南省哲學社會科學優秀成果獎（著作）一等獎、（論文）二等獎各一次。

　　王閏吉，文學博士，研究生導師，教授。浙江省優秀教師暨高校優秀教師、浙江省社科聯入庫專家、浙江省語言學會理事，麗水學院學術委員會委員、優秀學術帶頭人。在學術期刊發表論文 100 多篇，其中權威期刊《中國語文》4 篇，CSSCI 核心期刊 30 餘篇，出版學術專著、主編和副主編詞典 10 多部，合作編纂《處州文獻集成》《浙江通志‧民族卷》以及浙江省十八鄉鎮民族志 300 餘冊。主持國家社科基金項目 2 項、教育部人文社科基金項目 1 項以及其他各類項目 40 餘項。兩次獲浙江省哲學社會科學優秀成果獎，10 餘次獲麗水市優秀社會科學成果獎。

提　要

　　本書是一部關於近代漢語詞語研究的專書，因觀點與前人研究多有不同，故名「新探」。內容主要是對近代一些重要文獻中的疑難詞語加以考釋，也涉及到文獻、聲訓、語源等問題的探索，涵蓋「子弟書詞語考釋」「內閣檔案詞語發微」「俗語詞考源」「俗文學詞語考辨」「疑難詞語零劄」等五個章節。本書支撐論文包括分別發表在《中國語文》《語言研究》《民族語文》《歷史檔案》《漢語史學報》《漢語史研究集刊》《語言學論叢》《辭書研究》《中國文字研究》《當代文壇》《紅樓夢學刊》《學術探索》《蒲松齡研究》《中央民族大學學報》哲學社會科學版、《雲南師範大學學報》哲學社會科學版、《西南民族大學學報》人文社科版、《賀州學院學報》《麗水學院學報》《銅仁學院學報》《現代語文》等 29 篇。算是作者近十餘年來對近代漢語詞語研究的一個小結。

目　次

序　言
第一章　子弟書詞語釋疑 ………………………………………………1
　一、子弟書「嚛」「鏝」語義考 ………………………………………1
　二、子弟書「嘎孤」語義考論 ………………………………………6
　三、子弟書《遣晴雯》「剔釭」校錄指瑕 …………………………13

四、子弟書《紅葉題詩》校錄指瑕 ……………………………… 14

五、「撇斜」語義考辨 ………………………………………………… 19

六、子弟書詞語例釋 ………………………………………………… 30

第二章　內閣檔案詞語發微 …………………………………………… 45

一、順治朝內閣大庫檔案的語料價值 …………………………… 45

二、順治朝內閣檔案詞語發微 …………………………………… 62

三、虛與實的藝術辯證法 ………………………………………… 70

第三章　俗語詞考源 …………………………………………………… 79

一、「骨冗」考源 …………………………………………………… 79

二、「連連」的語義變遷 ………………………………………… 85

三、「大鳥崖柴兩翅青」新解 …………………………………… 94

四、蒲松齡《日用俗字》注釋考辨 …………………………… 100

五、「穤秕」小考 ………………………………………………… 106

六、「斤斤計較」考 ……………………………………………… 106

七、「不知所蹤」有蹤可尋 ……………………………………… 114

八、「微言大義」解詁 …………………………………………… 117

第四章　俗文學詞語考辨 …………………………………………… 123

一、大理國寫經《護國司南抄》俗字校釋 ………………… 123

二、說「約薄」 …………………………………………………… 131

三、乾隆《麗江府志略·方言》異文考 ……………………… 134

四、《醒世姻緣傳》詞語拾零 ………………………………… 142

五、《徐霞客遊記》詞語劄記 ………………………………… 148

六、「二反」語義探源 …………………………………………… 154

第五章　疑難詞語零劄 ……………………………………………… 161

一、釋「卯」 ……………………………………………………… 161

二、「盡如人意」用變考察 …………………………………… 163

三、「春凳」考略 ………………………………………………… 168

四、「㧬」義釋疑 ………………………………………………… 172

第五、六冊　《漢語大字典》水部字研究

作者簡介

　　金瑞，女，1991 年出生。華東師範大學漢語言文字學碩士，上海師範大學

古典文獻學博士。碩士期間師從王元鹿教授,專攻少數民族文字與古文字方向,與蔣德平老師合作出版《漢字中的天文之美》。博士期間師從徐時儀教授,研習中古近代漢語詞彙學及漢語史,發表論文數篇。

提　要

　　《漢語大字典》是在現代辭書編纂理論指導下編寫出來的一部新型字典,從 1975 年計劃編寫到 1990 年八卷本全部出齊,用時 15 年。第一版出版後,從 1999 年開始正式修訂,到 2010 年第二版由四川出版集團、四川辭書出版社與湖北長江出版集團、崇文書局共同出版,又用時 10 年,卷帙浩繁,體量巨大,堪稱我國語文辭書編纂的標誌性典範,在一定程度上反映了我國辭書編纂的學術水準和文化軟實力。

　　本書以《漢語大字典》水部字為研究對象,結合前賢時彥的相關研究成果,在詞典學、文字學、訓詁學、詞彙學等相關理論的指導下首次對《大字典》水部字整部字從收字、注音、釋義、書證等方面進行全面考察。主要從兩大角度入手,一是從辭書編纂和詞典學角度入手,將《漢語大字典》和《漢語大詞典》等(必要的時候還有《辭源》《近代漢語詞典》)大型語文辭書整部字進行綜合比較,試圖較為先行地發現兩部辭書在收字釋義和書證等方面的問題並進而探討大型語文辭書編纂和修訂方面的相關問題。二是以《大字典》本身為語言文字材料,梳理了所有水部字,從詞彙學角度對其中存在的典型的語義類聚範疇進行個案描寫。本書主要由以下四部分組成:一、系統梳理了近三十年來《漢語大字典》的研究情況。二、全面比較了兩版《漢語大字典》水部字。三、全面比較了《漢語大字典》和《漢語大詞典》所收水部字。四、從詞彙學的角度對水部字進行範疇分類辨析。

目　次

上　冊

緒　論 ……………………………………………………………………………………… 1

第一章　近三十年來《漢語大字典》研究回顧 ……………………………………… 5

　第一節　關於第一版《漢語大字典》 ……………………………………………… 6

　第二節　關於第二版《漢語大字典》 ……………………………………………… 18

第二章　《漢語大字典》水部字一二版不同 ……………………………………… 25

　第一節　字頭變化 …………………………………………………………………… 26

　第二節　注音變化 …………………………………………………………………… 45

　　第三節　釋義變化 ··48

　　第四節　書證變化 ··74

第三章　《漢語大字典》與《漢語大詞典》水部字比較研究 ·············81

　　第一節　音項設置不同 ··83

　　第二節　義項設置不同 ···128

　　第三節　義項分合不同 ···157

　　第四節　同一個義項歸在不同音項下 ·····························163

　　第五節　差異巨大 ··176

下　冊

第四章　《漢語大字典》水部字代表性範疇類聚研究 ··················197

　　第一節　動詞類代表性範疇詞義比較研究 ······················198

　　第二節　名詞類代表性範疇詞義比較研究 ······················218

　　第三節　個案研究 ··231

結　語 ···281

參考文獻 ···287

附錄一　《大字典》《大詞典》方言標注不同 ·······················293

附錄二　《大字典》《大詞典》字際關係溝通不同 ···················303

附錄三　《大字典》水部字代表性詞義範疇類聚 ·····················359

第七冊　音韻學辭典編撰研究

作者簡介

　　李秋霞，女，1979 年生人。山東安丘人，青島農業大學國際教育學院副教授。主要從事漢語音韻學研究、國際中文教育研究。曾主持省部級科研項目 2 項，發表漢語音韻學論文 10 餘篇、國際中文教育論文 10 餘篇。

提　要

　　漢語音韻學研究的蓬勃發展為音韻學辭典的日臻完善奠定了堅實的基礎。音韻學辭典編撰研究對梳理漢語音韻學學科體系、普及漢語音韻學知識、賡續冷門絕學傳統文脈具有重要意義。

　　本書在綜合比較多種工具書的漢語音韻學術語體系、詞條立目、釋文內容、編撰特點等基礎上，分析辭典在構建音韻學術語框架、撰寫詞條釋文等方面的問題和特色。提出了音韻學辭典編撰應遵循的總原則、立目原則、釋文原則以

及辭典編撰規範問題，以期豐富漢語音韻學專科辭典編撰理論，為音韻學辭典編撰工作提供參考。

漢語音韻學辭典編撰的總原則：以漢語音韻學學科理論體系為依據構建音韻學術語框架，統領全部音韻學術語、理論和學說詞條。術語框架是對漢語音韻學事實和學科體系進行探索和梳理的成果。

漢語音韻學辭典的立目原則：重視音理詞目、音變詞目、理論學說類詞目；大量收錄音義著作、亡佚著作；廣泛吸收海內外學者的重要研究成果。

漢語音韻學辭典的釋文原則：有源必溯、兼收並蓄。尤其注意術語異稱的處理、術語和釋文的溯源、釋文的準確性等。

漢語音韻學辭典編撰規範：包括音韻學術語的規範和辭典內容的規範。詞目應標注漢語拼音和英語譯名；釋文應標明資料來源、參考文獻和撰寫人姓名；釋文體例要保持一致；設置豐富、科學的檢索系統。

目 次

第1章　緒　論 ……………………………………………………………………1
第2章　音韻學辭典總編撰原則研究——構建術語框架結構 ………………13
　2.1　音韻學辭典術語框架結構的含義 ……………………………………13
　2.2　現有工具書音韻學術語框架結構 ……………………………………16
　2.3　術語框架現狀及新辭典的術語框架構建原則 ……………………41
第3章　音韻學辭典立目研究 …………………………………………………45
　3.1　音韻學詞目立目概況 …………………………………………………46
　3.2　三部辭典音韻學詞目立目特點 ………………………………………48
　3.3　音韻學辭典的詞目收錄範圍 …………………………………………70
　3.4　新辭典的立目原則 ……………………………………………………80
第4章　音韻學辭典釋文研究 …………………………………………………89
　4.1　異稱的處理 ……………………………………………………………90
　4.2　釋文的溯源 ……………………………………………………………101
　4.3　釋文的準確性 …………………………………………………………110
　4.4　釋文的原則 ……………………………………………………………122
第5章　音韻學辭典編撰規範化問題研究 ……………………………………131
　5.1　音韻學術語的規範化問題 ……………………………………………131
　5.2　音韻學辭典編撰的規範化問題 ………………………………………137
結　論 ……………………………………………………………………………167

參考文獻 ……………………………………………………………169

附錄一 《音韻學辭典》著作詞目分類表 …………………………177

附錄二 「尖音」「圓音（團音）」「尖圓音（尖團音）」對照表 …………189

附錄三 「曲韻六部」「直喉」「展輔」「斂唇」「閉口」「穿鼻」「抵齶（顎）」
　　　　對照表 …………………………………………………………195

附錄四 「喻化」「齶化（顎化）」對照表 ………………………………203

附錄五 6 部辭典 32 條音韻學術語釋文對照表 ……………………207

第八、九冊　孔壁遺文二集

作者簡介

　　季旭昇，1953 年生，臺灣師範大學國文研究所博士、教授。臺灣師大退休後，轉任玄奘大學、中原大學、文化大學、聊城大學文學院特聘教授。現任鄭州大學「古文字與中華文明傳承發展工程」協同攻關創新平台、漢字文明中心講座教授。主要著作有：《季旭昇學術論文集》、《說文新證》、《詩經古義新證》、《常用漢字》、《〈上海博物館藏戰國楚竹書〉讀本》（五冊）、《〈清華大學藏戰國竹簡〉讀本》》（二冊）、《甲骨文字根研究》、《詩經吉禮研究》，及相關論文多篇。

提　要

　　本論文集共收錄十二篇學術論文，文章討論的範圍包括朝鮮古文、文獻成書年代、傳抄古文、戰國竹簡和文字、漢語構詞、《春秋左傳注》中的名物詞、正體和簡體字、異形詞、《詩經》等內容。

目　次

上　冊

季　序

兇字膡義　季旭昇 ………………………………………………………1

履屨補說　陳美蘭 ………………………………………………………11

以安徽大學「詩經簡」之〈關雎〉與傳世本做異文與用字的考察　鄭憲仁
　…………………………………………………………………………17

安大簡《詩經》字詞束釋　蘇建洲 ………………………………………33

正、簡體字局部筆畫差異溯源及傳承性之探究──以教育部常用字為範圍
　陳嘉凌 …………………………………………………………………45

《汗簡》、《古文四聲韻》所錄《華嶽碑》古文補疏　李綉玲 ……………63

因用字異體關係所形成之異形詞組研析（之三）　鄒濬智 ……………95

《詩・邶風・燕燕》以「燕」起興探源　鄭玉姍 ……………109

試論上古漢語所見以「解開」為核心義的詞族　金俊秀 ……………133

下　冊

從義素觀點論《素問》疾病之「發」　呂佩珊 ……………157

楚地喪葬禮俗「鎮墓獸」性質之檢討與探究　陳炫瑋 ……………173

清華柒《越公其事》第八章通釋　高佑仁 ……………205

據清華簡考釋戰國文字「尹」的幾種演變過程　黃澤鈞 ……………249

〈治邦之道〉譯釋（上）　金宇祥 ……………257

關於朝鮮文獻的資料庫分析方法及其實際──以朝鮮文人的「古文」與
「古篆」關係為例　申世利 ……………291

據安大簡《柏舟》辨別楚簡的「沨（泛）」與「淽（沉）」──兼談銅器《仲
𣪊父盤》的「沨（黍）」　駱珍伊 ……………313

說文亦聲字研究

許育龍 著

作者簡介

許育龍，輔仁大學文學士，淡江大學文學碩士，台灣大學文學博士，中研院文哲所博士後，福建師範大學經學研究所博士後。碩士期間受業於陳廖安先生，博士期間受業於蔣秋華、何澤恆先生，研究方向為《說文》、《尚書》。

提　要

　　在許慎《說文》的文字釋例當中，一般多認為以「從某从某」、「从某某」說明的是會意字；以「从某某聲」說明的則是形聲字。然而，在《說文》當中卻另有一類用「从某某，某亦聲」、「从某从某，某亦聲」這樣術語說明的文字存在，這類文字，學者將之稱為「亦聲字」。對於這些亦聲字，歷來學者看法頗為不一，有認為應屬形聲者，也有認為應歸會意者，甚至有人以為可以兼入兩類，或是兩者皆不是。

　　本文即是對《說文》「亦聲字」的問題，做一全面討論的工作。在論文第一章，首先整理自南唐到近代歷來亦聲說凡二十九家，希望能夠明其大要及源流；論文第二章則是對大徐、小徐、段注三本《說文》所載之從其分不從其合的二百六十七個亦聲字作版本、聲韻、形義的全面分析。

　　最後，再用整理分析的結果，對主張亦聲不能存在、認為亦聲字是孳乳字、從六書四體尋求歸宿，以及另外立一個自己的標準來規範亦聲字等前人對於四大類意見提出一些討論。

凡　例
緒　論 ……………………………………………………………………… 1
第一章　諸家亦聲說述評 ……………………………………………… 5
一、南唐·徐鍇 ……………………………………………………… 5
二、宋·鄭樵 ………………………………………………………… 6
三、清·張度 ………………………………………………………… 7
四、清·段玉裁 ……………………………………………………… 8
五、清·桂馥 ……………………………………………………… 10
六、清·嚴章福 …………………………………………………… 11
七、清·王筠 ……………………………………………………… 11
八、清·朱駿聲 …………………………………………………… 13
九、清·徐灝 ……………………………………………………… 13
十、廖平 …………………………………………………………… 14
十一、章炳麟 ……………………………………………………… 15
十二、朱宗萊 ……………………………………………………… 16
十三、馬敘倫 ……………………………………………………… 16
十四、蔣伯潛 ……………………………………………………… 17
十五、王力 ………………………………………………………… 18
十六、高明 ………………………………………………………… 18
十七、弓英德 ……………………………………………………… 19
十八、林尹 ………………………………………………………… 20
十九、日·白川靜 ………………………………………………… 21
二十、魯實先 ……………………………………………………… 22
二十一、江舉謙 …………………………………………………… 22
二十二、龍宇純 …………………………………………………… 23
二十三、李國英 …………………………………………………… 24
二十四、施人豪 …………………………………………………… 25
二十五、許錟輝 …………………………………………………… 26
二十六、蔡信發 …………………………………………………… 26
二十七、王初慶 …………………………………………………… 27
二十八、劉煜輝 …………………………………………………… 28
二十九、金鐘讚 …………………………………………………… 29
小結 ………………………………………………………………… 30
第二章　說文亦聲字試析 …………………………………………… 33
一、《說文解字》第一篇之亦聲字 ……………………………… 34

二、《說文解字》第二篇之亦聲字⋯⋯⋯⋯⋯⋯42

三、《說文解字》第三篇之亦聲字⋯⋯⋯⋯⋯⋯53

四、《說文解字》第四篇之亦聲字⋯⋯⋯⋯⋯⋯69

五、《說文解字》第五篇之亦聲字⋯⋯⋯⋯⋯⋯80

六、《說文解字》第六篇之亦聲字⋯⋯⋯⋯⋯⋯89

七、《說文解字》第七篇之亦聲字⋯⋯⋯⋯⋯⋯94

八、《說文解字》第八篇之亦聲字⋯⋯⋯⋯⋯102

九、《說文解字》第九篇之亦聲字⋯⋯⋯⋯⋯110

十、《說文解字》第十篇之亦聲字⋯⋯⋯⋯⋯116

十一、《說文解字》第十一篇之亦聲字⋯⋯⋯130

十二、《說文解字》第十二篇之亦聲字⋯⋯⋯134

十三、《說文解字》第十三篇之亦聲字⋯⋯⋯143

十四、《說文解字》第十四篇之亦聲字⋯⋯⋯151

小結⋯⋯⋯⋯⋯⋯⋯⋯⋯⋯⋯⋯⋯⋯⋯⋯⋯164

第三章 《說文》亦聲字的歸類⋯⋯⋯⋯⋯⋯169

一、對「亦聲說不能存在」之討論⋯⋯⋯⋯⋯169

二、對以「文字孳乳現象來解釋亦聲現象」之討論⋯172

三、對「在六書的『四體』中尋求亦聲字歸屬」之
　　討論⋯⋯⋯⋯⋯⋯⋯⋯⋯⋯⋯⋯⋯⋯⋯⋯175

四、對「為亦聲字提出另一套新標準者」之討論⋯178

五、亦聲字歸類與六書系統的關係⋯⋯⋯⋯⋯179

小結⋯⋯⋯⋯⋯⋯⋯⋯⋯⋯⋯⋯⋯⋯⋯⋯⋯187

結　論⋯⋯⋯⋯⋯⋯⋯⋯⋯⋯⋯⋯⋯⋯⋯⋯189

參考書目⋯⋯⋯⋯⋯⋯⋯⋯⋯⋯⋯⋯⋯⋯⋯195

附錄　《說文解字》亦聲字表⋯⋯⋯⋯⋯⋯⋯199

一、大徐、小徐、段注三本亦聲字對照表⋯⋯⋯199

二、徐鉉注亦聲字表⋯⋯⋯⋯⋯⋯⋯⋯⋯⋯⋯214

三、徐鍇注亦聲字表⋯⋯⋯⋯⋯⋯⋯⋯⋯⋯⋯214

四、段玉裁注亦聲字表⋯⋯⋯⋯⋯⋯⋯⋯⋯⋯215

五、徐鉉新附亦聲字表⋯⋯⋯⋯⋯⋯⋯⋯⋯⋯220

凡　例

◎本文所採用之版本：徐鉉校本《說文解字》以清乾隆清乾隆大興朱筠仿宋
　重雕本為底本、徐鍇《說文解字繫傳》以清道光壽陽祁雋藻影宋抄重雕本
　為底本、段玉裁《說文解字注》以經韵樓本為底本。

◎徐鉉校本《說文解字》稱「大徐本」，徐鍇《說文解字繫傳》稱「小徐本」，
　段玉裁《說文解字注》稱「段注本」。

◎文中所用之古聲紐以陳新雄先生所訂之古聲十九紐為準，採《音略證補》一
　書之說法；古韻部以陳新雄先生古韻三十二部為主，採《古音研究》之〈古
　韻三十二部諧聲表〉，聲紐韻部之關係亦從之。

◎古聲關係如下：

	喉			牙			舌				齒				唇			
正聲	影	曉	匣	見	溪	疑	端	透	定	泥	來	精	清	從	心	幫	滂	並	明
變聲			為				知	徹	澄	娘		莊	初	牀	疏	非	敷	奉	微
			羣				照	穿	神	日									
								審	禪										
									喻										
									邪										

◎古韻關係如下：

韻尾 元音	—○	—k	—ŋ	—u	—uk	—uŋ	—i	—t	—n	—p	—m
ə	ə 之	ək 職	əŋ 蒸	əu 幽	əuk 覺	əuŋ 冬	iə 微	ət 沒	ən 諄	əp 緝	əm 侵
ɐ	ɐ 支	ɐk 錫	ɐŋ 耕	ɐu 宵	ɐuk 藥	ɐuŋ ○	iɐ 脂	tɐ 質	nɐ 真	dɐ 怗	mɐ 添
a	a 魚	ak 鐸	aŋ 陽	au 侯	auk 屋	auŋ 東	ai 歌	at 月	an 元	ap 盍	am 談

◎本文所用之篆字楷體，以洪葉本《說文解字注》及中華書局大徐本《說文解字》之楷體為參照。

◎本文所用之篆字，大多以宋建華先生製作之說文段注體為主，少數為本人依本套字型自行造字。

◎本文註腳採隨頁註，且各章獨立編號。

◎本文引用之資料如出現第二次以上，在隨頁註中只注明書名及頁數，其餘如作者、出版地、出版社、出版年月則省略。

◎本文內文為求行文流暢，除受業師外，一概不加「先生」，並無不敬之意。

緒　論

　　在許慎《說文》的文字釋例當中，一般多認為以「从某从某」、「从某某」說明的是會意字；以「从某某聲」說明的則是形聲字。然而，在《說文》當中卻有一類「从某某，某亦聲」、「从某从某，某亦聲」的「亦聲字」存在。對於這些亦聲字，歷來學者看法頗為不一，有認為應屬形聲者（如弓英德、馬敘倫），也有認為應歸會意者（如段玉裁、林尹），甚至有人以為可以兼入兩類（如蔣伯潛、劉煜輝），或是兩者皆不是（如龍宇純）。

　　台灣地區對於亦聲字作一全面研究的前輩，首推弓英德，他在民國五十三年於《師大學報》發表的〈段注說文亦聲字探究〉[註1]一文中，整理大小徐及段注三個本子中的亦聲字，至今這個亦聲表尚為研究亦聲者所使用。而劉煜輝在《說文亦聲考》[註2]中，則對亦聲字之聲韻關係，作了相當仔細的辨析，並且為之考訂。金鐘讚《許慎說文會意字與形聲字歸類之原則研究》[註3]中討論亦聲的部份，主要是從《說文》本身的說解角度出發，證明亦聲字的性質及歸屬。而徐士賢的《說文亦聲字二徐異辭考》[註4]是用龍宇純的亦聲說，試

〔註1〕弓英德，〈段注說文亦聲字探究〉。收入：弓英德，《六書辨正》（台北：臺灣商務印書館，1995年，二版）。

〔註2〕劉煜輝，《說文亦聲考》，中國文化學院中國文學研究所碩士論文，民國59年。

〔註3〕金鐘讚，《許慎說文會意字與形聲字歸類之研究》，國立臺灣師範大學國文研究所博士論文，民國81年。

〔註4〕徐士賢，《說文亦聲字二徐異辭考》，國立臺灣大學中國文學研究所碩士論文，民國79年。

圖判定二徐孰優孰劣。此外像李國英的〈亦聲字綜論〉〔註5〕、蔡信發的〈段注會意形聲之商兌〉〈說文「從某某，某亦聲」之商兌〉〔註6〕、闕蓓芬的《說文段注形聲會意之辨》〔註7〕、莊舒卉的《說文解字形聲考辨》〔註8〕、劉雅芬的《說文形聲字構造理論研究》〔註9〕，以及呂慧茹的〈說文解字亦聲說之檢討〉〔註10〕、王宏傑的〈《說文》亦聲字之「會意兼聲」性質初探〉〔註11〕等，或依師說、或從理論，都希望能對這個問題，提出一個令人信服的定見。

　　個人在修讀文字學時，由於王初慶先生的細心講解，對於有多種說法的亦聲字，留下了深刻的印象。修讀訓詁學之際，李添富先生在談到文字與訓詁的關係時，也用了好些工夫來說明亦聲字，並且將之列為期中考題。因此，讓筆者對於亦聲字的說法，產生了非常大的興趣。然而當筆者循著老師上課的提示，到圖書館找尋資料，希望能夠解惑時，卻發現眾說紛紜、莫衷一是。非但不能從前人的說法中找到一個答案，反倒更加困惑。

　　此外，當筆者在觀看前輩學者的研究資料時，發現了幾個有趣的問題，第一，絕大多數學者在探討亦聲字時，大都僅據段注一本，鮮有針對大徐、小徐、段注三本作一全面且詳細的比較。弓英德雖有比較三本之異同，可惜與事實略有出入，徐士賢則由大、小徐本著手，但僅就所異之處探討，迄今仍乏將三本亦聲字之異同作一詳盡無誤之整理者。第二，前輩們在探討亦聲之時，大多重在亦聲字與全字之間的聲韻關係，如劉煜輝以黃季剛的正聲十九紐、古韻二十八部來分析「《說文》言亦聲者」一百八十七字，「不言亦聲實亦聲者」五百六十三字；王宏傑則用陳新雄的十九紐、三十二部整理三本重覆之一百三十四字，然而，就文字的構形方面，則少有人提及，更遑論將之一

〔註5〕李國英，〈亦聲字綜論〉。收入《第二屆中國文字學國際學術研討會論文集》（高雄：國立高學雄師範大學國文系，1991 年 3 月）。

〔註6〕蔡信發〈段注會意形聲之商兌〉、〈說文「從某某，某亦聲」之商兌〉，收入蔡信發，《說文商兌》（台北：萬卷樓，民國 88 年）。

〔註7〕闕蓓芬，《說文段注形聲會意之辨》，國立中央大學中文研究所碩士論文，民國 82 年。

〔註8〕莊舒卉，《說文解字形聲考辨》，國立成功大學中文研究所碩士論文，民國 89 年。

〔註9〕劉雅芬，《說文形聲字構造理論研究》，國立成功大學中國文學研究所碩士論文，民國 87 年。

〔註10〕呂慧茹，〈《說文解字》亦聲說之檢討〉，東吳中文研究集刊，6 期（民國 88 年 5 月）。

〔註11〕王宏傑，〈《說文》亦聲字之「會意兼聲」性質初探〉，輔大中研所學刊，14 期（民國 93 年 9 月）。

一分析。第三，在回顧前賢之說法時，多僅舉出幾位代表性說法，如徐士賢列「古今重要亦聲說」十家，金鐘讚述各家亦聲說時列八家，至於其他較不常被提及的說法，則往往略而不論。筆者以為，或者可以就這三個地方，再做進一步的探討，來幫助日後對亦聲字的研究。

本文第一章為〈諸家亦聲說述評〉，列出南唐以降，影響較大的說法凡二十九家，希望藉由這樣的整理，呈現前賢研究的成果。第二章〈《說文》亦聲說試析〉是文章的重心，將大徐、小徐、段注三本所列，從其分不從其合的二百六十七個亦聲字，一一作形、音、義的綜合探討，以明《說文》亦聲字之版本、聲韻及形義關係。第三章〈《說文》亦聲字的歸類〉，則是將第一章整理出的說法，配合第二章得出的結果，希望能夠替亦聲字找一個在歸類上適切的標準。最後，提出本文的結論。

自甲骨出土以來，《說文》之說法受到極大挑戰，確然，由於許慎作書之時，甲骨尚未出土，且只能運用少量的鐘鼎文字，故徵之甲骨、吉金文字，每可見《說文》釋字之誤，此不必為賢者諱。然若動輒以無法配合自己主張的理論，而更動《說文》之說解，此與玄宗改經以叶音、朱子易讀以合韵有何不同？且許慎作《說文》，並不單純只為做一本字書而已，而是為「輔弼五經」而作，故本文在說解文字上，一以許慎《說文》為主，期盼藉由這種就《說文》講《說文》的過程，探求此一出現在《說文》的特殊現象。又，本文所討論的範圍，以說文載「某亦聲」之字為主。其他若「世」字下云「从卅而曳長之。亦取其聲」，禿字下云「从儿。上象禾粟之形。取其聲」者，皆不在討論之列。

第一章　諸家亦聲說述評

　　「亦聲」字之體例，為許慎《說文》所創，自南唐徐鍇《說文繫傳》，明指部份文字之條目；宋代鄭樵〈六書略〉，詳述二萬餘數之歸屬〔註1〕，歷代治《說文》者，多有發明。今欲論《說文》亦聲字，不可不先述前輩學人研究亦聲字之心得，然先賢千載之功，豈能盡得？僅丁福保《說文解字詁林》所徵引者，即一百八十二種書〔註2〕，其餘更不可勝數。本文但以其影響較大，其書顯而易得者為主，依時間序列論述，其遺漏固夥，然或能見其沿革及大要。

一、南唐・徐鍇

　　南唐徐鍇著《說文解字繫傳》，於許慎之說解多有發揮，因此，要理解徐鍇對亦聲字的看法，必需從本書的注釋中著手。在一部「吏」字下，徐鍇說：

> 　　吏之理人心，主於一也。書曰：「克肩一心。」史者，為君之使也。
>
> 　　凡言亦聲，備言之耳。義不主於聲。會意。〔註3〕

由此字的說解可知，徐鍇以為，所謂亦聲字，其聲符僅是「備言之耳」，因此，將之歸為會意。此外，又於玉部「瑁」下注曰：「本取於上冒之。故曰亦聲。」

〔註1〕王初慶先生，〈再論《說文》說解本不及六書〉，收入《許錟輝教授七秩祝壽論文集》（台北：萬卷樓，2004年）頁295。

〔註2〕楊家駱編，《說文解字詁林正補合編》（台北：鼎文書局，民國89年，四版）頁1之65。

〔註3〕徐鍇，《說文解字繫傳》（北京：中華書局，1998年），頁1。

玉部「珥」下注曰：「瑱之狀首直，而末銳以塞耳。故曰亦聲。」艸部「春」下注曰：「春、陽也。故從日。屯、草生之難也。故云亦聲。」支部「敳」下注曰：「鼓、擊之鼓也。壴、陣樂也。故云亦聲。」丌部「迓」下注曰：「辵、行也、丌也。丌、薦而進之也。進之於上也。會意。故曰亦聲。」木部「枅」下注曰：「義取木在乎手。會意。」人部「儀」下注曰：「唯人可為法度。義者，事之宜也。故言從人義，義亦聲。」等。在這些注解當中說明，這些字之所以為亦聲字，都是因為組成字的兩個部件，皆表義的緣故。

在《繫傳》的「丄」字下的注解當中，徐鍇用了相當大的篇幅來說明自己的六書概念，在提到會意、形聲區別時，他說：

> 無形可象，故會合其意，以字言之，止戈則為武，止戈、戰兵也。
> 人言必信。故曰：「比類合義，以見指撝。」形聲者，實也。形體
> 不相遠，不可以別，故以聲配之為分異。若江河同水也，松柏同木
> 也。〔註4〕

從這裡不難看出，徐鍇認為的會意字，必須是由數個文字的意義，會合而成，得其新意，如合「止」、「戈」二字之意，方能見「武」意；合「人」、「言」二字之意，方可得「信」意。但是，形聲字不同，它是由一個類名和一個用以別異的聲符所組成，例如「江」、「河」同樣都是「水」，只是加了「工」、「可」用以分別；「松」、「柏」同樣都是「木」，只是多了「公」、「白」用以別異。所以，在這些必需合構成文字的各部件，方能見文字之全義的亦聲字，雖然帶有聲符，徐鍇還是將之歸入會意，而認為聲符是「備言之耳」。〔註5〕

不過，在徐鍇的注解當中，並不是將所有的亦聲字都畫為會意，如木部「櫑」下注：「畾者，本象其畫文。故曰畾亦聲。指事。來堆反。」將之列為指事，顯與「更」下之說解不合。

二、宋・鄭樵

鄭樵著《通志》，當中尤以二十略最為後人所重。鄭樵的六書理論，見於

〔註4〕《說文繫傳》，頁2。
〔註5〕吳憶蘭也認為：「徐鍇認為『亦聲』之表音兼表意的偏旁，在文字中主要的作用是表意，而以表音為輔，因而《說文》中凡『亦聲』者皆可歸入會意類。」見其著《徐鍇六書說研究（上）》，中國文化大學中國文學研究所博士論文，頁209。

《通志‧六書略》，在〈六書略〉中，鄭樵列了一張「六書表」，其中象形、指事、諧聲、轉注都可以有聲符，會意則是單純的無聲字，所以亦聲字不會劃分在會意一類中。而在〈六書略〉各類歸字中，「形兼聲」下有亦聲字「岸」、「斖」，「事兼聲」下有亦聲字「𣪠」，「聲兼義」下有亦聲字「遝」、「釁」、「可」、「歊」、「歔」、「吹」、「䖵」、「患」、「饍」、「黃」、「字」，在「三體諧聲」下有亦聲字「釁」〔註6〕。此外，大小徐本俱列的亦聲字（如「吏」、「禮」、「祏」、「瑁」等），在〈六書略〉當中都沒有作為亦聲來記載。從這兩個現象看來，鄭樵對於「亦聲」這個現象，並沒有做特別的處理，而是依據其他的理由，將之分別歸在象形、指事、形聲各類當中。

三、清‧張度

張度在《說文解字索隱》一書當中，於〈形聲解〉一節云：

> 形聲者，以事為名，取譬相成，江河是也。此許君擇其最純者舉之。最純之形聲，一形一聲，其誼相等，固易識也，無須為之解矣。此外，有曰亦聲者，有曰省聲者，有以雙聲疊韻為聲者……〔註7〕

又〈形聲兼意解〉一節云：

> 亦聲者，有所主又有所兼之謂也。既曰亦聲，則所主者必為意矣。省聲者，雖取他字省之以為聲，實合它字省之以補誼也。……兩者皆以意為主，即是意兼聲。〔註8〕

從以上兩段文字，可以很明顯的看出，張度雖然主張亦聲字所主者在意不在聲，但是還是將之歸於形聲當中，屬於形聲的變例之一。〔註9〕

〔註6〕此處所言之亦聲字，皆為鄭樵〈六書略〉當中自云「亦聲」者。

〔註7〕張度，《說文解字索隱》（台北：藝文印書館，民國55年），頁7。收入靈鶼閣叢書。

〔註8〕張度，《說文解字索隱》，頁8。

〔註9〕有人以為張度將亦聲歸入於會意當中，然而，若是從張度全書的架構來看，恐怕不盡然。《說文解字索隱》的所有章節依序是：〈指事解〉、〈指事兼象形解〉、〈象形兼指事解〉、〈指事兼形聲解〉、〈形聲兼指事解〉、〈指事兼會意解〉、〈會意兼指事解〉、〈象形解〉、〈象形兼聲解〉、〈象形兼會意解〉、〈象形兼聲兼意解〉、〈形聲解〉、〈形聲兼意解〉、〈形聲兼聲解〉、〈會意解〉、〈會意兼形解〉、〈會意兼意解〉、〈轉注解〉、〈假借解〉。合乎許慎〈說文敘〉中之指事、象形、形聲、會意、轉注、假借之順序，可視為在六書的大項之下，又有其小項的說明。且在〈形聲解〉一節當中，張氏已明顯的將亦聲歸入其中，應將張度的亦聲歸入其形聲當中較為恰當。

四、清・段玉裁

金壇段玉裁的《說文解字注》是清代說文學影響後世最大的一部著作，今日研讀《說文》者，多以此本為入門。關於段氏對亦聲的看法，見於一部「吏」字下注：

> 凡言亦聲者，會意兼形聲也。凡字有用六書之一者，有兼六書之二者。〔註10〕

又於示部「禛」下云：

> 此亦當云，从示，从真、真亦聲，不言者，省也。聲與義同原，故諧聲之偏旁多與字義相近。此會意形聲兩兼之字致多也。說文或偁其會意略其形聲，或偁其形聲略其會意，雖則渻文，實欲互見，不知此則聲與義隔。又或如宋人字說，祇有會意，別無形聲，其失均誣矣。〔註11〕

正因有這兩段文字，因此，一直以來前輩學者多將段氏之亦聲說歸至兩兼一類。然而，是否真如此？或者需再商榷？〔註12〕要解決這個問題，恐怕必需先討論，在段氏的想法當中，是不是真有會意、形聲兩兼之字。當然，從段玉裁自己的說法中，似乎可以看出這樣的想法。然而，這種會意、形聲兩兼之字，究竟是平等的會意／形聲字，還是分別為形聲兼會意、會意兼形聲呢？金鐘讚曾經對這個問題提出討論：

> 在段注中有很多不同的術語，如「會意兼形聲」、「會意亦形聲」、「形聲包會意」、「形聲兼會意」。但考察整個句子，則發現一個共同點，即《說文》的會意字之下段氏注的都是「會意兼形聲」、「會意包形聲」等以會意先說者，相反地在《說文》的形聲字之下，段氏注的都是「形聲包會意」、「形聲兼會意」等以形聲先說者。〔註13〕

〔註10〕許慎著、段玉裁注，《說文解字注》（台北：洪業文化，1998年），頁1。
〔註11〕《說文解字注》，頁2。
〔註12〕李添富先生以為：「表面上看來，似乎段氏認為一個字可以同時兼具兩個不同的六書結構，也就是說像『吏』這樣的字，可以同時是會意，也是形聲。不過，事實上這是後代學者對段氏說法的一種誤解。」見〈段玉裁形聲說商兌〉，收入《紀念陳伯元教授榮譽退休學術研討會論文集》（台北：洪葉文化，2000年），頁90。
〔註13〕金鐘讚，《許慎說文會意字與形聲字歸類之研究》，國立臺灣師範大學國文研究所博士論文，頁194。

蔡信發也說：

> 有關「會意包形聲」和「形聲兼會意」的歸部，段氏認為截然有別，
> 這在他注「金」部中的「鋻」字更能看出……段氏認為鋻形是「从
> 金臤聲」，屬「形聲中有會意」，就以形入部，歸於「金」部，而堅、
> 緊屬「會意中有形聲」，就以聲入部，歸於「臤」部。此說顯比他注
> 「鈞」字要說得明截，而學者每多忽略。〔註14〕

由此可以判定，在段玉裁的觀念當中，會意兼形聲和形聲兼會意，顯然有差
別。如果段氏認為這個字的會意比重較高，就以會意兼形聲、會意包形聲等
術語來說解；如果段氏以為這個字的形聲比重較高，就以形聲兼會意、形聲
包會意等術語來說解。

　　又段氏除正文之外，於注中云「亦聲」之字共一百零八字（詳見本文附
錄），其中禛、麗、論、議、說、輅、骴、韱、盬、即、覈、旗、農、豐、彭、
朏、勺、晢、駃、騢、類、懿、竊、懟、闇等字，正文是以「从某，某聲」，
或是「从某，某省聲」。而段玉裁在禛、麗、論、議、輅、韱、即、覈、旗、
農、豐、彭、朏、勺、騢、類、懿、竊、闇等字的注是以「當作」、「當云」某
亦聲來作說解，據段玉裁自言：「當為者，定為字之誤、聲之誤而改其字也，
為救正之詞……凡言讀為者，不以為誤；凡言當為者，直斥其誤。」〔註15〕這
些正文作形聲解，但注中言「當作」者，可以視為段玉裁並不認為這些字應
當是形聲字。〔註16〕此外，在說、晢、駃這三個字的注之下，段玉裁則是以
「會意，某亦聲」作說解，只有骴、盬、懟三字但云「某亦聲」。

　　此外，在《說文解字注》當中，段氏於正文云「亦聲」之字共二百一十七
個字中，於吏、祏、扜、莁、莫、莽、堅、甄、博、誩、訕、樊、晨、叞、曶、
吁、饗、餽、醫、枅、椁、冠、兩、羅、㪔、偃、褵、覽、欨、鬐、彰、听、
舾、恩、執、兓、畁、畀、憼、沕、否、閨、闇、姓、婢、医、匹、螟、黿、
均、堲、睬、奰、釦、鑿、隙、紊、垒、劗、綴、字、胐、羞、戌等字之下或
云會意、或云會意字、或云以某會意、或云會意之恉，可見至少在這些字當

<hr />

〔註14〕蔡信發，〈段注《說文》會意有輕重之商兌〉，第十五屆中國文字學國際學術研討會，
　　　　頁27。

〔註15〕段玉裁，〈周禮漢讀考序〉。《周禮漢讀考》收入《續修四庫全書》，第80冊（上海：
　　　　上海古籍出版社，1995年）。

〔註16〕此一看法金鐘讚亦有提出，見《許慎說文會意字與形聲字歸類之研究》，頁202。

中，段玉裁認為應該是建立在會意字的基礎之上。根據這些線索，所謂「會意兼形聲」的亦聲字。似乎應歸納到會意當中較為合理。〔註17〕

五・清・桂馥

清代說文四大家之一的桂馥是乾嘉時期著名文字學者，與段玉裁同時，著有《說文解字義證》。關於桂氏亦聲的說法，散見於《義證》一書各注之下，如在一部「吏」下云：

> 從史、史亦聲者，當言史聲。後人加亦字，凡言亦聲，皆從部首之字得聲，既為偏旁，又為聲音，故加亦字。吏不從部首得聲，何言亦聲？〔註18〕

茻部「莫」下云：

> 從日在茻中者，徐鍇本下有茻亦聲三字。九經字樣同。馥案，茻古讀滿補切，與莫聲相近，又從本部得聲，故曰茻亦聲。徐鉉不解，削去三字，非是。〔註19〕

貝部「貧」下云：

> 分亦聲者，徐鉉本作分聲，鍇曰：當言分亦聲。徐鉉從而加之。案本書凡以部首為聲，乃言亦聲。不在此例者，無亦字。〔註20〕

么部「絫」下云：

> 從么從糸者。徐鍇本作么亦聲。案，本書之例，從本部得聲者，則曰亦聲，徐鉉削去三字，坐不審耳。〔註21〕

由以上引文，可知桂馥有一個相當特殊的觀念，那就是所謂的亦聲字，首先應該是從本部部首得聲的字，例如「莫」字歸於「茻」部當中，且為「茻亦聲」；

〔註17〕金鐘讚以為：「由此可見段玉裁認為『會意兼形聲』才是等於『亦聲』……反過來講，段玉裁的『形聲兼會意』基本上不能歸於『亦聲』或『會意兼形聲』，那是因為段氏的『形聲兼會意』是以聲之義為通則。」見《許慎說文會意字與形聲字歸類之研究》，頁202～205。劉雅芬亦云：「由段氏為亦聲字的歸部時，再次強調會意字的歸部原則這一點而言，可以清楚的察覺到段氏認定亦聲字為會意字的理念。」見劉雅芬，《說文形聲字構造理論研究》，國立成功大學中國文學研究所碩士論文，頁247。

〔註18〕桂馥，《說文解字義證》（北京：中華書局，1987年），頁3。

〔註19〕《說文解字義證》，頁109。

〔註20〕《說文解字義證》，頁546。

〔註21〕《說文解字義證》，頁1290。

「綵」字歸於「幺」部當中，且為「幺亦聲」。除此之外，像「吏」在「一」部當中，作「史亦聲」；「貧」在「貝」部當中，作「分亦聲」，這些都不是桂馥認為的亦聲字。其次，這個所從的亦聲部份和整個亦聲字，彼此之間需有密切的聲韻關係，也就是「既為偏旁，又為聲音」，例如在「莫」下注所說的「茻」聲與「莫」聲相近。必需滿足本部部首與聲韻關係兩個條件，才是桂馥肯定的亦聲字。〔註22〕

六、清・嚴章福

嚴章福於其著《說文校議議》一部吏下解云：

> 當作「从一、史聲」，此校者所改。說文聲兼義者，十有七八不言亦聲而義在其中。余謂許君原書凡言亦聲者，皆本部首為聲，如茻部莽，从犬、从茻、茻亦聲；半部胖，从半、从肉、半亦聲，若此類皆許原文。至一部吏、示部祏、玉部琥類，皆後人校改。一例視之，何以示部祀、無巳也，禷、以事類祭天神，祰、告祭也，皆不言亦聲。類難畢舉。桂氏馥凡遇某亦聲，而非本部首者，必曰「當作某聲」，是也；而于他部之首為聲者，亦謂「當作某聲」則非。〔註23〕

嚴章福以為，許慎注明亦聲者，是指「本部首為聲」的字，也就是以部首字來當作聲符，凡是違反這個規則的字，他都認為不是亦聲字。因此，他在示部「禮」下注「當但作『豊聲』，祏下、禬下仿此」，玉部「琥」下注「當作『从玉、虎聲』，瓏下、珥下、玲下仿此」，艸部「茉」下注「當作『从艸、未聲』」。至於這些亦聲字，到底應該歸到哪一類？嚴章福雖未作特別說明，然而，從文末對桂馥的批評看來，在嚴氏的觀念當中，「某亦聲」的亦聲字和「某聲」的形聲字，似乎還是有一些區別存在。

七、清・王筠

王筠為清代說文四大家之一，著有《說文釋例》、《說文句讀》二書。在《說

〔註22〕沈寶春以為：「桂氏所主張的『亦聲』字，基本上需保有兩條件：一是聲符必須與部首字相同是聲符與部首字諧聲，音讀相同。不合乎此條件的，桂氏一概不認為是『亦』聲字。」見其著《桂馥的六書學》（台北：里仁書局，民國93年），頁109。

〔註23〕嚴章福，《說文校議議》，頁一上二。收入《續修四庫全書》，第214冊（上海：上海古籍出版社，1995年）。

文釋例》當中，王筠用了〈亦聲〉一節專門討論亦聲現象。首先，在目次「亦聲」一條之下即注曰：「此形聲會意二者之變例」，可見王筠認為亦聲字本身並不屬於六書正例，而是一種特殊的變例。而本文當中，王氏以為：

> 言亦聲者凡三種：會意字而兼聲者一也，形聲字而兼意者二也，分別文之在本部者三也。會意字之從義兼聲者為正，主義兼聲者為變。若分別文則不然，在異部者概不言義，在本部者概以主義。兼聲也，實亦聲，而不言者亦三種：形聲字而形中又兼聲者一也。兩體皆義皆聲者二也。說義已見，即說形不復見者三也。譽為酷急之正字，今借用酷者，以其同從其告聲也。詩有覺德行，禮記緇衣引覺作梏，則學告同聲，而許君說譽曰：「學省聲」，不云：「告亦聲」也。此字之止匕皆義皆聲，而云從止從匕，但以為會意字也。二者皆惡其厖雜也。說祫之義，曰大合祭先祖親疏遠近也。已見合字，說形即但云：「合聲」也。此則互文相備，且以見說義說形之詞，本相灌注，未嘗分離乖隔也。〔註24〕

王筠將亦聲字分為三大類，一類是會意兼聲的字，即原本就是會意字，只不過是帶有聲符而已，例如「吏」原本是由「一」、「史」所組成的「並峙會意」，但是它的「史」又為聲符，因此是屬於第一類意兼聲的亦聲字。另一類是形聲兼義的字，王筠在論形聲時，以〈說文敘〉之「江」、「河」為例，認為這類聲符不兼義的是形聲的正例，至於那些形聲字聲符也有表義功能者，就稱之為形聲兼義。王筠曾說：「形聲字而有意謂之聲兼義，聲為主也；會意字而有聲，謂之意兼聲，意為主以也。」〔註25〕這些聲符帶義的形聲字，即是屬於第二類聲兼意的亦聲字。最後一類則是分別文在本部，王筠認為：「字有不須偏旁而義以足者，則其偏旁為後人遞加也，其加偏旁而義遂異者，是為分別文。」〔註26〕例如「拘」、「鉤」、「笱」三字，都是從「句」得聲，而且也都在「句」部，三者又都是亦聲字，即屬於王筠所說的第三類分別文在本部之亦聲字。所以，在王筠的觀念當中，亦聲字可能是會意，也可能是形聲，甚至還牽涉到所謂「分別文」的概念，即文字孳乳所產生的現象。不過，可以確定的是，

〔註24〕王筠，《說文釋例》（北京：中華書局，1985 五年），頁 54～55。
〔註25〕《說文釋例》，頁 50。
〔註26〕《說文釋例》，頁 173。

王氏所謂的「亦聲」，事實上就是「兼聲」，只不過因為種種原因，許慎在某些兼聲的字下注「亦聲」，而某些兼聲的字下卻不注「亦聲」。

八、清・朱駿聲

清代說文四大家的朱駿聲，在其著《說文通訓定聲》一書當中，雖然沒有直接闡明自身的亦聲說，然而，從他對書中文字的處理，我們不難看出他對亦聲的看法。

在《說文通訓定聲》一書本文之前，朱氏做了一個〈說文六書爻列〉，兼取大、小徐本，將《說文》當中的文字，依指事、象形、會意、形聲、轉注、假借的次序各歸其類，其中，亦聲字共三百三十七字，被歸列在「會意」當中的「形聲兼會意」一類當中。〔註27〕

然而，考大、小徐本亦聲字，能發現即便從其分不從其合，大、小徐本亦聲字也不到三百三十七之數。再詳察之，可知朱氏亦聲字分為三種，一是如吏、禮、祏、禫、琥、瓏等，逕云「某亦聲」者；一是如祫、祟、碧、溝、曾、路，逕云「從某某聲」或「從某從某」者；一是如社、伍、佰、漁，云「按某亦聲」者。因此，可以說亦聲字是包含在「形聲兼會意」一類當中。此外，還有少數的亦聲字，如薗、春等，本文中所載之亦聲字，並沒有出現在〈說文六書爻列〉之「形聲兼會意」一類當中。綜上觀之，雖然朱氏在「形聲兼會意」一例當中，所收不全是亦聲字，且有些亦聲字，也沒有收入。不過，絕大部份的亦聲字都被收到這一類當中。且朱氏在許多亦聲字前，會自注「會意」，因此，應可判定在朱駿聲的想法中，亦聲字是屬於會意一類。

九、清・徐灝

有清一代，說文學大盛，除了著名的說文四大家之外，這類直接對《說文》作研究之外，尚有對其他人的《說文》相關研究做訂補箋證之工作，其中徐灝的《說文解字注箋》即是一部對段玉裁《說文解字注》作箋的書籍。既是為段注作箋，因此，要得知徐氏對亦聲字的看法，也必需從各字底下的箋注來著手。在一部「吏」下，徐氏曰：

> 從一從史，會意，言一遵守法令也。史亦聲，段云：會意兼形聲是

〔註27〕朱駿聲，《說文通訓定聲》（台北：世界書局，民國55年），頁23～24。

也。〔註28〕

在這個箋當中，徐氏以為从一从史是會意，又認同段玉裁的說法，判定之所以會有「史亦聲」這三個字，是因為會意兼形聲的緣故。又示部「禮」下箋云：

> 凡言从某、某亦聲者，皆會意兼聲。如吏从一从史、史亦聲；祏从
> 示从石、石亦聲之類是也。若此禮字則又當別論，蓋豊本古禮字，相
> 承增示旁，非由會意而造也。餘詳豊部。〔註29〕

由此可知，徐氏將「从某、某亦聲」這些字，都是歸到會意兼形聲當中。不過，這個「禮」字卻是例外，因為「禮」是由「豊」加「示」旁而來，而「豊」字本身已經有「禮」字的意思了，加不加「示」旁並不會影響字義，因此徐灝會說「非由會意而造」。除此之外，在丨部「朳」下徐箋云：

> 段云丨象杠形是也。惟不得以為會意。灝謂，當从夰象形，夰為建
> 類，丨為形也，說詳釆部番下。許載之丨部，故以夰為聲。〔註30〕

八部「必」下云：

> 疑此乃柲之本字，借為語詞之必然耳。弋聲不諧，段用八為聲是也。
> 弓柲以兩竹夾持之。从八，指事兼聲耳。餘詳木部柲下。〔註31〕

同樣都是从某、某亦聲的亦聲字，然而一以為象形，一以為指事，均非作會意解。由此我們應該可以判定，在徐灝的觀念來說，亦聲字原則上應該歸到會意，不過，徐氏在作此書時，使用了很多鐘鼎銘文做為佐證〔註32〕，亦即在考察字形上面，已經漸漸脫離小篆，而上溯到古文字。因此，在一些亦聲字之下，徐氏會跳脫出段玉裁原先的框架，而重新予以定位。

十、廖平

廖平的《六書舊義》一書，不以傳統研究文字學所使用許慎〈說文敘〉的六書名稱，而以班固《漢志》所提出的「象形」、「象事」、「象意」、「象聲」、「轉

〔註28〕徐灝，《說文解字注箋》，一上頁三。收入《續修四庫全書》，第 228 冊（上海：上海古籍出版社，1995 年）。
〔註29〕《說文解字注箋》，一上頁八。
〔註30〕《說文解字注箋》，一上頁七十三。
〔註31〕《說文解字注箋》，二上頁六。
〔註32〕林穎雀，《徐灝《說文段注箋》研究》，逢甲大學中國文學研究所碩士論文，頁 79。

注」、「假借」來命名。其對亦聲字的看法，見於〈象意〉篇中：

> 象意以意為主，象聲以聲為主。象意不兼聲，象聲不兼意。各為門
> 戶，不相參雜。舊說有意兼聲者，誤也。為此說者本許書从某、某
> 亦聲。按許書此類皆晚俗字，經典只用其得聲偏旁，無此偽體。如
> 齊只作齊，而許書之齎、齎、齏、劑、齏〔註33〕，皆晚俗誤加偏旁以
> 相別，當歸入俗體重文中，王氏會意兼聲二百五十文，皆此例也。
> 此類晚俗所加，別為一類，不可因此混意聲也。〔註34〕

在這段文字中，廖平首先提出象意、象聲兩者不能相兼的看法，亦即他是反對
會意兼形聲或形聲兼會意這樣的說法。其次，對於這些「某亦聲」的字，他認
為是所謂的晚俗字，亦即原本只有單純的聲符部份，後來因為文字孳乳寖多，
復加偏旁的後起字。這些字自成一類，並不能拿來當作會意兼聲字。此外，在
〈象聲〉篇中，廖平又說：

> 舊說於象形、指事、會意、皆有兼聲之說，非也。凡有聲者，皆當
> 入象聲，不得相兼。形、事、意、聲四門，各別無相兼之理。〔註35〕

除了再一次強調象形、象事、象意、象聲，四者不可互兼之外，更提出了一個
很重要的觀念，即凡是有聲字，都當入於象聲，亦即是一般所說的形聲。因此，
可以說在廖平的觀念當中，這些「某亦聲」的字，都是後起的俗體字，若要用
六書分類的話，則應該歸於形聲。

十一、章炳麟

章炳麟在《國學略說·小學略說》中，嘗論及：

> 形聲之聲，有與字義無關者。如江之工，河之可，不過取工可二音，
> 與江河相近。此乃純粹形聲，與字義毫無關係者也。劦部之協、劦、協，
> 皆有同心合力之義，則聲兼義矣。蓋形聲之字，大都以形為主，聲
> 為客，而亦有以聲為主者，說文中此類甚多，如某字从某，某亦聲，

〔註33〕齎、齎、齏、齏四字考《續修四庫全書》、《說文解字詁林正補編》二本，皆渙漫難
　　　　認，此處所引為極力辨識之結果，字形恐有誤。
〔註34〕廖平，《六書舊義》，頁二十一。收入《續修四庫全書》，第 228 冊（上海：上海古
　　　　籍出版社，1995 年）。
〔註35〕《六書舊義》，頁 23。

此種字皆形聲而兼會意者也。〔註36〕

章氏以為，形聲字之聲符，有與字義無關者，有與字義有關者，與字義無關者為純形聲，為形聲字正例。與字義有關者，又可分為兩種，一是形為主，聲為客者，稱之為聲兼義；一是聲為主，形為客者，稱之為形聲兼會意，說文中以「某亦聲」記載之文字，屬此類。由上下文判斷，可知他是把亦聲字歸在形聲當中。

十二、朱宗萊

朱宗萊著有《文字學形義篇》一書，在其形篇二〈六書釋例〉的「會意釋例」，分會意為純會意、會意兼象形、會意兼指事、會意兼聲四類，並說：

> 會意兼聲者，數體雖悉成字，與純會意同，而其中之一體不獨取其
>
> 義，亦兼取聲，如「政」是。〔註37〕

同時，朱氏還用「化」（從七人，七亦聲）及「政」（從攴正，正亦聲）作為「會意兼聲」類的例子，且於「化」下說解云：「此會意兼聲字，不入形聲者，意為重也。」〔註38〕可見，在朱氏的概念當中，亦聲字是應屬於會意一類，至於原因則是因為這類的字，雖然也帶有聲符，不過在構造上，卻是以意為重。

除了「會意兼聲字」之外，朱氏在形聲當中，還立了「形聲兼會意」一種，像「窫」、「薪」、「癬」、「嫁」這些字都是屬於此類。而關於這一類的定義則是：「表音之體，不獨取其聲，兼取其義。」〔註39〕與會意兼聲看來雖然類似，不過，一是「聲兼表義」，一是「義兼取聲」，有因果之差異，誠如朱氏在論會意、形聲之別時所說：「會意字諸體皆主義，形聲字則以合體之一主聲，縱有取其聲兼取其義者，要其所重在聲不在義，此其大較也。」〔註40〕

十三、馬敘倫

馬敘倫著有《說文解字六書疏證》一書，以大徐本說文為基礎，參照小徐本、

〔註36〕章炳麟，《國學略說》（台北：學藝出版社，民國60年），頁9。

〔註37〕錢玄同・朱宗萊，《文字學音篇・文字學形義篇》（台北：臺灣學生書局，民國58年，三版），頁111～112。

〔註38〕錢玄同・朱宗萊，《文字學音篇・文字學形義篇》，頁114。

〔註39〕錢玄同・朱宗萊，《文字學音篇・文字學形義篇》，頁119。

〔註40〕錢玄同・朱宗萊，《文字學音篇・文字學形義篇》，頁115。

唐寫本殘卷等書，自云：「先事校讎，次為疏證」、「恉在依據六書分析許書文字，各歸其類」〔註41〕。其對於亦聲之看法，主要見於卷一「吏」字下之注解：

> 且凡曰亦聲者，必為會意字。而其中一部分既任其義，亦任其聲，故曰某亦聲。固無關其字之為本部部首或他部部首也。然會意字而其一部分兼任本字之聲者，若禮之從示從豊，似會以豊事神意，而聲即得於豊；神之從示從申，似會電為神奇而以為神意，而聲即得於申。然禮實形聲字，詳禮字下；申為電之初文，先借申為神，後加示旁，蓋由叚借而造專字者也，及為神字，即与一切形聲字無以異。故雖謂無亦聲之字可也。〔註42〕

這段敘述的前半段，主要是反對桂馥所說的「以部首字為聲者，為某亦聲」的說法（說詳見桂馥）。馬氏以為所謂的亦聲，和這個字的亦聲部份是否屬於部首無關，而且，桂馥所謂亦聲是站在會意的基礎，這點他也不能認同。他認為，所謂的亦聲，和形聲是沒有什麼區別的，這些看起來形符、聲符都表意的字，實際上應該列到形聲字，不應該說是會意。因此，他最後說，雖謂無亦聲之字可也，不但將亦聲歸入形聲，而且，徹底否定了亦聲說的存在。也正是因為這樣，在本書卷三十所附的〈說文解字六書表〉，把「吏」、「禮」、「祜」、「禬」、「琥」、「瓏」等，這些在本文中他依據大徐本記為「某亦聲」的亦聲字，全都列在「形聲」一類當中。

十四、蔣伯潛

蔣伯潛在《文字學纂要》將六書分成三組：象形與指事、會意與形聲、轉注與假借，而在〈會意與形聲〉一節，蔣氏談及亦聲現象時說：

> 又如「訥」從言從內，內亦聲；「珥」字從玉從耳，耳亦聲；「政」字從攴從正，正亦聲；「化」字從人從匕，匕亦聲：這一類字很多。說者叫它們「會意兼聲」，都歸在會意一類。那末，何嘗不可反過來說，叫它們「形聲兼意」，把它們都歸入形聲一類呢？我以為這本是會意形聲二類之間底字。歸入會意，或歸入形聲，都可以的。〔註43〕

〔註41〕《說文解字六書疏證‧凡例》。
〔註42〕馬敘倫，《說文解字六書疏證‧卷一》（上海：上海書店，1985 年），頁 10。
〔註43〕蔣伯潛，《文字學纂要》（台北：正中書局，民國 41 年），頁 66。

蔣氏在這裡，雖然沒有明指「說者」究為何人，但可以看出他對於將亦聲字歸入會意並不以為然。不過，他也不主張要將之歸入形聲字。而是認為亦聲本身就是一種介於形聲和會意二者之間的現象，因此，歸入哪一類都可以。或者該說歸入哪一類都不恰當，因為，亦聲字本來就是「會意兼聲」、「形聲兼義」的情況，所以沒有必要硬是要強加分割。

十五、王力

王力在《同源字典》的正文之前，著有一篇〈同源字論〉，用以說明同源字的定義、研究方式及作用，當中在解釋何謂同源字時，他說道：

> 在漢字中，有所謂會意兼形聲字。這就是形聲字的聲符與其所諧的字有意義上的關連，即說文所謂「亦聲」。「亦聲」都是同源字。……有些字，說文沒說是會意兼形聲，沒有用「亦聲」二字，其實也應是亦聲。〔註44〕

在這裡，王氏說出了他對亦聲字的看法是形聲字聲符和該字之間，有意義上的關聯，亦即聲符不但兼義，而且聲符的義和整個形聲字的字義，彼此之間有密切的關係。因此，不但是《說文》用亦聲記載的婢、祏、旄、警、慜這些字，王力以為是亦聲字；連《說文》不以亦聲記載的詁、賣、伍、什、百這些字，他也認為應該是亦聲字，只不過說文沒有用「亦聲」兩個字來說明。因此，我們可以知道，王力對亦聲的看法並不是謹守《說文》的記載，而是自己有一套想法，這個想法與其同源字理論相合，因此他說亦聲字都是同源字。

十六、高明

高明關於亦聲字的看法，見其著〈許慎之六書說〉一文，在本文中，他對於亦聲的看法是：

> 許君之時，會意與形聲必然有別，會意重於意，形聲著於聲，當時不必混淆。知古音異於今音者何在，則孰為聲、孰非聲，不難一辨而知。知聲不必盡兼義，自然流露之聲不兼義，摹物音之聲不兼義，摹物形之聲不兼義，唯摹物義之聲始兼義。然聲摹物義之字，與他

〔註44〕王力，《同源字典》（北京：商務印書館，1982年）頁10～11。

字比合而成新字，其以義顯者為會意，其以聲顯者為形聲，其義、
聲並顯者為會意兼形聲，即許君說解中所稱之「亦聲」者也。〔註45〕

因此，所謂的亦聲，即會意、形聲兩兼之字。高氏以為，如果所謂的「亦聲」
字都是形聲字的話，那麼，許慎也不用別出「亦聲」這個術語。因此，他是肯
定有亦聲說的存在。此外，他將構成文字的聲符分成兼義和不兼義兩種，其中
自然流露之聲、摹物音、摹物形這些聲符，都不兼義，只有摹物義這一類聲符
才兼義。而這類由兼義聲符所構成的字，又分成三種：以義顯的字為會意，以
聲顯的字為形聲，而聲、義並顯的字，就是許慎《說文》當中所說的「亦聲」
字。

循此，高氏在本文的「許君之形聲說」一節當中，除「有稱『亦聲』者」一
類之外，尚有「亦有不言『亦聲』而實『亦聲』者」一類，在本類當中，他舉
了示部「禷」、「祫」二字，以為雖然這兩個字在《說文》的說解中，一為形聲，
一為會意，然而「就組成文字的實質言，則均為會意兼形聲之字，亦即所謂『亦
聲』字。以說解之文甚明，故省其亦聲而不言，此形聲字之變例也。」〔註46〕

十七、弓英德

弓英德所著之〈段注說文亦聲字探究〉為國內探討亦聲字較全面且較早的
著作，文中整理的亦聲字表對亦聲字的研究有相當大的影響。在本文中，弓氏
以為：

有聲符、意符相配成之文字，為形聲字。換言之，形聲字之構成，為
一半主義，一半主聲，原已聲意兼備，尤不必畫蛇添足，另立聲兼意、
意兼聲之「兼生」說。……有意符無聲符之文字，為會意字；即兩個
以上之意符，互相配合，產生新義，另成一字者，為會意字。〔註47〕

因此，這些所謂「從某。從某。某亦聲」、「從某某。某亦聲」的亦聲字，事實
上就是形聲字。此外，在本文及其著《六書辨正》當中，弓氏極力反對自鄭樵

〔註45〕高明，〈許慎之六書說〉。收入《高明小學論叢》（台北：黎明文化事業，民國67年），
頁154。

〔註46〕高明，〈許慎之六書說〉。收入《高明小學論叢》，頁148。

〔註47〕弓英德，〈段注說文亦聲字探究〉。收入：弓英德，《六書辨正》（台北：臺灣商務印
書館，1995年，二版），頁205。

以降所謂「兼生」之說，認為象形、指事、會意、形聲，各自獨立，不可相兼。甚至他還認為，有關於「亦聲」這樣的說法，並不應該存在。在〈段注說文亦聲字探究〉中，弓氏引王氏之說：

> 此亦聲諸文，聲之中更說以義，於六書之說不純矣，故許於意兼聲之字，往往不言聲，惡六書之混淆也。……然則許書亦聲之字，本不多見，其《說解》為後人所增改，非其舊也。

以為足以動搖亦聲之根基。且於《六書辨正》第五章「亦聲字是否兼聲」一節中，認為亦聲字雖然不可謂均為後人所竄改，然而：

> 即令許書原有亦聲之說，亦係據小篆立論，非造字之初如此也。如《說文》中最先見之亦聲字為「吏」，《說解》云：「治人者也，從一從史，史亦聲。」而吏字不見於甲骨、鐘鼎，乃史字之或體，且與事字本為同字也。〔註48〕

姑不論《說文》流傳之今，已經多人任憑己意竄改，即便許慎作《說文》之時已有「亦聲」之說解，也是許慎以已經改變過的小篆來立論，以許書標「亦聲」之「吏」字而言，徵之甲、金文均不見有此字，可見非造字之本然。因此，並沒有所謂「亦聲」字存在。

十八、林尹

林尹在其著《文字學概說》中，分會意字為九種，最後一種是「兼聲會意」，林氏以為：

> 至於會意和形聲，都是合體。會意是形和形相益；形聲是形和聲相益。可是會意字中，說解作「從Ａ，從Ｂ，Ｂ亦聲」形式的字，以義為重，就只能說是「兼聲會意」。〔註49〕

在「從某。從某。某亦聲」亦聲字當中，雖然有「聲」的部份，但是，並不是重點，重點在於「義」。因為林氏以為會意字是「把兩個或三四個初文配合成一個字，使人領會出它的意思來。」〔註50〕因此，這類必須配合兩個字才能看出意思

〔註48〕《六書辨正》，頁93。
〔註49〕林尹，《文字學概說》（台北：正中書局，1998年），頁111。
〔註50〕林尹，《文字學概說》，頁108。

的亦聲字，應該歸於會意之下。此外，林氏的六書理論當中，尚有「加聲象形」一類，當中的例字收有「函」、「羼」兩個亦聲字。林氏以為，加聲象形一定有一個是不成文的部件，而形聲則是構成的部件都必需成文，此為最大的區別。

十九、日・白川靜

　　日本漢學家白川靜的《說文新義》是一部對《說文解字》所收的文字，配合出土資料，逐一加以考訂的書籍。其中，在一部「吏」字下，白川氏提出了他對亦聲字的看法，他認為：

> 所謂的亦聲，以會意字為主，其要素是：當字聲義兼有的時候，這個字就是亦聲。以一般的形聲字來說，雖然極多都有聲符兼有意義的情形，但既然是以聲造字了，當然會有聲義相合的現象，若以此為原則，形聲字並不是亦聲。但由字的形成過程來作討論的話，卜文、金文一類，以今日從屬於示部的字為例，也有許多從屬於部首的示部字中，例如：禮、神、祭、祖、祜、祝、禳、禖等等，因為不管哪個都保留了「示」字的原形，就是後來的字多被改為形聲字，本來的字還是以象形、會意字為大宗。還有草部、木部，或魚鳥等部的字，聲符只是單純表音，其和字義相關處並不多，以此，和亦聲的相關處就極度地少了。如果以此為觀點，建立亦聲的基礎，主要還是在會意字上面。〔註51〕

也就是說，亦聲字是建立在會意的基礎之上，是一種既表其聲，又表其意的會意字。至於形聲字，由於是以聲造字，所以自然會有聲義相合現象，不過，如果從文字發展過程來看，形聲字很多是後起字，且大部份的形聲字，聲符都只是單純表音不表義，因此，亦聲字不會是形聲字，而應該歸到會意當中。然而，他也提到：「以會意為中心，牽涉到聲義相關的亦聲說，是忽略了牽涉到形聲字的部分所創立的學說。」〔註52〕可見對白川氏而言，他雖然認為亦聲字應該歸到會意當中，不過還是對其聲符部份有些許的疑義。〔註53〕

〔註51〕白川靜，《說文新義・1》（東京：平凡社，2002年），頁20。

〔註52〕白川靜，《說文新義・1》，頁20。

〔註53〕白川靜討論亦聲的日文全文為：嚴章福の校議議に字を形聲とし、「當作从一史聲、此校者所改」として亦聲の義を論じていう。說文聲兼義者、皆本部首為聲、如齒部

二十、魯實先

魯實先在《假借遡源》中曾說：

> 許氏未知形聲必兼會意，因有亦聲之說。其意以為凡形聲字聲文有
> 義者，則置於會意而兼諧聲，是為會意之變例。凡聲不兼意者，則
> 為形聲之正例。斯乃未能諦析形聲字聲不示義之恉，是以會意垠鄂
> 不明，於假借之義，益幽隱未悉也。蓋嘗遠覽遐輆，博稽隊緒，而
> 後知形聲之字必以會意為歸。〔註54〕

在這段文字當中，透露了三個訊息。首先，許慎所注明的那些亦聲字，在許慎的觀念當中，是將之入於會意一類，屬於會意的變例。其次，這些所謂亦聲字，其實就是聲符帶義的字。最後，他認為事實上形聲字本來就帶有會意的成份。因此，所謂的亦聲字，就是形聲字。

二十一、江舉謙

江舉謙在《說文解字綜合研究》一書當中，關於亦聲字的意見，分別見於

莽、从大从蝍、蝍亦聲、半部胖、从半从肉、半亦聲、若此類、皆許原文、至一部吏·
示部祐·王部琥類、皆後人校改……桂氏馥、凡遇某亦聲、而非本部首者、必曰當作
某聲、是也、而于他部之首為聲者、亦謂當作某聲、則非。亦聲とは、部首の字を聲
に用いるものに限るとする說であるが、それならば示部·玉部·牛部等において亦
聲とするもの殆んど許氏の舊文でないことになり、甚だ窘束の說となることを免れ
ない。釋例に「凡象形指事之文、其聲必在字外、形聲之文、其聲必在字中、會意雖
兼二者、而有聲者較少、既兩字皆義、而義有主從、當入主義所在之部」というよう
に、およそ部首の建類は字形を以てするものであるから、その屬する文字と聲の關
係をもつこは甚だ稀である。もし亦聲をこの一類に限るならば、殆んど亦聲をいう
必要もないことになろう。亦聲とは、會意字において、その從うところの要素の字
が聲義を兼ねるとき、これを某は亦聲なりという。一般の形聲字においても、聲字
が合せて義を含むことは極めて多いのであるが、すでにその聲を以て字を成す以
上、聲義にわたることがあるのは當然であるから、原則として形聲字については亦
聲をいうことがない。しかし字の成立過程からいえば、卜文·金文では、たとえば
今の示部に屬する字においても部首の示に從わぬものが多く、禮·神·祭·祖·祜·
祕·祝·禳·祿など、何れも示に從わぬものが字の原形であるから、後の字形で形
聲とされながらも、本來は殆んど象形·會意の字である。また草部·木部や魚鳥の
部の諸字は、聲字はただ音のみを示し、その名義と關するところのないものが多く、
從つて亦聲の關係となるものは至つて少い。これを以ていえば、亦聲の關係に立つ
ものは、主として會意の字である。繫傳に「凡言亦聲、備言之耳、義不主於聲、會
意」といい、また段注に、「凡言亦聲者、會意兼形聲也」というのはその意である。
會意にして聲義に涉るものを亦聲とし、形聲にして聲義に涉るものはこれを略する
のが說文の體例であると解してよいようである。

〔註54〕魯實先，《假借遡源》（台北：文史哲出版，民國62年），頁36。

「會意」、「轉注」兩類。他先是在「會意」當中，將亦聲字歸在「聲在意中」
的「會意兼諧聲」：

> 說解稱「从某某，某亦聲」，「从某从某，某亦聲」，「从某从某从某，
> 某亦聲」等。〔註55〕

又於「轉注」當中，將亦聲字歸到「分別文轉注」中：

> 說解稱「从某，某聲」，「从某从某，某亦聲」，「从某某，某亦聲」
> 等。〔註56〕

同為亦聲字，卻分屬於會意、轉注二類當中，乍看之下，頗令人不解，然而，
若詳察江氏之六書理論，即可發現兩者並不衝突。

　　江氏的六書理論，是採戴君仁的說法，以為轉注是「聲符兼義別加分別文
之造字法」，假借「以不造字為造字之造字法」，雖然都視為是造字的方法，但
是和象形、指事、會意、形聲屬於不同的類型。因此，不止亦聲字，像「从某，
某聲」這樣的字，也是同時出現在「半形半聲」的「形聲」例和「分別文轉注」
的「轉注」例中。

二十二、龍宇純

　　龍宇純在其著《中國文字學》一書第三章〈中國文字的一般認識與研究方
法〉中，特闢〈論亦聲〉一節討論亦聲現象。其主要的論點為：

> 推源亦聲字之所由形成，其背景為語言，原不在文字本身。文字現
> 象有與語言全然無關者，如前節所說化同現象。亦有與語言不可分
> 割者，如文字之有引申義；本節所論「亦聲」，正屬此類。由文字與
> 語言關係而言，任何二字，果真彼此間具有音義雙重關係，即表示
> 二者語言上具有血統淵源；果真甲字从乙既取其意又取其聲，即表
> 示甲語由乙語孳生，換言之，甲字為乙字的轉注字。是故語言無孳
> 生現象則已，不然文字便自有形成亦聲的可能。會意形聲於六書為
> 二類，廖氏以為理不得相兼，雖云持之有故，卻不知六書除去形、
> 事、意、聲四者之外，尚有轉注、假借。轉注字中因語言孳生形成

〔註55〕江舉謙，《說文解字綜合研究》（台中：東海大學，民國59年），頁404。
〔註56〕江舉謙，《說文解字綜合研究》，頁421。

的專字，實際便是亦聲字。〔註57〕

從這段文字中，可以發現龍氏對於傳統將亦聲字歸於形聲或會意其一的看法相當不以為然，依據他的看法，亦聲字的產生，是由於語言的孳生現象，亦即是所謂的「轉注」。至於龍宇純的轉注說，依照該書的說法，是「音為本體，增文別誼」，分成因語言孳生增表意之一體而來、因文字假借增表意之一體而成二種，在這個規範當中，亦聲字顯然是屬於第一類。此外，他又在〈論亦聲〉一節當中，又依亦聲字的全字及所从之亦聲部份，分《說文》亦聲字為下列六類：甲、音近義切；乙、聲母遠隔、不合孳生語條件；丙、合於孳生語條件，但不具語義引申的密切關係；丁、衡之音義似合而實不然者；戊、語義相同，只是累增寫法；己、未能判定。並云許慎所言之亦聲字缺失甚多，未真切認識亦聲字之本質。由是觀之，龍宇純雖為亦聲字下一定義，然以其定義來檢視《說文》亦聲字，卻又發現有多類不合於例之處。是故，龍氏之亦聲字應為自身體系中理想之亦聲，且歸於所創「四造二化」說中之轉注一類。

此外，徐士賢在《說文亦聲字二徐異辭考》當中，本龍氏之說，亦將亦聲歸入轉注一類，以為：

> 亦聲字實即語言孳生關係之表現於文字者。易言之，凡某一語詞之語義擴大引申出新義時，若文字亦隨之而加表意之旁，造為專字，以與原字區別，此新造之字，便是亦聲字。以新六書說衡之，亦聲字自當歸入轉注。〔註58〕

二十三、李國英

李國英的〈亦聲字綜論〉，是針對《說文》「亦聲」現象作討論的一篇文章，在結論中，李氏說：

> 綜前所述，諸家論說，縱有參差，然以為亦聲之字聲文兼義，以故許氏乃別裁斯例析字說形之見，則多殊塗而一致，通考說文一書，舉凡二徐所刊、慧琳一切經音義所引、經韻樓段注本所列、以及段氏所改所注之亦聲字，雖同異互見，然率皆形聲異構之形聲字，形聲造字，固兼賅聲文載義之正例與聲文不示義之變例，是則凡此兼

〔註57〕龍宇純，《中國文字學》（台北：五四書店，民國85年，定本再版），頁310～311。
〔註58〕徐士賢，《說文亦聲字二徐異辭考》，國立臺灣大學中國文學研究所碩士論文，頁9。

義諧聲之亦聲字，但以「從某某聲」等析解形聲之通例說之可矣，

是不必別出此「亦聲」之特例者也。〔註59〕

在這個結論當中，李氏以為雖然諸家對於「亦聲」的意見不一，但都同意這是許慎對「聲文兼義」字的一種特殊用語。不過，李氏覺得這一類文字根本就是形聲字，可以不必再出一個「亦聲」的術語，逕自用「從某某聲」這樣的形聲字說解即可。〔註60〕

二十四、施人豪

施人豪在〈說文所載形聲字誤為會意考〉一文當中，以自身所認定的「凡字之有聲文者，皆當入形聲字」這樣的定義，將《說文》中一些以「從某某」、「從某從某」術語解之會意字，判定為形聲字。其中，關於以「某亦聲」記錄的亦聲字，施氏以為：

故凡段氏注為「形聲兼會意」者，直言從某某聲可以，不必另出亦聲之例。至其「形聲包會意」、「形聲闕會意」、「形聲有會意」、「形聲即會意」、「形聲亦會意」之例，更屬畫蛇添足矣。至於段氏所列亦聲之字為會意兼形聲者，形聲字既較會意為優，且形聲字必兼會意，則凡會意兼形聲者，逕入形聲可也。或謂段氏立會意兼形聲之例，指在字以會意為重，此亦不知形聲字必兼會意之理也。故凡「亦聲」之說，皆不足取，逕云「從某某聲」可也。〔註61〕

由於施氏認為，只要在文字構成當中，有聲文的存在，就是形聲字，《說文》之所以沒有將這些字用「從某某聲」這樣的術語來說解，是昧於古音、或不知形聲必兼會意的緣故。〔註62〕循此，他認為段玉裁認為有會意兼形聲、形聲兼會

〔註59〕 李國英，〈亦聲字綜論〉。收入《第二屆中國文字學國際學術研討會論文集》（高雄：國立高學雄師範大學國文系，1991年3月），頁91～92。

〔註60〕 雖然李氏否定《說文》中的「亦聲」現象，但在其著作當中卻又立一新「亦聲」體例，《說文類釋·形聲釋例》的「亦聲」中，他說：「凡從二形體相同之文字，而即以所從之文字為聲符者屬此類。」並舉了「玨」、「卉」、「叩」、「誩」、「皕」等字為例。詳見李國英，《說文類釋》（台北：南嶽出版社，民國73年），頁268～284。

〔註61〕 施人豪，〈說文所載形聲字誤為會意考〉，女師專學報，2期（民國61年8月），頁266。

〔註62〕 施人豪，〈說文所載形聲字誤為會意字續考〉，女師專學報，4期（民國63年3月），頁261。

意這樣一種體例，完全沒有必要存在，其實都是形聲字。因此，他認為在說文當中所謂的亦聲字，可以逕自使用「从某某聲」即可，不用另出「亦聲」一詞。

二十五、許錟輝

　　許錟輝關於亦聲字的意見，見於其著《文字學簡編‧基礎篇》一書的第九章〈中國文字六書類釋〉。在本章的「形聲釋例」一節中，許氏分形聲字為九類，第八類為「亦聲」。「亦聲」之下再分兩類，一是異文亦聲，即本文所討論之亦聲字。一是同文形聲，則為李國英主張之亦聲，一般有稱同文形聲者，有稱同文會意者。此外，於會意釋例一節中，附有「會意兼諧聲」一類，以為：

> 前面提到，會意與形聲的區別，在於前者為無聲字，而後者為有聲字，然則這些帶有聲符身份的字，還是列於形聲字為宜。〔註63〕

由於亦聲字本身帶有聲符，因此，基於會意為無聲字，形聲為有聲字這樣一個原則，許氏將這些帶有聲符的亦聲字，歸到形聲當中。

　　同時，許錟輝的學生呂慧茹在〈《說文解字》亦聲說之檢討〉一文中，依循許氏的說法，提出亦聲說不應成立的四個理由，並且認為：

> 形聲字有聲符兼義和不兼義雙重功能，且亦聲既帶有聲符，即為有聲字，故「從某某，某亦聲」之「異文亦聲」應以「從某某聲」代替較為妥，因其簡單明瞭，不致使人誤解為會意。〔註64〕

二十六、蔡信發

　　蔡信發在〈《說文》「从某某，某亦聲」之商兌〉一文中，從《說文》帶聲的「於形得義」字、狀聲之字、方國之名幾點，認為所謂的亦聲字，其實就是形聲字。蔡氏說：

> 我對《說文》中會意、形聲的界定，全看它解形的術語中有無「聲」字。有，即形聲；無，即會意；即使「从某某，某亦聲」這一類的字，其聲符示義的功能彰著，作用明顯，也不該例外，而須一概歸形聲。……總之，《說文》原所謂的「从某某，某亦聲」和「从某某

〔註63〕許錟輝，《文字學簡編‧基礎篇》（台北：萬卷樓，民國88年），頁182。
〔註64〕呂慧茹，〈《說文解字》亦聲說之檢討〉，東吳中文研究集刊，6期（民國88年5月），頁159。

聲」，應無分別，可一併以「異文形聲」視之，只是其解形術語欠統

一罷了。〔註65〕

簡單來說，因為許慎對於亦聲字的解釋術語為「某亦聲」，是有「聲」字，因此，他就將之視為形聲字。因為在蔡氏的觀念中，會意和形聲都是合體的「字」，差別在於會意字是無聲字，形聲字是有聲字，兩者絕不相混。所以，只要在文字的構造中屬於有聲字者，就是形聲：

> 若一個合體的字和其構成的「文」或「字」之間有聲音關係，就該
>
> 是形聲而不是會意。〔註66〕

既然聲子聲母之間有聲音關係的字就是形聲字，那麼，亦聲字當然也不例外，至於同樣的形聲字，為何要分為「從某某聲」和「從某某，某亦聲」呢？蔡信發認為：「如一定要區分二者之異，則只是亦聲字的聲符表義作用較為顯明罷了。」〔註67〕

二十七、王初慶

王先生對於亦聲字的說法，見於其著《中國文字結構析論》、《中國文字結構——六書釋例》二書。在早期著作《中國文字結構析論》中，王先生將亦聲字歸於「會意變例」中的「會意兼聲」一類，並引廖平、龍宇純的說法，認為亦聲字的成因是由於晚俗後起字所致，可以將之歸類到轉注當中〔註68〕。於《中國文字結構——六書釋例》當中，王先生則更明確的說：

> 愚見以為：就其聲主義之特色言之，歸入會意，以與形聲有所區隔；
>
> 此其一。又許書既別出亦聲一類，以與「從某，某聲」有別，如歸
>
> 亦聲字入形聲，顯非《說文》本旨；此其二。惟亦聲字介於會意與
>
> 形聲之間，主其為會意者，亦應重視「亦聲」之寓意；主其為形聲
>
> 者，則不可忽略其即聲即義之事實。〔註69〕

〔註65〕蔡信發，〈《說文》「從某某，某亦聲」之商兌〉。收入，蔡信發，《說文商兌》（台北：萬卷樓，民國88年），頁176～177。

〔註66〕蔡信發，《六書釋例》（台北：萬卷樓，民國90年），頁124。

〔註67〕蔡信發，〈段注會意形聲之商兌〉，收入《說文商兌》，頁181。

〔註68〕王先生主四正二變，認為象形、指事、會意、形聲是文字構造的正法，轉注、假借是文字構造的變法。詳見其著《中國文字結構析論》第三章。

〔註69〕王初慶先生，《中國文字結構——六書釋例》（台北：洪葉文化，2003年），頁396。

雖然，王先生認為亦聲字是介於會意於形聲當中的一種後起孳乳現象，不過，由於這兩個理由，依然將之歸入會意當中。

值得注意的是，雖然王先生認為亦聲字應該歸在會意之下，然而，在他的六書理論當中，尚有「兼聲象形」一類，收有亦聲字「羼」、「圅」。這是因為王先生以為亦聲字的成因，乃由於文字孳乳，兼聲象形增加的聲符部份只是為了注音而已，也是文字孳乳的現象之一。而這種現象，王先生又歸到轉注當中，因此，在轉注的「加形轉注」下，收有亦聲字「坴」；「聲化」一類下，收有亦聲字「敳」。

二十八、劉煜輝

劉煜輝的《說文亦聲考》是少數將《說文》亦聲字一一剖析的著作，書中不但詳考亦聲字之聲韻關係，又從古籍中尋找證據，可說對亦聲字作了相當詳細的研究。該書將亦聲字分為兩大類，一為「說文言亦聲者」，一為「說文不言亦聲而實亦聲者」，而前者又細分為「從部首得聲曰亦聲」和「解說所從偏旁之義而曰亦聲」兩種。至於他對亦聲字的看法，則可見於該書之〈序〉中：

> 以段氏明於音韻，尤宗許氏例，所言亦聲之字，一一皆足為後世法也。其於許氏〈說文敘〉形聲下注云：「有亦聲者，會意而兼形聲也」，又於《說文》吏字下注曰：「凡言亦聲者，會意兼形聲也。凡字有用六書之一者，有兼六書之二者」，此亦聲之理明也。……今綴聚群字，重為筌緒，擘肌析理，則可明亦聲者，會意兼形聲之謂也，凡會意中有聲，形聲中有意，皆亦聲之例也。〔註70〕

劉煜輝對亦聲字的處理，大抵是依循段玉裁的說法，認為所謂的「亦聲」字，就是段注中所謂會意、形聲兩兼之字，無論會意兼形聲、形聲兼會意，或是會意包形聲、形聲賅會意等等，都屬於亦聲字。在本書第二部份「說文不言亦聲而實亦聲者」中所列的五百六十二條，都是屬於這一類的亦聲字。然而，如何得知這些字是亦聲字呢？劉氏既然認為亦聲是會意、形聲兩兼之字，因此，亦聲字就必需同時兼有兩者之特色，要像形聲字一樣，全字與得聲偏旁要有聲韻關係，就如同他在凡例中所言「凡各家雖曰亦聲者，無聲韻依據者，概刪而不

〔註70〕劉煜輝，《說文亦聲考》，中國文化學院中國文學研究所碩士論文，頁1～2。

錄」〔註71〕；其次，要像會意字一樣，有「比類合誼」的成份，必需要兩個字組合起來方能見全字之意才可以。因此，如果不能滿足這兩個條件，他就不認為這是亦聲字，其他傳本中有言亦聲者，乃是由於前人不審古音妄改之故。

二十九、金鐘讚

金鐘讚在《許慎說文會意字與形聲字歸類之原則研究》中，除了討論形聲、會意的歸類問題之外，還用了相當大的篇幅討論亦聲字，除了在第五章〈說文亦聲字總論〉以專章型式探討外，第二章第三節〈亦聲字之現象〉、第三章第三節〈亦聲字之歸部〉，分別做了各家亦聲說的見解，以及從《說文》亦聲字歸部來探討亦聲字的問題，可說對亦聲字做了多方面的探討，而立論根據主要是從亦聲字在《說文》五百四十部首的歸部，以及亦聲字在《說文》當中的說解形態。在本文當中，金氏否定了「亦聲不能成立」、「亦聲即孳生」、「亦聲即右文」這些說法，並且探討「亦聲即兼類」一說。最後，他認為：

> 在個人看來許慎認為亦聲字既不是會意之變例也不是形聲之變例。換言之，許慎對亦聲字有會意、形聲之兼類觀點……因為在許慎看來這種亦聲字具有會意字之性質，故在「亦聲字歸部」上以義之所重為主，但這種亦聲字同時具有形聲字之特徵，因此又採取形聲字之次序（案具有形符功能之形體擺在前面而把具有聲符功能之形體擺在後面，例如：「從 XY，Y 亦聲」、「從 X 從 Y，Y 亦聲」。例外者不到百分之五）。〔註72〕

在最末章的〈結論〉當中，他又說：

> 許慎還看到形聲字中聲不兼義者佔絕大多數，以為形聲字之正例是聲不兼義，故遇到聲符之形體本身兼義之形聲字時，則先用會意之體例來分析的。但他的這種會意字究竟與純粹的會意字有所不同，同時合乎形聲字之歸類原則。故才用亦聲這種體例來闡明這些既是會意又是形聲之兼類字。〔註73〕

因此，我們可知，在金鐘讚「形聲字之正例聲不兼義」這樣的觀念之下，那些

〔註71〕《說文亦聲考》，頁 2。
〔註72〕《許慎說文會意字與形聲字歸類之研究》，頁 285～286。
〔註73〕《許慎說文會意字與形聲字歸類之研究》，頁 289。

在歸部上面屬於會意字歸部的方法，說解上卻屬於形聲字之形態的亦聲字，既不屬於形聲，也不屬於會意，而是介於形聲和會意之間的形態，是一種兩兼之字。所以，他說：

> 我們認為即使《說文》中會意、形聲、亦聲之間界線混淆不清，但相信亦聲一定是《說文》的一種特例，它就是兼有會意字和形聲字之特點的一種類型。〔註74〕

小 結

以上所述，凡二十九家，細究其對「亦聲」字的看法，大體上，又可分為四類：（一）主張亦聲說不能存在者，例如馬敍倫、弓英德、李國英、施人豪等人。他們不但都認為亦聲字應該歸在形聲一類當中，而且認為亦聲和形聲沒有差別，至多就是聲符的表義作用特別明顯而已，不必另出「亦聲」一體，逕云「形聲」即可。

（二）從文字的孳乳來解釋亦聲現象者，例如王力、龍宇純等。事實上，主張這一類的學者，已經跳出了《說文》六書的範疇，而是從文字發展的角度來說，他們大多是從同源詞這一個觀點來切入。以今日各家六書系統言之，雖有四體二用、四體六法、四正二變之不同，然而，單一文字，必定會歸在象形、指事、會意、形聲之一則並無二致。如「難」字，原本為難鳥，後借以為難易之難，然單一「難」字，絕對是「從隹，堇聲」之形聲字；「胑」字據魯的說法為造字假借，因聲符「只」無所取義，乃「支」字之假借，但單一「胑」字，絕對是「從肉，只聲」之形聲字。因此，如王筠、廖平、王初慶先生等人，雖將亦聲字或歸會意、或歸象形，但同時也認為亦聲字和文字的孳乳有關。

（三）在六書的「四體」〔註75〕中尋求一歸屬者，這類的學者最多，而在這類當中，又可以細分為幾類，分別是：①主亦聲為形聲者，如張度、章太炎；②主亦聲為會意者，如徐鍇、林尹、白川靜、王初慶先生；③主亦聲兼入兩書者，如蔣伯潛、劉煜輝；④主亦聲無法歸於任何一種，如鄭樵、金鐘讚。雖然主張不盡相同，不過，這類學者大體上都試圖在會意、形聲這兩類當中歸納亦

〔註74〕金鐘讚，〈由文說論《說文》亦聲字〉，第五屆國際暨第十四屆全國聲韻學學術研討會，頁133。
〔註75〕指象形、指事、會意、形聲。

聲字。因為在四體當中，象形、指事是獨體的文，會意、形聲是合體的字，而絕大多數亦聲字都是兩個以上成文的文所組成，不大會是象形、指事。因此，歷來研究亦聲時，都會相當注意其會意、形聲之辨。

　　（四）對亦聲字提出另一套新標準者，如桂馥。前已提及，在桂馥的觀念當中，亦聲必需滿足本部部首及聲韻關係這兩個條件，然而，桂氏並未清楚交待為何是這樣的條件，而且，以幾個《說文》傳本應證，會發現若依桂氏之說，那麼《說文》中所載的「亦聲」，恐怕有一大半不是亦聲字。是以一直以來，桂馥的亦聲說往往受到重大的抨擊〔註 76〕。然而，事實上，不只是桂馥，在今日可見的《說文》三傳本中，徐鍇在注中以為亦聲者有二十五字，徐鉉在注中以為亦聲者有三字，且在新附字云亦聲者有十二字，段玉裁注中更是將原本非亦聲的一百零八字併以為亦聲字（以上併詳見本文附錄），都有「《說文》不言亦聲而實亦聲」這樣的概念存在。

〔註76〕沈寶春云：「關於桂氏的『亦聲』觀點，可能是爭議最多，正負評價凝結的焦點。」
　　　　見沈寶春，《桂馥的六書學》，頁 106～107。

第二章　說文亦聲字試析

　　欲對《說文》「亦聲」現象作研究，則必需對所謂的「亦聲」字做探討。然而，今日之《說文》已非原本，高明嘗云：

> 今吾人研究說文，必須力求認識許君原書之面目，必須博稽各種傳
> 本，比較其同異，考論其得失，而後可；若僅據段注一本，或不免
> 為段氏一人之見解所囿，未必能得許君之意也。[註1]

故本章所進行者，即針對《說文》三傳本——大徐、小徐、段注——亦聲字作整理與分析的工作。首先列出三本之異同，明瞭該字在三傳本中各自作何記載，其次分析該字與所从之亦聲之間的聲韻關係，最後進行字形結構分析，冀望能對亦聲字作一全面探討。

　　理論上，三傳本對亦聲字既有如此參差之記載，必然有誤，本應推求其本真，而後知其然否。但此一理想，今日似難以呈現。又或以為三本所言既有不同，則取重覆者可也，然怎可知三本全同則必然為是，而僅單本所記者必為非邪？是以今從其分不從其合，將三傳本所錄之亦聲字，一一列出，盼能致「言同異，而同異之實具存；不言是非，而是非之真自在」[註2]之效。

[註1] 高明，〈說文解字傳本考〉，東海學報，16 期（民國 64 年 6 月），頁 3。
[註2] 羅士琳，《春秋朔閏異同‧序略》，收入《皇清經解續編》（台北：藝文印書館，民國 54 年）卷 755，頁 8736～8737。

一、《說文解字》第一篇之亦聲字

1. 叓【吏】 一上一部 （一篇上一）〔註3〕

大徐：治人者也。从一。从史。史亦聲。

小徐：治人者也。從一。從史。史亦聲。

段注：治人者也。从一。从史。史亦聲。

　　吏　力置切　來母古讀來母　之部

　　史　疏士切　疏母古讀心母　之部

　　此為三本皆有之亦聲字，與所从之亦聲史字，一為舌音來母，一為齒音心母，聲母不相近，然韻母同屬之部，彼此之間為疊韻關係。

　　吏之意為治人者也，構形上由「一」與「史」兩部份組成。史，《說文》云：「記事者也。」〔註4〕至於一，有以為法者，如《說文解字注箋》曰：「从一从史會意，言一遵守法令也。」（一上三）〔註5〕有以為準者，如《說文解字句讀》曰：「九經字樣：『吏，言其執法如一。』」（頁1）〔註6〕然非數字一二之一。此字需由一、史兩者合成方能見吏之意，缺一不可。〔註7〕

2. 禮【禮】 一上示部 （一篇上四）

大徐：履也。所以事神致福也。从示。从豊。豊亦聲。

小徐：履也。所以事神致福也。從示。從豊。豊亦聲。

段注：履也。所𠮚事神致福也。从示。从豊。豊亦聲。

　　禮　靈啟切　來母古讀來母　脂部

　　豊　盧啟切　來母古讀來母　脂部

　　此為三本皆有之亦聲字，與所从之亦聲豊字，彼此之間為雙聲疊韻關係。

〔註3〕 本文所註明之頁數、反切以段注本為主，若段注無反切或有疑義者，則取大徐本所記。

〔註4〕 本章所引《說文》文字，除特別說明外，皆以段注本為主。

〔註5〕 徐灝，《說文解字注箋》收入《續修四庫全書》，第225～227冊（上海：上海古籍出版社，1995年），以下簡稱《徐箋》。另，為節省篇幅，本章於引書之後，但以夾註註明頁數，不再做頁下註。

〔註6〕 王筠，《說文解字句讀》（北京：中華書局，1988年），以下簡稱《句讀》。

〔註7〕 以吏字而言，徵之甲文，可知史、吏本為一字，而其義多作「事」解。如李孝定云：「契文史、事、使一字。」（《甲骨文字集釋》）于省吾以為：「古文字吏與事同字，有時與史同用。」（《甲古文字詁林》）徐中舒曰：「卜辭史吏一字。」（《甲骨文字典》）循此，則《說文》所謂「从一。从史」似有可商榷之處。然許慎《說文》，本有人文經學思想，乃為輔弼五經而作，故今之論述字義，一以《說文》之說解為主。

禮，許先以聲訓「履」釋之，後又云所以事神致福，構形上由「示」和「豊」兩部份組成。豊，《說文》云：「行禮之器也。」「示」旁則是表示此字與祭祀有關，如《說文解字注》云：「禮有五經，莫重於祭，故禮字从示。」（頁 2）〔註8〕然而「豊」本身已有行禮器之意，即便不加示旁，亦足以表示「禮」意，如《徐箋》云：「蓋豊本古禮字，相承增示旁，非由會意而造也。」（一上八）此字可僅以豊表示禮義，示可省。

3. 祏【祏】　一上示部　（一篇上八）

大徐：宗廟主也。周禮有郊宗石室。一曰大夫以石為主。从示。从石。石亦聲。

小徐：宗廟主也。周禮有郊宗石室。一曰大夫以石為主。從示石。石亦聲。

段注：宗廟主也。周禮有郊宗石室。一曰大夫㠯石為主。从示石。石亦聲。

祏　常隻切　禪母古讀定母　鐸部
石　常之切　禪母古讀定母　鐸部

此為三本皆有之亦聲字，與所从之亦聲石字，彼此之間為雙聲疊韻關係。

祏之意為藏於石室內之宗廟主，構形上由「示」和「石」兩部份組成。石，《說文》云：「山石也。」在這裡是表示藏宗廟之室的材質，如《說文通訓定聲》云：「凡遠祖之毀廟之宔則有石室藏焉。」（頁 410）〔註9〕《說文義證》云：「石室者，藏本主之石匭也。」（頁 11）〔註10〕「示」旁則是表示此字與祭祀有關。此字需由示、石兩者合成方能見宗廟石室之意，缺一不可。

4. 禬【禬】　一上示部　（一篇上十三）

大徐：會福祭也。从示。从會。會亦聲。周禮曰。禬之祝號。

小徐：會福祭也。從示。會聲。周禮。禬之祝號。

段注：會福祭也。從示。會聲。周禮曰。禬之祝號。

禬　古外切　見母古讀見母　月部

〔註8〕段玉裁，《說文解字注》以下簡稱《段注》。
〔註9〕朱駿聲，《說文通訓定聲》以下簡稱《通訓定聲》。
〔註10〕桂馥，《說文義證》以下簡稱《義證》。

會　黃外切　匣母古讀匣母　月部

此為大徐本獨有之亦聲字，小徐、段注兩本皆作形聲解，與所從之亦聲會字，一為牙音見母、一為喉音匣母，聲母不相近，然韻母同屬月部，彼此之間為疊韻關係。

禬之意為會福祭，乃祭名，構形上由「示」和「會」兩部份組成。會，《說文》云：「合也。」「示」旁則是表示此字與祭祀有關。然則禬祭乃除惡之祭，段注云：「周禮注曰：『除災害曰禬。』」（頁7）《義證》云：「此皆言除惡祭也。」（頁17）《通訓定聲》云：「除疾殃祭也。」（頁586）不知《說文》云會福之祭自何而來？不過，除災、會福本即一體之兩面。若以禬為除惡祭，則會旁無從取義，然若從《說文》會福之說，則此字需由示、會兩者合成方能見會福祭之意，缺一不可。

5. 琥【琥】　一上玉部　（一篇上二十三）

大徐：發兵瑞玉。為虎文。从玉。从虎。虎亦聲。春秋傳曰。賜子家雙琥。

小徐：發兵瑞玉。為虎文。從玉。虎聲。春秋傳曰。賜子家子雙琥是。

段注：發兵瑞玉。為虎文。從王。虎聲。春秋傳曰。賜子家子雙琥是。

琥　呼古切　曉母古讀曉母　魚部
虎　呼古切　曉母古讀曉母　魚部

此為大徐本獨有之亦聲字，小徐、段注兩本皆作形聲解，與所從之亦聲虎字，彼此之間為雙聲疊韻關係。

琥之意為虎文玉，構形上由「玉」和「虎」兩部份組成。虎，《說文》云：「山獸之君。」此處但取虎文之意，《段注》云：「琢虎為文也。」（頁12）。「玉」旁則表示此字與玉器有關。此字需由玉、虎兩者合成方能見虎文玉之意，缺一不可。

6. 瓏【瓏】　一上玉部　（一篇上二十四）

大徐：禱旱玉。龍文。从玉。从龍。龍亦聲。

小徐：禱旱玉。龍文。從玉。龍聲。

段注：禱旱玉也。為龍文。從王。龍聲。

瓏　力鍾切　來母古讀來母　東部

龍　力鍾切　來母古讀來母　東部

此為大徐本獨有之亦聲字，小徐、段注兩本皆作形聲解，與所從之亦聲龍字，彼此之間為雙聲疊韻關係。

瓏之意為龍文玉，構形上由「玉」和「龍」兩部份組成。龍，《說文》云：「鱗蟲之長。」此處但取龍文之意，《段注》云：「瑑龍為文也。」（頁12）「玉」旁則表示此字與玉器有關。此字需由玉、龍兩者合成方能見龍文玉之意，缺一不可。

7. 瑁【瑁】　一上玉部　（一篇上二十五）

　　大徐：諸侯執圭朝天子。天子執玉以冒之。似犁冠。周禮曰。天子執瑁
　　　　　四寸。从玉冒。冒亦聲。

　　小徐：諸侯執圭朝天子。天子執玉以冒之。似犁冠。周禮曰。天子執瑁
　　　　　四寸。從玉冒。冒亦聲。

　　段注：諸矦執圭朝天子。天子執玉以冒之。似犛冠。周禮曰。天子執瑁
　　　　　四寸。从王冒。冒亦聲。

　　瑁　莫報切　明母古讀明母　幽部
　　冒　目報切　明母古讀明母　幽部

此為三本皆有之亦聲字，與所從之亦聲冒字，彼此之間為雙聲疊韻關係。

瑁之意為天子所執之玉，構形上由「玉」和「瑁」兩部份組成。冒，《說文》云：「冢而前也。」《段注》云：「冢者，覆也。」（頁358）《義證》云：「冢通作蒙。」（頁664）「玉」旁則表示此字與玉器有關。至於天子之所執之玉為何從冒？《段注》以為：「玉曰冒者，言德能覆天下也。」（頁13）《說文解字繫傳》以為：「圭上有物冒之也……本取於上冒之，故曰亦聲。」（頁7）〔註11〕《通訓定聲》云：「天子執冒以朝諸侯，見則覆之，所以與諸侯為端也。」（頁234）無論從何說，此字需由玉、冒兩者合成方能得知其意，缺一不可。

8. 珥【珥】　一上玉部　（一篇上二十六）

　　大徐：瑱也。从玉耳。耳亦聲。

　　小徐：瑱者。從玉耳。耳亦聲。

　　段注：瑱也。从王耳。耳亦聲。

〔註11〕徐鍇，《說文解字繫傳》以下簡稱《繫傳》。

珥　仍吏切　日母古讀泥母　　之部

耳　而止切　日母古讀泥母　　之部

此為三本皆有之亦聲字，與所从之亦聲耳字，彼此之間為雙聲疊韻關係。

珥之意為瑱，即塞耳之玉，構形上由「玉」和「耳」兩部份組成。耳，《說文》云：「主聽者也。」「玉」旁則表示此字與玉器有關。《義證》引《列子》注云：「珥、瑱也。晃上垂玉以塞耳。」（頁 33）《通訓定聲》云：「耳璫垂珠者曰珥。」（頁 145）此字需由玉、耳兩者合成方能見塞耳玉之意，缺一不可。

9. 琀【琀】　一上玉部　（一篇上三十七）

大徐：送死口中玉也。从玉。从含。含亦聲。

小徐：送夃口中玉也。從玉。從含。含亦聲。

段注：送死口中玉也。从王含。含亦聲。

琀　胡紺切　匣母古讀匣母　　侵部

含　胡男切　匣母古讀匣母　　侵部

此為三本皆有之亦聲字，與所从之亦聲含字，彼此之間為雙聲疊韻關係。

琀之意為葬禮中死者口含之玉，構形上由「玉」和「含」兩部份組成。含，《說文》云：「嗛也。」即口有所銜。「玉」旁則表示此字與玉器有關。此字需由玉、含兩者合成方能見死者口含之玉之意，缺一不可。

10. 斺【斺】　一上丨部　（一篇上四十一）

大徐：旌旗杠皃。从丨。从㫃。㫃亦聲。

小徐：旌旗杠皃。從丨㫃。亦聲。

段注：旌旗杠皃。从丨㫃。㫃亦聲。

斺　丑善切　徹母古讀透母　　元部

㫃　於幰切　影母古讀影母　　元部

此為三本皆有之亦聲字，與所从之亦聲㫃字，一為舌音透母、一為喉音影母，聲母不相近，然韻母同屬元部，彼此之間為疊韻關係。

斺之意為旌旗杠，即旗竿，構形上由「丨」和「㫃」兩部份組成。㫃，《說文》云：「旌旗之游㫃蹇之皃。」「丨」，《說文》云：「上下通也。」此處為象形，表示旗竿豎立樣子，如《段注》云：「以丨象杠形，加㫃為偏旁。」（頁 21）《繫傳》云：「㫃音偃，象旌旗偃飛揚之貌。丨，橦榦也，杠即橦也。」（頁

10）雖然單一｜字已足以象旗竿之形，然僅｜無法令人知曉此為旗竿，至多以為一豎立之木而已，故仍需加㫃方能明旗竿之意，兩者缺一不可。

11. 芬【芬】　一下屮部　（一篇下二）

大徐：艸初生。其香分布。从屮。从分。分亦聲。

小徐：艸初生。其香分布。從屮分。分亦聲。

段注：艸初生。其香分布也。从屮。分聲。

芬　撫文切　敷母古讀滂母　諄部

分　甫文切　非母古讀幫母　諄部

此為大徐、小徐皆有，而段注以形聲解之亦聲字，與所从之亦聲分字，一為脣音滂母、一為脣音幫母，屬旁紐雙聲，韻母則同屬諄部，彼此之間為旁紐雙聲且疊韻關係。

芬之意為草初生時散布的香氣，構形上由「屮」和「分」兩部份組成。分，《說文》云：「別也。」此處取分布、散布之意，从分之字如「紛」本為劍衣後有繽紛意，「粉」為傅面用而細小易散，「雰」為雨雪紛紛如細粉狀，皆有散開之意在其中。从「屮」表示和草有關。《繫傳》云：「初出莩甲，又葉初生，故香。」（頁11）此字需由屮、分兩者合成方能見草香散布之意，缺一不可。

12. 葻【葻】　一下艸部　（一篇下三十八）

大徐：艸得風皃。从艸風。讀若婪。

小徐：艸得風皃。從艸風。風亦聲。讀若婪。

段注：艸得風皃。从艸風。風亦聲。讀若婪。

葻　盧含切　來母古讀來母　侵部

風　方戎切〔註12〕　非母古讀幫母　侵部

此為小徐、段注皆有，而大徐以會意解之亦聲字，與所从之亦聲風字，一為舌音來母、一為脣音幫母，聲母不相近，然韻母同屬侵部，彼此之間為疊韻關係。

葻之意為草被風吹的樣子，構形上由「艸」和「風」兩部份組成。風，《說文》云：「八風也。」即各方風之總稱。从「艸」表示和草有關。此字需由艸、風兩者合成方能見草得風貌之意，缺一不可。

〔註12〕段注云：「風，古音孚音切，今音方戎切。」（頁684）

13. 𣎴【耒】 一下艸部 （一篇下四十一）

大徐：耕多艸。从艸耒。耒亦聲。

小徐：耕名。從艸耒。耒亦聲。

段注：耕多艸。从艸耒。耒亦聲。

耒 盧對切 來母古讀來母 沒部

耒 盧對切 來母古讀來母 沒部

此為三本皆有之亦聲字，與所从之亦聲耒字，彼此之間為雙聲疊韻關係

耒之意大徐、段注本云耕多草，小徐云耕名，構形上由「艸」和「耒」兩部份組成。耒，《說文》云：「耕曲木也。」即耕田器。从「艸」表示和草有關。然而，由艸與耒字合成之耒何以能訓耕多草？實令人不解。《說文解字六書疏證》以為：「承培元曰：『耒，耕名。即孟子梁惠王深耕易耨之耨。用耨以薅田曰耒。耨器名，耒事名。如使不得耕耨，亦當作耒。』倫按，耕多艸於辭不明。下文『蒔』下曰：『道多艸不可行。』疑與此並有奪誤。鍇本作耕名，承以孟子為證，然玉篇亦訓耕多艸，廣韻同。則鍇本耕名疑後人以耕多艸不可通，意多字為名字之誤，因改為名而去艸字，或本訓草多也，校者加耕名，傳寫如今文。」（卷二 110）[註13] 雖不知何以作此訓，然此字仍需由艸、耒兩者合成方能見耕多草之意，缺一不可。

14. 萅【春】 一下艸部 （一篇下五十三）

大徐：推也。从艸。从日。艸。春時生也。屯聲。

小徐：推也。從艸。從日。艸。春時生也。屯亦聲。

段注：推也。从日艸屯。屯亦聲。

春 昌純切 穿母古讀透母 諄部

屯 陟倫切 知母古讀端母 諄部

此為小徐、段注皆有，而大徐作形聲解之亦聲字，與所从之亦聲屯字，一為舌音透母、一為舌音端母，屬旁紐雙聲，韻母則同屬諄部，彼此之間為旁紐雙聲且疊韻關係。

春之意為推、為蠢、為動，即萬物始動之時，《義證》云：「《釋名》：『春、蠢也，動而生也。』……《玉篇》：『春、蠢也，萬物蠢動而出也。』」（頁108）構

[註13] 馬敘倫，《說文解字六書疏證》以下簡稱《馬疏》。

形上由「艸」、「日」、「屯」三部份組成。屯，《說文》云：「象艸木之初生也。」從日，有云陽氣者，如《繫傳》云：「春，陽也，故从日。」（頁23）有云時機者，如《徐箋》：「从日者，時也。」（一下九十八）从艸，代表是時草生，《段注》云：「日艸屯者，得時艸生也。」（頁48）然而「屯」本身已是草木初生，實不必再加「艸」來代表草生，若去除掉「艸」依然可見春天草木初生的意思。〔註14〕

15. 𦱤【莫】　一下茻部　（一篇下五十四）

　　大徐：日且冥也。从日在茻中。

　　小徐：日且冥也。從日在茻中。茻亦聲。

　　段注：日且冥也。从日在茻中。茻亦聲。

　　莫　莫故切　明母古讀明母　鐸部

　　茻　模朗切　明母古讀明母　陽部

　　此為小徐、段注皆有，而大徐作會意解之亦聲字，與所从之亦聲茻字，聲母同屬明母，韻部為鐸陽對轉關係，彼此之間為雙聲且韻母對轉關係。

　　莫字之意為太陽即將下山。構形上由「茻」和「日」兩部份組成。茻，《說文》云：「眾艸也。」从日，代表太陽。《繫傳》云：「平野中望日且莫將落，如在茻中也。」（頁23）此字需由茻、日兩者合成方能見太陽即將下山如落入草原之意，缺一不可。

16. 𦰏【莽】　一下茻部　（一篇下五十四）

　　大徐：南昌謂犬善逐菟艸中為莽。从犬。从茻。茻亦聲。

　　小徐：南昌謂犬善逐兔艸中為莽。從犬。從茻。茻亦聲。

　　段注：南昌謂犬善逐兔艸中為莽。从犬茻。茻亦聲。

　　莽　謀朗切　明母古讀明母　陽部

　　茻　模朗切　明母古讀明母　陽部

　　此為三本皆有之亦聲字，與所从之亦聲茻字，彼此之間為雙聲疊韻關係。

　　莽之意為狗善於在草原中追逐兔子，《徐箋》云：「犬逐兔莽中，蓋指田獵之事而言。」（一下一百二）構形上由「茻」和「犬」兩部份組成。茻，《說文》云：「眾艸也。」从犬，代表狗。此字需由茻、犬兩者合成方能見犬奔於草中之意，缺一不可。

〔註14〕若徵之甲骨吉金，則可知春字之上半部並非从艸屯。

17. 葬【葬】 一下茻部 （一篇下五十四）

 大徐：藏也。从死在茻中。一其中所以薦之。易曰。古之葬者。厚衣以
　　薪。

 小徐：藏也。從死在茻中。一其中所以薦之。易曰。古之葬者。厚衣以
　　薪。茻亦聲。

 段注：藏也。从死在茻中。一其中所昌荐之。易曰。古者葬。厚衣之以
　　薪。茻亦聲。

 葬　則浪切　精母古讀精母　陽部

 茻　模朗切　明母古讀明母　陽部

　　此為小徐、段注皆有，而大徐作會意解之亦聲字，與所從之亦聲茻字，一
為齒音精母，一為脣音明母，聲母不相近，然韻母同屬陽部，彼此之間為疊韻
關係。

　　葬，許以聲訓「藏」釋之，意為人死後藏之使人不得見，《義證》云：「《檀
弓》：『葬也者、藏也。藏也者，欲人之不得見也。』」（頁 109）故以藏釋之，
構形上由「茻」、「死」、「一」三部份組成。茻，《說文》云：「眾艸也。」从死，
代表死人、屍體，李孝定《甲骨文字集釋》以為：「死者，屍之借字。」〔註15〕
从一，代表的是用來綑屍體的東西，《段注》云：「艸席也。」（頁 48）此字需
由茻、一、死三者合成方能見人死後以草席綑之藏於茻中之意，缺一不可。

二、《說文解字》第二篇之亦聲字

18. 仌【仌】 二上八部 （二篇上二）

 大徐：分也。从重八。八。別也。亦聲。孝經說曰。故上下有別。

 小徐：分也。從重八。八。別也。亦聲。孝經說曰。故上下有別。

 段注：分也。从重八。孝經說曰。故上下有別。

 仌　兵列切〔註16〕　幫母古讀幫母　質部

 八　博拔切　幫母古讀幫母　質部

　　此為大徐、小徐皆有，段注作會意解之亦聲字，與所從之亦聲八字，彼此

〔註15〕李孝定，《甲骨文字集釋》（台北：中研院史語所，民國 80 年，景印五版），頁 243。
〔註16〕此字切語段注以為「兆」字作「治小切」，然段說似不可從，此從大徐切語。

之間為雙聲疊韻關係。

　　仌之意為分，構形上由兩個「八」所組成。八，《說文》云：「別也。」《繫傳》云：「或本音兆。」（頁24）《段注》以為：「即今之兆字。」（頁49）然而此乃錯誤之說，如《句讀》云：「果是兆字，必不可以分也。說之亦不可以上下有別證之。」（頁42）《通訓定聲》云：「段氏以仌為兆字，大誤。」（頁611）李國英《說文類釋》云：「字從重八，隸定作兆，失其形矣。引孝經所以說從重八之意，附會之詞也。」〔註17〕本字在甲文中已有出現，李孝定《甲骨文字集釋》云：「段注《說文》謂此即兆圻本字作𠬟，若𠬟者，乃淺人妄增，更易其音讀『兵列切』者為『治小切』。段說之誤王紹蘭、徐承慶、徐灝輩言之審矣。卜辭仌為地名。如『貞乎帝妍田于仌』前二、四五、一『□子☑何☑貞仌☑』前五、二八、一『癸亥卜在𠂤仌鍊貞王旬亡禍』甲編三四六均是。其義不詳，就字形言許說是也。」（頁261～262）且實際上，單一「八」已可表別意，不需重八，然此字早見於甲文，非《說文》篆字方有，至於何以重八，乃甲文重體之例也。

　　19. 𠕓【必】　二上八部　（二篇上三）

　　　大徐：分極也。从八弋。弋亦聲。

　　　小徐：分極也。從八。弋聲。

　　　段注：分極也。从八弋。八亦聲。

　　　必　卑吉切　幫母古讀幫母　質部

　　　八　博八切　幫母古讀幫母　質部

　　　弋　與職切　喻母古讀定母　職部

　　此為大徐、段注皆有，小徐作形聲解之亦聲字，然大徐、段注所從之亦聲不同。大徐所從之亦聲為弋字，與必字之間聲母一為舌音定母、一為脣音幫母，聲母不相近，韻部一為職部、一為質部，韻部亦無關係；段注所從之亦聲為八字，與必字之間彼此為雙聲疊韻關係。

　　必之意為分判之標準，構形上由「八」和「弋」兩部份組成。八，《說文》云：「別也。」弋，《說文》云：「橜也。象折木衺銳者形。」即是木樁。《段注》云：「樹枲而分之也。」（頁50）《通訓定聲》云：「弋者，樹枲則介分也。」（頁

〔註17〕李國英，《說文類釋》（台北：南嶽出版社，民國73年），頁206。

572）此字需由八、弌兩者合成方能見分判準則之意，缺一不可。〔註18〕

20. 𦜝【胖】　二上半部　（二篇上四）

　　　大徐：半體肉也。一曰廣肉。从半。从肉。半亦聲。

　　　小徐：半體肉。一曰廣肉。從肉。從半。半亦聲。

　　　段注：半體也。一曰廣肉。从肉半。半亦聲。

　　　胖　普半切　滂母古讀滂母　元部

　　　半　博幔切　幫母古讀幫母　元部

　　此為三本皆有之亦聲字，與所从之亦聲半字，一為脣音滂母、一為脣音幫母，屬旁紐雙聲，韻部則同屬元部，彼此之間為旁紐雙聲且疊韻關係。

　　胖之意大徐、小徐云半體肉，段注以為半體，即切肉、片肉，構形上由「肉」和「半」兩部份組成。半，《說文》云：「物中分也。」「肉」旁表示和肉有關。《段注》云：「析肉意也。」（頁51）《說文解字斠詮》云：「鄭司農云：『今禮家以胖為半體。康成謂：胖之言片析肉。』」（卷二頁二）〔註19〕此字需由肉、半兩者合成方能見分肉之意，缺一不可。

21. 𠬪【叛】　二上半部　（二篇上五）

　　　大徐：半也。從半。反聲。

　　　小徐：半也。從半。反聲。

　　　段注：半反也。从半反。半亦聲。

　　　叛　薄半切　並母古讀並母　元部

　　　半　博幔切　幫母古讀幫母　元部

　　　反　府遠切　非母古讀幫母　元部

　　此為段注獨有，大徐、小徐皆以形聲解之亦聲字〔註20〕，大徐、小徐所从之聲為反字，段注所从之亦聲半字，然而，無論是反字或半字，皆為幫母元部字，與叛字之間，一為脣音並母，一為脣音幫母，屬旁紐雙聲，且韻母同屬元部，彼此之間為旁紐雙聲且疊韻關係。

〔註18〕然此字《徐箋》以為：「古無謂立表為準而名之曰必者，疑此乃弓柲之本字，借為語詞之必然耳……弓柲以兩竹夾持之，从八，指事兼聲耳。」（頁218）《甲骨文字集釋》亦云：「必即柲之本字，其義為柄。」（頁275）

〔註19〕錢坫，《說文解字斠詮》，收入《續修四庫全書》，第221冊（上海：上海古籍出版社，1995年）以下簡稱《斠詮》。

〔註20〕《段注》云：「按，各本云半也，从半反聲，轉寫者多奪字耳。」（頁51）

叛之意大徐、小徐以為半，《繫傳》云：「離叛也。春秋曰：『欒盈入于曲沃以叛』使其邑於國分半也。」（頁25）《徐箋》曰：「叛之言半也、分也，離去之謂也。」（219）段以為半反，《段注》云：「反、覆也，反者叛之全，叛者反之半，以半反釋叛，如以是少釋尟。」（頁51）構形上由「半」和「反」兩部份組成。半，《說文》云：「物中分也。」反，《說文》云：「覆也。」無論是從小徐以為反而使其國分半，或是從段以為叛者反之半，均需由半、反兩者合成方能見其意，缺一不可。

22. 牭【牭】　二上牛部　（二篇上六）

　　大徐：四歲牛。从牛。从四。四亦聲。

　　小徐：四歲牛。從牛四。四亦聲。

　　段注：四歲牛。从牛四。四亦聲。

　　牭　息利切　心母古讀心母　質部

　　四　息利切　心母古讀心母　質部

　　此為三本皆有之亦聲字，與所从之亦聲四字，彼此之間為雙聲疊韻關係。

　　牭之意為四歲牛，構形上由「牛」和「四」兩部份組成。四，《說文》云：「會數也，像四分之形。」此處但作數字之四使用。「牛」旁代表此字與牛有關。此字需由牛、四兩者合成方能見四歲牛之意，缺一不可。

23. 犓【犓】　二上牛部　（二篇上八）

　　大徐：以芻莖養牛也。从牛芻。芻亦聲。春秋國語曰。犓豢幾何。

　　小徐：以芻莖養牛也。從牛芻。芻亦聲。春秋國語曰。犓豢幾何。

　　段注：㠯芻莖養圈牛也。从牛芻。芻亦聲。春秋國語曰。犓豢幾何。

　　犓　測愚切　初母古讀清母　侯部

　　芻　叉愚切　初母古讀清母　侯部

　　此為三本皆有之亦聲字，與所从之亦聲芻字，彼此之間為雙聲疊韻關係。

　　犓之意為割草養牛，構形上由「牛」和「芻」兩部份組成。芻，《說文》云：「刈艸也。」《段注》云：「謂可飤牛馬者。」（頁44）從「牛」旁代表和牛有關。此字需由牛、芻兩者合成方能見割草養牛之意，缺一不可。

24. 㹇【㹇】　二上牛部　（二篇上九）

　　大徐：牛很不從引也。从牛。从臤。臤亦聲。一曰大兒。讀若賢。

小徐：牛很不從引也。從牛臤。臤亦聲。一曰大皃。讀若賢。

段注：牛很不從牽也。从牛臤。臤亦聲。一曰大皃。讀若賢。

　犂　喫善切　溪母古讀溪母　真部

　臤　苦閑切　溪母古讀溪母　真部

此為三本皆有之亦聲字，與所从之亦聲臤字，彼此之間為雙聲疊韻關係。

犂之意為牛不順從人的牽引，構形上由「牛」和「臤」兩部份組成。臤，說文云：「堅也。」从「牛」旁代表和牛有關。《義證》云：「很，不聽從也。」（頁117）此字需由牛、臤兩者合成方能見牛不聽從人之意，缺一不可。

25. 𢅂【𢅂】（𠴪）　二上吅部　（二篇上二十九）

大徐：譁訟也。从吅。屰聲。

小徐：譁訟也。從吅屰。亦聲。

段注：譁訟也。从吅屰。屰亦聲。

　𢅂　五各切　疑母古讀疑母　鐸部

　屰　魚戟切　疑母古讀疑母　鐸部

此為小徐、段注皆有，而大徐以形聲解之亦聲字，與所从之亦聲屰字，彼此之間為雙聲疊韻關係。

𠴪之意為爭訟，構形上由「吅」和「屰」兩部份組成。屰，《說文》云：「不順也。」《義證》云：「屰，經典借逆字，釋名：『逆，還也。』不從其理，則逆還不順也。」（頁187）吅，《說文》云：「驚嘑也。」有喧譁之意，《斠詮》云：「文字音義以為爭言也。」（卷二頁二十二）此字需吅、屰兩者合成方能見其不從而爭訟之意，缺一不可。〔註21〕

26. 單【單】　二上吅部　（二篇上三十）

大徐：大也。从吅甲。吅亦聲。闕。

小徐：大也。從吅甲。吅亦聲。闕。

段注：大也。从吅里。吅亦聲。闕。

　單　都寒切　端母古讀端母　元部

〔註21〕有以為此字與諤通者，如《通訓定聲》「字亦作諤，《漢書·韋賢傳》：『諤諤黃髮。』注：直言也。《文選》諷諫詩作諤，注：正直也。」（頁411）《義證》：「又作諤，《楚詞》：『惜誓或直言之諤諤。』《史記》：『趙良謂商君曰：千人之諾諾，不如一士之諤諤。』」（頁137）

吅　況元切　曉母古讀曉母　元部

此為三本皆有之亦聲字，與所从之亦聲吅字，一為舌音端母，一為喉音曉母，聲母不相近，然韻部同屬元部，彼此之間為疊韻關係。

單字《說文》訓大，構形上由「吅」和「甲」兩部份組成。吅，《說文》云：「驚嘑也。」《段注》曰：「大言故从吅。」（頁63）《義證》云：「既云亦聲，則當有吅意。」（頁137）《說文》無「甲」字，《段注》云：「甲形未聞也。」（頁63）《繫傳》云：「言大則吅，吅即諠也。許慎闕義，至今未有能知之者也。」（頁30）由於此字之「甲」形部份，不知該做何解，故何以能訓大義，亦無可說解。僅能勉強以為既从吅亦聲，則應與吅有關。本字無法判斷字形組成結構。〔註22〕

27. 喪【喪】　二上哭部　二篇上三十

大徐：亾也。从哭。从亾。會意。亾亦聲。

小徐：亾也。從哭。亾聲。

段注：亡也。从哭亡。亡亦聲。

喪　息郎切　心母古讀心母　陽部

亡　武方切　微母古讀明母　陽部

此為大徐、段注皆有，而小徐作形聲解之亦聲字，與所从之亦聲亡字，一為齒音心母，一為脣音明母，聲母不相近，然韻部同屬心部，彼此之間為疊韻關係。

喪之意為亡失，《繫傳》云：「凡失物則為喪。」（頁30）構形上由「哭」和「亡」兩部份組成。哭，《說文》云：「哀聲也。」亡，《說文》云：「逃也。」逃亡則不能見，後借以為死，此處即用死意。《義證》云：「《白虎通・崩薨篇》：『喪者何謂也，喪者，亡也。人死謂之喪，何言其喪？亡不可復得見也。』」（頁138）此字需哭、亡兩者合成方能見哭亡奔喪之意，缺一不可。

〔註22〕此字疑許慎有誤，故無法解釋。王氏《句讀》已云：「甲非字，故云闕。都寒切。案，許說非也。詳《釋例》。」（頁53）《釋例》云：「繹山碑戰字從戈，漢印中單姓，亦往往如此。博古圖從單之字，其形甚多。小篆整齊之，遂從吅。許君隨文說之耳。」（頁248）《徐箋》云：「是甲者，隸變之譌體。」（卷二上六十）魯實先先生《文字析義》云：「單於卜辭作✦✦，於彝銘作✦✦，乃旃之象形，上象旃鈴，中象幅柄，是即旃之初文……《說文》釋單从吅聲，是據譌寫之文，而誤以象形為形聲。」（頁19～21）《甲骨文字集釋》亦云：「據許說『單』為會意兼聲字，據卜辭金文言之，『單』實象形字。」（頁430）

28. 趰【趰】　二上走部　（二篇上三十五）

　　大徐：趨趰也。从㢟。龠聲。

　　小徐：趨趰也。從走。從龠。龠亦聲。

　　段注：趨趰也。从走。龠聲。

　　趰　以灼切　喻母古讀定母　藥部

　　龠　以灼切　喻母古讀定母　藥部

　　此為小徐獨有，大徐、段注作形聲解之亦聲字，與所从之亦聲龠字，彼此之間為雙聲疊韻關係。

　　趰之意為快步行走，《釋例》云：「《集韻》十八藥趰下，引《說文》：『趨趰也。』謂疾走。」（頁283）構形上由「走」和「龠」兩部份組成。從走，代表和走路有關。龠，《說文》云：「樂之竹管，三孔，以和眾聲也。」為樂器之名，似無從取義，然王念孫《讀說文記》云：「《說文》云：『龠，樂之竹管。』鉉以為趨趰之趰，義非取於竹管，不當從龠，故改為从走龠聲也。今攷《漢書‧律曆志》云：『龠者，黃鐘律之實也。躍微動氣而生物也。』釋名云：『龠，躍也，氣躍出也。』是龠訓為躍，與趨趰之趰義同。」〔註23〕今從之。此字需走、龠兩者合成方能見行走趨趰之意，缺一不可。

29. 遻【遻】　二下辵部　（二篇下五）

　　大徐：相遇驚也。从辵。从㗂。㗂亦聲。

　　小徐：相遇驚也。從辵㗂。㗂亦聲。

　　段注：相遇驚也。從辵屰。屰亦聲。

　　遻　五各切　疑母古讀疑母　鐸部

　　㗂　五各切　疑母古讀疑母　鐸部

　　屰　魚戟切　疑母古讀疑母　鐸部

　　此為三本皆有之亦聲字，然大徐、小徐與段注所从之亦聲不同，一為㗂字，一為屰字，不過不論是㗂字或屰字，與遻字彼此之間的關係均為雙聲疊韻關係。

　　遻之意為相遇而驚，《句讀》云：「殷敬順《釋文》：『心不欲見而見曰遻。』」（頁61）構形上由「辵」和「㗂」兩部份組成。㗂，《說文》：「譁訟也。」上文

〔註23〕王念孫，《讀說文記》，引自《說文解字詁林》，頁2～1368。

已言其所从之「吅」為驚嘑，「屰」為不順，以不從而呼而見爭訟意。从「辵」表示和行走有關，此處表示遇見。《徐箋》云：「咢為驚，辵為遇也。疑咢逻相承增偏旁。」此字需辵、咢兩者合成方能見其意，缺一不可。

30. 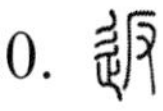【返】　二下辵部　（二篇下六）

大徐：還也。从辵。从反。反亦聲。

小徐：還也。從辵反。反亦聲。

段注：還也。从辵反。反亦聲。

返　扶版切　奉母古讀並母　元部

反　府遠切　非母古讀幫母　元部

此為三本皆有之亦聲字，與所从之亦聲反字，聲母一為唇音並母，一為唇音幫母，屬旁紐雙聲，且韻母同為元部，彼此之間屬旁紐雙聲且疊韻關係。

返，許以聲訓「還」釋之，《繫傳》云：「人行還也。」（頁 34）構形上由「辵」和「反」兩部份組成。反，《說文》云：「覆也。」从「辵」表示和行走有關。然單一反字已有歸而還之意，經典常用「反」表返意，如《左傳・僖二十三年》：「楚子饗之曰：『公子若反晉國，則何以報不穀？』」〔註 24〕《禮記・檀弓下》：「有若曰：『晏子一狐裘三十年，遣車一乘，及墓而反。』」〔註 25〕《尚書・五子之歌》：「畋于有洛之表，十旬弗反。」〔註 26〕此字可僅以反表示還義，辵可省。

31. 【選】　二下辵部　（二篇下六）

大徐：遣也。从辵巽。巽。遣之。巽亦聲。一曰選擇也。

小徐：遣也。從辵巽。巽。遣之。巽亦聲。一曰選擇也。

段注：遣也。从辵𢁉。𢁉。遣之。𢁉亦聲。一曰擇也。

選　思沇切　心母古讀心母　元部

巽　蘇困切　心母古讀心母　元部

此為三本皆有之亦聲字，與所从之亦聲巽字，彼此之間屬雙聲疊韻關係。

〔註 24〕《春秋左傳正義》，收入《十三經注疏》第 6 冊（台北：藝文印書館，民國 86 年 8 月），頁 252。

〔註 25〕《禮記注疏》，收入《十三經注疏》第 5 冊（台北：藝文印書館，民國 86 年 8 月），頁 194。

〔註 26〕《尚書正義》，收入《十三經注疏》第 1 冊（台北：藝文印書館，民國 86 年 8 月），頁 99

選，許以聲訓「遺」釋之，為送、派之意，《義證》云：「遺也者，本書罷遣有罪也。言有賢能而入，网而貰遣之。」（頁155）構形上由「辵」和「異」兩部份組成。異，《說文》云：「具也。」此處特注明為「遺之」則表非用本義。《句讀》云：「異，具也。異遣之者，具而后遣之也。」（頁167）《通訓定聲》云：「按，以懸訓異也。」（頁682）《段注》則云：「異為風，故云遣之。」（頁73）從「辵」表示和行走有關。然僅「異」一體則義已足矣，故此字可僅以異表遣意，辵可省。

32. 𢒋【徖】　二下彳部　（二篇下十四）

大徐：復也。从彳。从柔。柔亦聲。

小徐：復也。從彳柔。柔亦聲。

段注：復也。从彳。柔聲。

徖　人九切　日母古讀泥母　　幽部

柔　耳由切　日母古讀泥母　　幽部

此為大徐、小徐皆有，段注作形聲解之亦聲字，與所从之亦聲柔字，彼此之間屬雙聲疊韻關係。

徖之意《說文》曰復，復字，《說文》曰：「往來也。」《繫傳》云：「猶蹂也，往來蹂踐之也。」（頁36）構形上由「彳」和「柔」兩部份組成。彳，《說文》云：「小步也。」从彳表與行走有關。柔，《說文》云：「木曲直也。」無所取義，故知為借字。《義證》云：「復也者，本書內：獸足蹂地也。」（頁164）內，《說文》曰：「獸足蹂地也。」內，古音在泥紐，古韻在幽部；柔，古音在泥紐，古韻在幽部，彼此為雙聲疊韻關係。且內為古文，後有篆文作「蹂」。足見徖所从之柔旁，應為內之假借字。彳表行走，柔表踏，此字需兩者合成方能見來回行走踐踏之意，缺一不可。

33. 齨【齨】　二下齒部　（二篇下二十三）

大徐：老人齒如臼也。一曰馬八歲齒臼也。从齒。从臼。臼亦聲。

小徐：老人齒如臼。從齒。臼聲。馬八歲齒。齒。臼也。

段注：老人齒如臼也。从齒臼。臼亦聲。一曰馬八歲也。

齨　其久切　羣母古讀匣母　　幽部

臼　其九切　羣母古讀匣母　　幽部

　　此為大徐、段注皆有，小徐作形聲解之亦聲字，與所從之亦聲臼字，彼此之間屬雙聲疊韻關係。

　　齨之意為牙齒像舂臼的樣子，構形上由「齒」和「臼」兩部份組成。臼，《說文》云：「舂臼也。」是一個象形字，此處但取牙齒如臼之意。《段注》云：「如臼者，齒坳也。」（頁81）從齒，表示和牙齒有關。蔡信發《六書釋例》云：「齨從『臼』聲，是用來比擬老人齒蛀中空像『舂臼』之形。」（頁185）〔註27〕此字需齒、臼兩者合成方能見齒如臼之意，缺一不可。

34. 齨【齯】　二下齒部　（二篇下二十三）

　　大徐：齧骨聲。从齒。从骨。骨亦聲。

　　小徐：齧骨聲。從齒。骨聲。

　　段注：齧骨聲。从齒骨。骨亦聲。

　　齯　戶八切　匣母古讀匣母　沒部

　　骨　古忽切　匣母古讀見母　沒部

　　此為大徐、段注皆有，小徐作形聲解之亦聲字，與所從之亦聲骨字，一屬喉音匣母、一屬牙音見母，聲母不相近，然韻母同屬沒部，彼此之間屬疊韻關係。

　　齯之意為以齒齧骨之聲，為一狀聲之字，構形上由「齒」和「骨」兩部份組成。骨，《說文》云：「肉之覈也。」此處為骨頭之意。從齒，表示和牙齒有關。《段注》云：「《曲禮》曰：『勿齧骨。』鄭云：『為有聲響不敬。』」（頁81）此字需齒、骨兩者合成方能見齧骨之意，缺一不可。

35. 觭【觭】　二下牙部　（二篇下二十三）

　　大徐：虎牙也。从牙。从奇。奇亦聲。

　　小徐：武牙也。從牙奇。奇亦聲。

　　段注：虎牙也。从牙奇。奇亦聲。

　　觭　去奇切　溪母古讀溪母　歌部

　　奇　渠羈切〔註28〕　羣母古讀匣母　歌部

　　此為三本皆有之亦聲字，與所從之亦聲骨字，一屬牙音溪母，一屬喉音匣

〔註27〕蔡信發，《六書釋例》（台北：萬卷樓，民國90年）。

〔註28〕《說文》：「奇。異也。一曰不耦。」段注：「今音前義渠羈切，後義居宜切。」（頁206）

母，聲母部相近，然韻母同屬歌部，彼此之間屬疊韻關係。

　　觭之意為虎牙，小徐作「武牙」者，避唐諱也，《義證》云：「嚴說之曰：『唐人諱虎改之。』」（頁174）構形上由「牙」和「奇」兩部份組成。奇，《說文》云：「異也。」此表示和一般的牙不同，從牙，表示和牙齒有關。《段注》云：「今俗謂門齒外出為虎牙，古語也。」（頁81）《句讀》云：「當口四齒之外，其兩齒謂之虎牙，其形介牙齒之間。」（頁69）如依段說，則虎牙為外突之門牙，如依王說，則虎牙即今日之犬齒。今不知何者為是，然其「奇異之牙」之意大可確認，故此字需牙、奇兩者合成方能見意，缺一不可。

36. 䟑【䟑】　二下疋部　（二篇下三十二）

　　大徐：門戶疏窗也。从疋。疋亦聲。囪象䟑形。讀若疏。

　　小徐：門戶疏窗也。從疋囪。囪象䟑形。讀若疏。

　　段注：門戶青疏窗也。从疋。疋亦聲。囪象䟑形。讀若疏。

　　䟑　所菹切　疏母古讀心母　魚部

　　疋　所菹切　疏母古讀心母　魚部

　　此為大徐、段注皆有，小徐作會意解之亦聲字，與所从之亦聲疋字，彼此之間屬雙聲疊韻關係。

　　䟑之意為門戶疏窗，即刻有花紋的窗子。構形上由「疋」和「囪」兩部份組成。囪，《說文》云：「在牆曰牖，在戶曰囪。」為象形字，即窗子，此云囪象䟑形是也。疋，《說文》云：「足也。」是腳的意思，至於何從取義？《段注》云：「从疋者，綺文相連，如足迹相種也。」（頁85）《義證》云：「疋取通行意也。」（頁182）然單一囪字已可見疏窗之意，實不必再加疋旁，如《句讀》云：「囪䟑一物。」（頁73）故此字可僅以囪表意，疋旁可省。

37. 延【延】　二下疋部　（二篇下三十二）

　　大徐：通也。从㕥。从疋。疋亦聲。

　　小徐：通也。從㕥疋。亦聲。

　　段注：通也。从㕥疋。疋亦聲。

　　延　所菹切　疏母古讀心母　魚部

　　疋　所菹切　疏母古讀心母　魚部

　　此為三本皆有之亦聲字，與所从之亦聲疋字，彼此之間屬雙聲疊韻關係。

疋之意為通，《繫傳》云：「禮記曰：『疏通特達。』是也。」（頁40）《段注》云：「此與疋部疏音義皆同。」（頁85）構形上由「爻」和「疋」兩部份組成。疋，《說文》云：「足也。」此處用作通行意。爻，《說文》云：「交也。」《段注》云：「爻者，刻文相交也。」（頁40）此取交通意。此字需爻、疋兩者合成方能見意，缺一不可。

三、《說文解字》第三篇之亦聲字

38. 𠯑【舌】　三上舌部　（三篇上一）

大徐：在口所以言也。別味也。从干。从口。干亦聲。

小徐：在口所以言也。別味也。從𠂹口。𠂹亦聲。

段注：在口所㠯言。別味者也。从干口。干亦聲。

舌　食列切　神母古讀定母　月部

干　古寒切　見母古讀見母　元部

此為三本皆有之亦聲字，與所从之亦聲干字，一屬舌音定母、一屬牙音見母，聲母不相近，然韻母屬月元對轉，彼此之間屬韻部對轉關係。

舌之意為口中用來說話、辨識味道的東西，構形上由「口」和「干」兩部份組成。从口，表示和嘴有關。干，《說文》云：「犯也。」《繫傳》以為：「凡物入口必干於舌也。」（頁42）《段注》云：「干，犯也。言犯口而出之，食犯口而入之。」（頁87）《徐箋》云：「舌者，口中之幹，故从干耳。」（三上三）無論從何說，此字均需由干、口兩者合成方能見口中舌之意，缺一不可。〔註29〕

39. 𢮈【拘】　三上句部　（三篇上四）

大徐：止也。从句。从手。句亦聲。

小徐：止也。從句手。句亦聲。

段注：止也。从手句。句亦聲。

拘　舉朱切　見母古讀見母　侯部

句　古侯切　見母古讀見母　侯部

此為三本皆有之亦聲字，與所从之亦聲句字，彼此之間屬雙聲疊韻關係。

〔註29〕事實上，舌字並不从干，乃一象形。《甲骨文字集釋》云：「契文作上出諸形，為象形字，其字形與小篆猶相近，許君以形聲說之，非是。」（頁681）

拘之意為止，《繫傳》云：「物去手能止也。」（頁 43）構形上由「手」和「句」兩部份組成。句，《說文》云：「曲也。」從手，表示和手有關。《段注》云：「手句者，以手止之也。」（頁 88）此字均需由手、句兩者合成方能見以手彎曲而止之意，缺一不可。

40. 筍【笱】　三上句部　（三篇上四）

　　大徐：曲竹捕魚笱也。从竹。从句。句亦聲。

　　小徐：曲竹捕魚笱。從竹句。句亦聲。

　　段注：曲竹捕魚笱也。从竹句。句亦聲。

　　笱　古厚切　見母古讀見母　侯部

　　句　古侯切　見母古讀見母　侯部

此為三本皆有之亦聲字，與所从之亦聲句字，彼此之間屬雙聲疊韻關係。

　　笱之意為彎曲竹子做的捕魚器，《通訓定聲》云：「曲竹捕魚器也。」（頁 300）構形上由「竹」和「句」兩部份組成。句，《說文》云：「曲也。」从竹，表示和竹子有關。此字均需由竹、句兩者合成方能見以曲竹捕魚器之意，缺一不可。

41. 鉤【鉤】　三上句部　（三篇上四）

　　大徐：曲也。从金。从句。句亦聲。

　　小徐：曲也。從金句。句亦聲。

　　段注：曲鉤也。从金句。句亦聲。

　　鉤　古矦切　見母古讀見母　侯部

　　句　古侯切　見母古讀見母　侯部

此為三本皆有之亦聲字，與所从之亦聲句字，彼此之間屬雙聲疊韻關係。

　　鉤之意為大小徐云曲也，段注云曲鉤也，構形上由「金」和「句」兩部份組成。句，《說文》云：「曲也。」从金，表示和金屬有關。若從大小徐本，則單一「句」字已有曲意，不必再加金旁可矣，如《句讀》以為：「即用部首說解，以見古之但作句也。」（頁 78）若從段注本，則指金屬之器物，如《通訓定聲》云：「《晉語》：『申孫之矢，集於桓鉤。注：帶鉤也。』」（頁 300）《斠詮》云：「方言：『戟其曲者謂之鉤釨鏝胡。』」（卷三頁三）則此字均需由金、句兩者合成方能見意，缺一不可。

42. 茻【茻】　三上丩部　（三篇上五）

　　大徐：艸之相丩者。从茻。从丩。丩亦聲。

　　小徐：艸之相丩者。從茻丩。丩亦聲。

　　段注：艸之相丩者。从茻丩。丩亦聲。

　　茻　居虯切　見母古讀見母　幽部

　　丩　居蚪切　見母古讀見母　幽部

　　此為三本皆有之亦聲字，與所從之亦聲丩字，彼此之間屬雙聲疊韻關係。

　　茻之意為糾纏在一起的草，構形上由「茻」和「丩」兩部份組成。茻，《說文》云：「眾艸也。」丩，《說文》云：「相糾繚也。」《段注》云：「艸相繚故从茻丩。」（頁89）此字均需由茻、丩兩者合成方能見眾草相糾意，缺一不可。

43. 糾【糾】　三上丩部　（三篇上五）

　　大徐：繩三合也。从糸丩。

　　小徐：繩三合也。從糸。丩聲。

　　段注：繩三合也。从糸丩。丩亦聲。

　　糾　居黝切　見母古讀見母　幽部

　　丩　居蚪切　見母古讀見母　幽部

　　此為段注獨有，大徐作會意解，小徐作形聲解之亦聲字〔註30〕，與所從之亦聲丩字，彼此之間屬雙聲疊韻關係。

　　糾之意為繩三合，即三條線絞在一起的繩子，《繫傳》云：「三股繩。」（頁43）構形上由「糸」和「丩」兩部份組成。丩，《說文》云：「相糾繚也。」從糸表示和絲線繩子有關。《句讀》云：「蓋用麻而絞急之，謂之紉；以紉三合之，謂之糾；以糾而三合之，謂之徽。故曰三糾，謂糾者，三也。」（頁78）此字均需由糸、丩兩者合成方能見繩相糾之意，缺一不可。

44. 博【博】　三上十部　（三篇上六）

　　大徐：大通也。从十。从尃。尃。布也。

　　小徐：大通也。從十尃。尃。布也。亦聲。

　　段注：大通也。从十尃。尃。布也。亦聲。

　　博　補各切　幫母古讀幫母　鐸部

〔註30〕《段注》云：「丩亦二字今補。」（頁89）

專　芳無切　敷母古讀滂母　魚部

此為小徐、段注皆有之亦聲字，大徐作會意解，與所从之亦聲專字，一為脣音幫母、一為脣音滂母，屬旁紐雙聲，韻母屬魚鐸對轉，彼此之間屬旁紐雙聲且對轉關係。

博之意為大通也，即廣大宏通之意，《義證》云：「大通也者，當是大也，通也。《玉篇》：『博，廣也，通也。』」（頁190）構形上由「十」和「尃」兩部份組成。尃，《說文》云：「布也。」表廣意。《段注》云：「《祭義》：『溥之而橫乎四海。』《釋文》：『溥本或作尃。』」（頁122）十，《說文》云：「數之具也，一為東西，｜為南北，則四方中央備矣。」此處用以表通達之意。《句讀》曰：「四方中央，無不尃也。」（頁79）此字均需由十、尃兩者合成方能見大通之意，缺一不可。

45. 恊【劦】　三上十部　（三篇上六）

大徐：材十人也。从十。力聲。

小徐：材十人也。從十。力聲。

段注：材十人也。从十力。力亦聲。

劦　盧則切　來母古讀來母　職部

力　林直切　來母古讀來母　職部

此為段注獨有之亦聲字，大徐、小徐作形聲解[註31]，與所从之亦聲力字，彼此之間屬雙聲疊韻關係。

劦之意為材十人，即才能超越十人，《段注》云：「十人為劦，千人為俊。」（頁89）構形上由「十」和「力」兩部份組成。力，《說文》云：「筋也，象人筋之形。」此處用以作能力、才華之意，《句讀》云：「力即材也。」（頁79）此字均需由十、力兩者合成方能見才過十人之意，缺一不可。

46. 詵【詵】　三上言部　（三篇上八）

大徐：致言也。从言。从先。先亦聲。詩曰。螽斯羽詵詵兮。

小徐：致言也。從言先。先亦聲。詩曰。螽斯羽詵詵兮。

段注：致言也。从言先。先亦聲。詩曰。螽斯羽詵詵兮。

詵　所臻切　疏母古讀心母　諄部

〔註31〕《段注》云：「力亦二字今補。」（頁89）

先　穌前切　心母古讀心母　諄部

此為三本皆有之亦聲字，與所从之亦聲先字，彼此之間屬雙聲疊韻關係。

詵之意為致言，即進言、獻言，《繫傳》云：「先致其言也。」（頁 44）構形上由「言」和「先」兩部份組成。先，《說文》：「前進也。」此處作為先後之先，《段注》云：「所謂先容也。」（頁 90）从言，表示和說話有關。《通訓定聲》云：「致言以先容之意。」（頁 730）此字均需由言、先兩者合成方能見進言以先之意，缺一不可。

47. 詔【詔】　三上言部

大徐：告也。从言。从召。召亦聲。

小徐：告也。從言。從召。召亦聲。

段注：（闕）

詔　之紹切　照母古讀端母　宵部

召　直少切　澄母古讀定母　宵部

此為大徐、小徐皆有，段注闕字之亦聲字〔註32〕，與所从之亦聲召字，一為舌音端母，一為舌音定母，屬旁紐雙聲，韻部同為宵部，彼此之間屬旁紐雙聲且疊韻關係。

詔之意為告，《通訓定聲》云：「上告下之義，古用誥，秦復造詔字當之。」（頁 274）構形上由「言」和「召」兩部份組成。召，《說文》云：「評也。」即呼喚、召喚之意。从言，表示和說話有關。召而言之，故謂之告。此字均需由言、召兩者合成方能見其意，缺一不可。

48. 警【警】　三上言部　（三篇上十六）

大徐：戒也。从言。从敬。敬亦聲。

小徐：戒也。從言敬。敬亦聲。

段注：言之戒也。从言敬。敬亦聲。

警　己皿切　見母古讀見母　耕部

敬　居慶切　見母古讀見母　耕部

此為三本皆有之亦聲字，與所从之亦聲敬字，彼此之間屬雙聲疊韻關係。

〔註32〕有以為《說文》本無「詔」字，此乃徐鉉所加。《義證》云：「此文徐鉉所加。」（頁 198）《通訓定聲》云：「此字《說文》不錄，徐鉉補入為十九文之一。」（頁 274）

警之意為大、小徐以為戒也，段以為言之戒，構形上由「敬」和「言」兩部份組成。敬，《說文》云：「肅也。」故有戒之意。从言，表示和說話有關。如從大、小徐，則單用敬即可表肅、戒之意，如《義證》云：「戒也者，《詩·常武》：『既敬既戒。』箋云：『敬之言警也。』」（頁 201）如從段，則此字均需由言、敬兩者合成方能見言之戒意，缺一不可。

49. 誼【誼】　三上言部　（三篇上十六）

大徐：人所宜也。从言。从宜。宜亦聲。

小徐：人所宜也。從言宜。亦聲也。

段注：人所宜也。从言宜。宜亦聲也。

誼　儀寄切　疑母古讀疑母　歌部

宜　魚羈切　疑母古讀疑母　歌部

此為三本皆有之亦聲字，與所从之亦聲宜字，彼此之間屬雙聲疊韻關係。

誼之意為人所宜，《義證》云：「《釋名》：『誼，宜也。裁制事物，使合宜也。』」（頁 202）構形上由「言」和「宜」兩部份組成。宜，《說文》云：「所安也。」《句讀》云：「《白虎通》：『義者，宜也，斷決得中也。』」（頁 82）从言，表示和說話有關。此字但用「宜」，已可表達適中得宜而人所安之意，且此字訓人所宜，與言語、說話無涉，故「言」旁可省。〔註 33〕

50. 諰【諰】　三上言部　（三篇上十七）

大徐：思之意。从言。从思。

小徐：思之意。從言。思聲。

段注：思之意。从言思。思亦聲。

諰　胥里切　心母古讀心母　之部

思　息茲切　心母古讀心母　之部

此為段注獨有，大徐作會意解，小徐作形聲解之亦聲字〔註 34〕，與所从之亦聲思字，彼此之間屬雙聲疊韻關係。

諰之意為思，構形上由「言」和「思」兩部份組成。思，《說文》云：「睿

〔註 33〕各家皆以為，誼義古今字，如《繫傳》云：「《史記》仁義字或作此。」（頁 46）《句讀》云：「此仁義之古字。《周禮·肆師》注：『古者書儀，但為義，今時所謂義為誼。』」（頁 82）

〔註 34〕《段注》云：「思亦二字今補。」（頁 95）

也。从心从囟。」〔註35〕表示和思、想有關。从言，表示和說話有關。此字但用「思」即可表現思意，《句讀》云：「義聲互相備。」（頁 83）且訓思之意，與言無涉，故「言」旁可省。〔註36〕

51. 訅【訅】　三上言部　（三篇上二十五）

大徐：扣也。如求婦先訅㪤之。从言。从口。口亦聲。

小徐：扣也。如求婦先訅㪤之。從言口。口亦聲。

段注：扣也。如求婦先訅㪤之。从言口。口亦聲。

訅　苦后切　溪母古讀溪母　侯部

口　苦厚切　溪母古讀溪母　侯部

此為三本皆有之亦聲字，與所从之亦聲口字，彼此之間屬雙聲疊韻關係。

訅之意為扣，《說文》：「扣，牽馬也。」於義無所取，《段注》云：「扣叩古今字，《說文》有敂無叩，此扣當作敂。」（頁 99）《句讀》云：「手部：『扣，牽馬也。』其義不協。然則扣乃敂之借字也。攴部：『敂，擊也。』義仍不協。蓋訅扣敂三字之義，今皆歸之後出之叩字也。」（頁 86）構形上由「言」和「口」兩部份組成。口，《說文》云：「人所吕言食也。」即嘴巴。从言，表示和說話有關。訅之意為擊、為發動、為發問，《段注》云：「此蓋古語《論語》：『我叩其兩端而竭焉。』」（頁 99）言从口出，即見問意。此字需由言、口兩者合成方能意，缺一不可。

52. 䨿【䨿】　三上菐部　（三篇上三十五）

大徐：瀆菐也。从䒑。从廾。廾亦聲。

小徐：瀆菐也。從䒑。從収。収亦聲。

段注：瀆菐也。从䒑。从𠦬。𠦬亦聲。

菐　蒲沃切　並母古讀並母　屋部

廾　居竦切　見母古讀見母　東部

此為三本皆有之亦聲字，與所从之亦聲廾字，一為脣音並母，一為牙音見

〔註35〕此從段注本，各本作「容也。」

〔註36〕各家多以為，此處應作「言且思之意」，而訓「懼」。如《段注》云：「《廣韻》：『言且思之。』疑古本作言且思之意也。」（頁 95）《通訓定聲》云：「言且思之意，心有所懼也。字亦作蒽作 。《荀子‧彊國》：『雖然則有其訅矣。』注：『懼也。』」（頁 127）《義證》云：「思之意者，《廣韻》：『訅，言且思之。』《荀子‧議兵》篇：『訅訅然常恐天下之一合而軋己也。』」（頁 203）

母，聲母不相近，韻母為屋東對轉，彼此之間屬韻母對轉關係。

　　羑之意為瀆羑，有煩雜之意。《繫傳》云：「兩手捧持，羋叢雜也。」（頁50）徐鉉校《說文》以為：「瀆讀為煩瀆之瀆，一本注云：『草眾多也。』兩手奉之，是煩瀆也。」（三上十六）﹝註37﹞構形上由「羋」和「廾」兩部份組成。羋，《說文》云：「叢生艸也。」廾，《說文》云：「竦手也。」此處取兩手合捧之意。此字需由羋、廾兩者合成方能意，缺一不可。

53. 僕【僕】　三上羑部　（三篇上三十五）

　　大徐：給事者。从人。从羑。羑亦聲。

　　小徐：給事者。從人。從羑。羑亦聲。

　　段注：給事者。从人羑。羑亦聲。

　　僕　蒲沃切　並母古讀並母　屋部

　　羑　蒲沃切　並母古讀並母　屋部

　　此為三本皆有之亦聲字，與所从之亦聲羑字，彼此之間屬雙聲疊韻關係。

　　僕之意為給事者，《徐箋》云：「執事者謂之僕，因有奴僕之名。」（三上七十二）構形上由「人」和「羑」兩部份組成。从人，表示和人有關。羑，《說文》云：「瀆羑也。」在此取手捧物之意，《《甲骨文字集釋》》引羅振玉言曰：「僕為俘奴之執賤役，瀆羑之事者。故為手奉糞棄之物以象之。」（頁773）此字需由人、羑兩者合成方能見給事之人之意，缺一不可。

54. 龔【龔】　三上羑部　（三篇上三十五）

　　大徐：賦事也。从羑。从八。八。分之也。八亦聲。讀若頒。一曰讀若
　　　　　非。

　　小徐：賦事也。從羑。從八。八。分之也。八亦聲。讀若頒。一曰讀若
　　　　　非。

　　段注：賦事也。从羑八。八。分之也。八亦聲。讀若頒。一曰讀若非。

　　龔　布還切　幫母古讀幫母　質部

　　八　博拔切　幫母古讀幫母　質部

　　此為三本皆有之亦聲字，與所从之亦聲八字，彼此之間屬雙聲疊韻關係。

﹝註37﹞　東漢・許慎撰、南唐・徐鉉校定，《說文解字真本》（台北：臺灣中華書局，民國75年5月。臺四版），以下簡稱《大徐本》。

羲之意為賦事，《段注》云：「賦者，布也。」（頁104）構形上由「八」和「業」兩部份組成。八，《說文》云：「別也。」此取分布之意，業，《說文》云：「瀆業也。」《釋例》云：「事既緐多，即當分與眾人執之。」（頁369）《徐箋》以為：「从業者，遣使頒之，業即僕也。」（三上七十二）無論從何說，此字均需由八、業兩者合成方能見布事之意，缺一不可。〔註38〕

55. 樊【樊】　三上𢼸部　（三篇上三十七）

大徐：鷙不行也。从𢼸。从棥。棥亦聲。

小徐：鷙不行也。從𢼸棥。亦聲。

段注：鷙不行也。從𢼸棥。棥亦聲。

樊　附袁切　奉母古讀並母　元部

棥　附袁切　奉母古讀並母　元部

此為三本皆有之亦聲字，與所从之亦聲棥字，彼此之間屬雙聲疊韻關係。

樊之意，大、小徐以為「鷙不行也」，段以為「鷙不行也」。鷙，《說文》云：「擊殺鳥也。」難以見意；鷙，《說文》云：「馬重兒。」似較合宜，故《段注》云：「鷙不行也，沈滯不行也。」（頁105）然《義證》以為：「鷙亦借字，當作縶。」（頁231）縶乃𦅾之重文，𦅾，《說文》云：「絆馬足也。」亦可言之成理。無論如何，皆受阻而難行之意。構形上由「𢼸」和「棥」兩部份組成。𢼸，《說文》云：「引也。」此處但取其形，即手向外撥之意，《徐箋》云：「从𢼸乃攀字也。」（三上七十七）棥，《說文》云：「藩也。」即籬笆之屬。《繫傳》云：「見籠不得出，以左右攀引外也。」（頁51）此字需由𢼸、棥兩者合成方能見其意，缺一不可。

56. 晨【晨】（晨）　三上晨部　（三篇上三十九）

大徐：早昧爽也。从臼。从辰。辰。時也。辰亦聲。丮夕為夗。臼辰為晨。皆同意。

小徐：早昧爽也。從臼辰。辰。時也。亦聲。丮夕為夗。臼辰為晨。皆同意。

〔註38〕有以為此字即為羲即頒者。《句讀》云：「頒讀為班，班，布也。《說文》：『頒，大頭也。』『班，分瑞玉也。』經典皆借字，羲乃其正字也。」（頁91）《徐箋》云：「羲頒古字通。」（三上七十二）《通訓定聲》以為：「經傳皆以頒、以班為之。」（頁703）

段注：早昧爽也。从臼辰。辰。時也。辰亦聲。䂃夕為夙。臼辰為晨。皆
　　　同意。

　晨　食鄰切　神母古讀定母　諄部
　辰　植鄰切　禪母古讀定母　諄部

　　此為三本皆有之亦聲字，與所从之亦聲辰字，彼此之間屬雙聲疊韻關係。

　　晨之意為早昧爽，即清晨時分，構形上由「臼」和「辰」兩部份組成。辰，
《說文》云：「震也。」在此表時間。臼，《說文》云：「叉手也。」蔡信發《六
書釋例》云：「臼，作『叉手』解，在此引伸作操作解；辰，作『大蛤』解，在
此解作天干之辰解，以表時間。二者相合成『晨』，以示天明操作，也就是早晨
的意思。」（頁224）此字需由臼、辰兩者合成方能見其意，缺一不可。

57. 釁【釁】　三上爨部　（三篇上四十）

　大徐：血祭也。象祭竈也。从爨省。从酉。酉。所以祭也。从分。分亦
　　　　聲。

　小徐：血祭也。象祭竈也。從爨省。酉。酉。所以祭也。從分。分亦聲。

　段注：血祭也。象祭竈也。从爨省。从酉。酉。所以祭也。从分。分亦
　　　　聲。

　釁　許觀切　曉母古讀曉母　諄部
　分　甫文切　非母古讀幫母　諄部

　　此為三本皆有之亦聲字，與所从之亦聲分字，一為喉音曉母、一為脣音幫
母，聲母不相近，然韻母同屬諄部，彼此之間屬疊韻關係。

　　釁之意為血祭，構形上由爨省之「興」與「酉」、「分」三部份組成，象祭
竈之形。爨，《說文》云：「齊謂炊爨。」即像以手推木入竈，《段注》云：「祭
竈亦以血塗之，故從爨省。爨者，竈也。」（頁106）酉，《說文》云：「就也。」
分，《說文》云：「別也。」《繫傳》云：「酉，酒也。分，分牲也。」（頁53）此
字上象祭灶竈之形，以酉祭之，並分牲，故需興、酉、分三者合成方能見血祭
意，缺一不可。

58. 鞣【鞣】　三下革部　（三篇下二）

　大徐：耎也。从革。从柔。柔亦聲。

　小徐：耎也。從革。柔聲。

段注：奕也。从革柔。柔亦聲。

鞣　耳由切　日母古讀泥母　幽部

柔　耳由切　日母古讀泥母　幽部

此為大徐、段注皆有，小徐作形聲解之亦聲字，與所从之亦聲柔字，彼此之間屬雙聲疊韻關係。

鞣之意為軟，《繫傳》云：「皮革之柔奕也。」（頁 53）構形上由「革」和「柔」兩部份組成。柔，《說文》云：「木曲直也。」此取柔軟之意，从革，表示和皮革有關。《斠詮》云：「此即柔皮字。今人治皮俗猶曰鞣。」（卷三頁三十一）此字可單以「柔」表柔軟意，「革」旁可省。

59. 鞅【鞅】　三下革部　（三篇下三）

大徐：鞮鞅沙也。从革。从夾。夾亦聲。

小徐：鞮鞅沙也。從革。從夾。夾亦聲。

段注：鞮鞅沙也。从革。夾聲。

鞅　古洽切　見母古讀見母　怗部

夾　古狎切　見母古讀見母　怗部

此為大徐、小徐皆有，段注作形聲解之亦聲字，與所从之亦聲夾字，彼此之間屬雙聲疊韻關係。

鞅之意為鞮鞅沙，構形上由「革」和「夾」兩部份組成。夾，《說文》云：「持也。」有握、捉之意。从革，表示和皮革有關。所謂「鞮鞅沙也」，依段應為「鞮，鞅沙也」，《段注》以為：「謂鞮之名鞅沙者也。靼角、鞅沙，皆漢人語。《廣雅》之鞾鞨也……《廣韻》：『鞾鞨、索鞾，胡履也。』」（頁 109）鞮，《說文》云：「革履也。」《斠詮》：「《玉篇》：鞮屬。《廣疋》：鞾鞨，履也。即鞅沙同。」（卷三頁三十二）因此，鞅沙應為一胡語之音譯，从革表履可以理解，然而从夾，則無所取意，單取其音而已。

60. 采【采】　三下爪部　（三篇下十三）

大徐：古文孚。从禾。禾。古文保。

小徐：古文孚。從古文保。保亦聲。

段注：古文孚。从禾。禾。古文保。保亦聲。

采　芳無切　敷母古讀滂母　幽部

保　博褒切　幫母古讀幫母　幽部

此為小徐、段注皆有，大徐但云重文之亦聲字，與所从之亦聲保字，一為脣音滂母、一為脣音幫母，屬旁紐雙聲，韻母同為幽部，彼此之間屬旁紐雙聲且疊韻關係。

采為古文孚，孚，《說文》云：「卵孚也。」即孵卵。采字構形上由「爪」和「禾」兩部份組成。爪，《說文》云：「丮也。覆手曰爪。」保，《說文》云：「養也。」以手覆且保養之，是可見孵卵、抱卵之意。此字需由爪、禾兩者合成方能見其意，缺一不可。

61. 𢁉【叞】　三下又部　（三篇下十九）

大徐：楚人謂卜問吉凶曰叞。从又持祟。祟亦聲。讀若贅。

小徐：楚人謂卜問吉凶曰叞。從又持祟。讀若贅。

段注：楚人謂卜問吉凶曰叞。从又持祟。讀若贅。

叞　之芮切　照母古讀端母　沒部

祟　雖遂切　心母古讀心母　沒部

此為大徐獨有，小徐、段注作會意解之亦聲字，與所从之亦聲祟字，一為舌音端母、一為齒音心母，聲母不相近，然韻部同為沒部，彼此之間屬疊韻關係。

楚人謂卜問吉凶曰叞，因此，可知是一種儀式，《斠詮》云：「即筮字。〈特牲饋食禮〉注：『筮，問也。』〈士冠禮〉注：『筮所以問吉凶。』《楚詞》注：『筮，卜問也。』」（卷三頁四十三）構形上由「祟」和「又」兩部份組成。祟，《說文》云：「神禍也。」又，《說文》云：「手也。」《通訓定聲》云：「从又者，握采出卜之意。」（頁553）此字需由祟、手兩者合成方能見以手卜問吉凶之意，缺一不可。

62. 𪃾【𪃾】　三下九部　（三篇下二十九）

大徐：舒𪃾，鶩也。从鳥。凡聲。

小徐：舒𪃾，鶩。从鳥。凡聲。

段注：舒𪃾，鶩也。从凡鳥。凡亦聲。

𪃾　房無切　奉母古讀並母　侯部

凡　市朱切　禪母古讀定母　侯部

此為段注獨有，大徐、小徐作形聲解之亦聲字〔註39〕，與所从之亦聲几字，一為脣音並母、一為舌音定母，兩者發音部位不同，雖同為送氣濁塞音，然古籍罕見，難以判為同位，至於韻母則同為侯部，彼此之間屬疊韻關係。〔註40〕

鳧之意為鶩，為鳥類之一種，《通訓定聲》云：「今野鴨也。家鴨曰舒鳧，曰鶩，曰鴨。俗作鴨。以其行步較鳧為舒遲，故曰舒鳧。」（頁307）構形上由「鳥」和「几」兩部份組成。鳥，《說文》云：「長尾禽總名也。」此處但取禽類之意。几，《說文》云：「鳥之短羽，飛几几也。象形。」《段注》云：「鳧之羽短不能飛，故其字从几。豈知野鳧亦短羽而能飛乎？」（頁122）此字從鳥旁，已可見其為鳥之一種，几則是表其短羽之性質，需兩者合成方能見其意。

63. 𢾅【整】　三下攴部　（三篇下三十三）

大徐：齊也。从攴。从束。从正。正亦聲。

小徐：齊也。從攴。從束正。亦聲。

段注：齊也。从攴。从束正。正亦聲。

整　之郢切　照母古讀端母　耕部

正　之盛切　照母古讀端母　耕部

此為三本皆有之亦聲字，與所从之亦聲正字，彼此之間屬雙聲疊韻關係。

整之意為齊，構形上由「攴」、「束」、「正」三部份組成。攴，《說文》云：「小擊也。」束，《說文》云：「縛也。」正，《說文》云：「是也。」此處但取方正之意。《繫傳》云：「束之又小擊之使正。」（頁60）此字需由攴、束、正三者合成方能見其意，缺一不可。〔註41〕

64. 政【政】　三下攴部　（三篇下三十三）

大徐：正也。从攴。从正。正亦聲。

小徐：正也。從攴。正聲。

〔註39〕《段注》云：「各本作從鳥几聲，今補正。」（頁122）

〔註40〕于省吾以為此字不當从「几」聲，而應從「勹」聲。《甲骨文字集釋》云：「鶩與鳧只是家禽野禽之別。又典籍鳧與鶩有時互作。由于鳧能沒水，故人之沒水也稱為『鳧沒』。伏、沒雙聲，典籍多訓伏為隱為藏，和沒字的義訓也相涵。以說文為例，則鳧字應解：『鳧，水鳥也，从鳥勹，勹亦聲。』是會意兼形聲字。」（頁1732）

〔註41〕各家多以為此字應為从敕而以正為聲，《句讀》云：「從束似涉牽強，若入之正部，云：從敕從正、正亦聲，於文似順。」（頁107）徐箋云：「此疑從敕，正聲。《說文》無敕部，而附於攴部，故曰：从攴从束耳。」（三下五十九）

段注：正也。从攴正。正亦聲。

政　之盛切　照母古讀端母　耕部

正　之盛切　照母古讀端母　耕部

此為大徐、段注皆有，小徐作形聲解之亦聲字，與所从之亦聲正字，彼此之間屬雙聲疊韻關係。

政之意為正，為使其正也，《斠詮》云：「《左傳》：『糾之以政。』馬融《論語》注：『政者，有所改更匡正。』」（卷三頁五十）構形上由「正」、「攴」兩部份組成。正，《說文》云：「是也。」此處取方正之意，攴，《說文》云：「小擊也。」《繫傳》云：「擊也。」（頁60）謂用外力來糾正也。此字需由正、攴兩者合成方能見其意，缺一不可。

65. 敆【敆】　三下攴部　（三篇下三十五）

大徐：合會也。从攴。从合。合亦聲。

小徐：合會也。從攴。合聲。

段注：合會也。从攴合。合亦聲。

敆　古沓切　見母古讀見母　緝部

合　侯閤切　匣母古讀匣母　緝部

此為大徐、段注皆有，小徐作形聲解之亦聲字，與所从之亦聲合字，一為牙音見母、一為喉音匣母，聲母不相近，然韻母同屬緝部，彼此之間屬疊韻關係。

敆之意為合會，構形上由「合」、「攴」兩部份組成。合，《說文》云：「亼口也。」此處取其會合之意。攴，《說文》云：「小擊也。」此處用以作行動之意，然此字單用「合」已可見其合會之意，實不需再加「攴」旁。〔註42〕

66. 敭【敭】　三下攴部　（三篇下三十七）

大徐：侮也。从攴。从易。易亦聲。

小徐：侮也。從攴。從易。易亦聲。

段注：侮也。从攴。从易。易亦聲。

敭　以豉切　喻母古讀定母　錫部

易　羊益切　喻母古讀定母　錫部

〔註42〕徐箋以為：「合敆古今字。」（三下六十五）

此為三本皆有之亦聲字，與所从之亦聲易字，彼此之間為雙聲疊韻關係。

敭之意為侮，《義證》云：「侮猶輕也。本書傷，輕也。侮，傷也。傷當為傷。」（頁 265）即輕侮之意。構形上由「易」、「攴」兩部份組成。易，《說文》云：「蜥易。」此處為難易、容易之意，《繫傳》云：「輕易之也。」（頁 61）攴，《說文》云：「小擊也。」此用引申義，取侮慢之意。此字需由易、攴兩者合成方能見其意，缺一不可。

67. 𢽽【敤】　三下攴部　（三篇下三十七）

大徐：朋侵也。从攴。从羣。羣亦聲。

小徐：朋侵也。從攴羣。

段注：朋侵也。从攴羣。羣亦聲。

敤　渠云切　羣母古讀匣母　諄部

羣　渠云切　羣母古讀匣母　諄部

此為大徐、段注皆有之亦聲字，小徐作會意解，與所从之亦聲羣字，彼此之間屬雙聲疊韻關係。

敤之意為朋侵，即群起來攻也，《義證》云：「朋侵也者，范甯曰：『寇謂羣行攻剽者也。』」（頁 265）構形上由「羣」、「攴」兩部份組成。羣，《說文》云：「輩也。」此取群起之意，攴，《說文》云：「小擊也。」《段注》云：「羣、朋也。攴，侵也。」（頁 126）此字需由羣、攴兩者合成方能見其意，缺一不可。

68. 𡙡【斕】　三下攴部　（三篇下三十七）

大徐：煩也。从攴。从䜌。䜌亦聲。

小徐：煩也。從攴。䜌聲。

段注：煩也。从攴。圍聲。

斕　郎段切　來母古讀來母　元部

䜌　郎段切　來母古讀來母　元部

此為大徐本獨有之亦聲字，小徐、段注作形聲解，與所从之亦聲䜌字，彼此之間屬雙聲疊韻關係。

斕之意為煩，《段注》云：「煩熱頭痛也，引伸為煩亂。」（頁 126）構形上由「䜌」、「攴」兩部份組成。䜌，《說文》云：「治也。」此處取雜亂之亂意，攴，

《說文》云：「小擊也。」此處取行動之意。然單一「殼」字，實足以表煩亂之意，不需再加「攴」旁。

69. 鼓【鼓】 三下攴部 三篇下三十八

大徐：擊鼓也。从攴。从壴。壴亦聲

小徐：擊鼓也。從攴壴。壴亦聲。

段注：擊鼓也。从攴壴。壴亦聲。

鼓 公戶切 見母古讀見母 侯部

壴 中句切 知母古讀端母 侯部

此為三本皆有之亦聲字，與所从之亦聲壴字，一為牙音見母、一為舌音端母，發音部位雖不相同，然同為不送氣清塞音，屬同位雙聲，且韻母同為侯部，彼此之間屬同位雙聲且疊韻關係。

鼓之意為擊鼓，構形上由「壴」、「攴」兩部份組成。壴，《說文》云：「陳樂立而上見也。」即一個樂器立起來的樣子，蔡信發《六書釋例》云：「壴，上像鼓飾，中像鼓面，下像鼓架，屬獨體象形。」（頁250）攴，《說文》云：「小擊也。」此字需由壴、攴兩者合成方能見擊鼓意，缺一不可。

70. 甫【甫】 三下用部 （三篇下四十三）

大徐：男子美稱也。从用父。父亦聲。

小徐：男子美稱。從用父。父亦聲。

段注：男子之美稱也。从用父。父亦聲。

甫 方矩切 非母古讀幫母 魚部

父 扶雨切 奉母古讀並母 魚部

此為三本皆有之亦聲字，與所从之亦聲父字，一為脣音幫母、一為脣音並母，屬旁紐雙聲，韻母同為魚部，彼此之間屬旁紐雙聲且疊韻關係。

甫之意為男子美稱，構形上由「用」、「父」兩部份組成。用，《說文》云：「可施行也。」父，《說文》云：「巨也，家長率教者。」《段注》云：「可為人父也。」（頁129）從父表男子之意易解，至於何以從用？《繫傳》云：「男子之美稱言用也。父者，老也。」（頁62）然其說亦難解矣。考經傳多有以「父」為男子美稱，《義證》云：「從用父者，《士冠禮》注：甫字或作父。〈詩序〉：尹吉甫。《釋文》：甫本又作父。《穀梁春秋‧隱元年》：公及邾儀父盟于眛。傳

云：「儀，字也；父，猶傅也，男子之美稱也。」（頁271）魯先生《文字析義》曰：「其以甫為男之美偁者，乃示尊之如父……則知父為男之美偁，亦不宜別有專字，此徵之字例而可知者。經傳用父為美偁者，不可殫數，此徵之載籍而可知者。」（頁802～803）故此處單用「父」字即可表男子之美稱，「用」可省。

四、《說文解字》第四篇之亦聲字

71. 𥄎【䀉】　四上目部　（四篇上五）

大徐：相顧視而行也。从目。从延。延亦聲。

小徐：相顧視而行。從目。從延。延亦聲。

段注：相顧視而行也。从目。从延。延亦聲。

䀉　于線切　為母古讀匣母　元部

延　丑連切　徹母古讀透母　元部

此為三本皆有之亦聲字，與所从之亦聲延字，一為喉音匣母，一為舌音透母，聲母不相近，然韻部同屬元部，彼此之間屬疊韻關係[註43]。

䀉之意為相顧視而行，構形上由「目」、「延」兩部份組成。目，《說文》云：「人眼也。」延，《說文》云：「安步延延也。」此字需由目、延兩者合成方能見且走且視之意，缺一不可。

72. 瞑【瞑】　四上目部　（四篇上十）

大徐：翕目也。从目冥。冥亦聲。

小徐：翕目也。從目冥。冥亦聲。

段注：翕目也。从目冥。

瞑　武延切　微母古讀明母　耕部

冥　莫經切　明母古讀明母　耕部

此為大徐、小徐皆有，段注作會意解之亦聲字，與所从之亦聲冥字，彼此之間為雙聲疊韻關係。

〔註43〕延字韻部難求，然①段玉裁注入14部，䀉延二字在段注在同部；②劉煜輝《說文亦聲考》用黃季剛28部，將䀉延皆列桓寒部；③王宏傑〈《說文》亦聲字之「會意兼聲」性質初探〉一文用陳新雄32部，將䀉延兩字均歸於3元韻。由上述諸由，本文亦將䀉延均歸入3元，判定為疊韻。

瞑之意為翕目，即合目、斂目，構形上由「目」、「冥」兩部份組成。冥，《說文》云：「窈也。」此處取闇昧之意。從目，表示和眼睛有關。《繫傳》云：「《尚書》曰：『若藥弗瞑眩。』謂藥若毒，使人目閉而瞑眩之也。」（頁65）《徐箋》云：「《廣韻》十五青云：『合目瞑瞑。』」（四上二十）此字需由目、冥兩者合成方能見斂目之意，缺一不可。

73. 眇【眇】　四上目部　（四篇上十二）

大徐：一目小也。從目。從少。少亦聲。

小徐：一目小也。從目少。亦聲。

段注：小目也。從目少。

　眇　亡沼切　微母古讀明母　　宵部

　少　書沼切　審母古讀透母〔註44〕　宵部

此字為大徐、小徐皆有，段注作會意解之亦聲字，與所從之亦聲少字，一為脣音明母，一為舌音並母，聲母不相近，然韻部同為宵部，彼此之間屬疊韻關係。

眇之意，大、小徐皆云一目小，段注以為乃小目，皆有眼睛小的意思，構形上由「目」、「少」兩部份組成。少，《說文》云：「不多也。」《段注》云：「物少則小。」（頁136）從目，表示和眼睛有關。此字需由目、少兩者合成方能見目小之意，缺一不可。

74. 齅【齅】　四上鼻部　（四篇上十七）

大徐：以鼻就臭也。從鼻。從臭。臭亦聲。讀若畜牲之畜。

小徐：以鼻就臭也。從鼻臭。臭亦聲。讀若畜牲之畜。

段注：㠯鼻就臭也。從鼻臭。臭亦聲。讀若畜牲之畜。

　齅　許救切　曉母古讀曉母　　幽部

　臭　尺救切　穿母古讀透母　　幽部

此為三本皆有之亦聲字，與所從之亦聲臭字，一為喉音曉母、一為舌音透母，聲母不相近，然韻母同為幽部，彼此之間屬疊韻關係。

〔註44〕「少」字段注云房密〔並母〕、匹蔑〔滂母〕二切，又於小切〔影母〕，後又注書沼切〔透母〕，二部。大徐亦云書沼切。《廣韻》少於上聲「小」作書沼切，又式照切〔透〕；去聲「笑」作失照、失沼〔透母〕。且段注最後於韻部前作書沼，大徐亦云書沼，均為透母，故此處定為透母。

齅之意為以鼻就臭，即用鼻子聞味道，《句讀》云：「《玉篇》引《論語》：三齅而作。皇侃曰：齅，謂鼻歆翕其氣也。」（頁 120）構形上由「鼻」、「臭」兩部份組成。鼻，《說文》云：「所以引氣自畀也。」臭，《說文》云：「禽走臭而知其迹者，犬也。」此處但取味道之意。此字需由鼻、臭兩者合成方能見其意，缺一不可。

75. 奭【奭】　四上皕部　（四篇上十七）

大徐：盛也。从大。从皕。皕亦聲。此燕召公名。讀若郝。史篇名醜。

小徐：盛也。從大。從皕。皕亦聲。此燕召公名。讀若郝。史篇名醜。

段注：盛也。从大。从皕。皕亦聲。此燕召公名。讀若郝。史篇名醜。

奭　詩亦切　審母古讀透母　職部

皕　彼側切　幫母古讀幫母　職部

此為三本皆有之亦聲字，與所從之亦聲皕字，一為舌音透母、一為脣音幫母，聲母不相近，然韻母同為職部，彼此之間屬疊韻關係。

奭之意為盛，構形上由「大」、「皕」兩部份組成。皕，《說文》云：「二百也。」有多意，从大，取大小之大意。《段注》云：「皕與大皆盛意。」（頁 139）雖然單一大或單一皕，已可見其大意，然而需兩者合成，方能以見其盛大之意。故此字需由大、皕兩者合成方能見其意，缺一不可。

76. 雊【雊】　四上隹部　（四篇上二十六）

大徐：雄雌鳴也。雷始動。雉鳴而雊其頸。从隹。从句。句亦聲。

小徐：雌雉鳴也。雷始動。雉鳴而雊其頸。從隹句。句亦聲。

段注：雄雉鳴也。雷始動。雉乃鳴而句其頸。从隹句。句亦聲。

雊　古候切　見母古讀見母　侯部

句　古候切　見母古讀見母　侯部

此為三本皆有之亦聲字，與所從之亦聲句字，彼此之間屬雙聲疊韻關係。

雊之意，大徐作雄雌鳴，小徐作雌雉鳴，段注作雄雉鳴，雖有些許不同，然而，作雉鳴而句其頸之意則同，構形上由「隹」、「句」兩部份組成。隹，《說文》云：「鳥之短尾總名也。」此處但用以作雉鳥。句，《說文》云：「曲也。」此字需由隹、鳥兩者合成方能見雉鳥彎屈脖子鳴叫其意，缺一不可。

77. 雁【雁】　四上隹部　（四篇上二十七）

　　大徐：鳥也。从隹。瘖省聲。或从人。人亦聲。

　　小徐：鳥也。從隹。疒省聲。或從人。人亦聲。

　　段注：雁鳥也。从隹。从人。瘖省聲。

　　雁　於陵切　影母古讀影母　蒸部

　　人　如鄰切　日母古讀泥母　真部

　　瘖　於金切　影母古讀影母　侵部

　　疒　女厄切　娘母古讀泥母　錫部

　　此字為大徐、小徐皆有，段注作形聲解之亦聲字。大徐、小徐所注之亦聲以「或」解，如以人亦聲言，與雁字之間一為舌音泥母，一為喉音影母，聲母不相近；韻部亦相距甚遠，故彼此之間無任何聲韻關係。若為「瘖」省聲，與雁字之間，聲母同屬影母，韻部為侵蒸旁轉，彼此之間屬雙聲且旁轉關係。如從小徐作「疒」省聲，與雁字之間一為舌音泥母，一為喉音影母，聲母不相近；韻部亦相距甚遠，彼此間亦無聲韻關係。

　　雁之意為雁鳥，為鳥之一種，即今日之鷹，構形上由「隹」、「疒」、「人」三部份組成。从隹，表示為鳥類。人，《說文》云：「天地之性最貴者也。」即人類，《繫傳》云：「雁隨人所指蹤，故從人。」（頁69）瘖，《說文》云：「不能言也。」《釋例》云：「形聲字亦有省者，從其義也，雁能鳴，不可謂之瘖，安得從瘖省哉？四可疑。竊謂雁字當是從隹從人，會意字也。疒蓋疾病之正字，而借為疾速之意。鳥莫速於鷹，故從之也。」（頁377）此字為鳥名，以聲命名者以鳥為眾，大凡鳥名均以表鳥之「鳥」、「隹」加一聲符而成，然諸家多以為人、疒有其意，故此字需由隹、人、疒三者合成方能見其意，缺一不可。

78. 熒【熒】　四上首部　（四篇上三十二）

　　大徐：火不明也。从首。从火。首亦聲。周書曰。布重莫席。織蒻席。讀與蔑同。

　　小徐：火不明也。從首火。首亦聲。周書曰。布重莫席。織蒻席。讀與蔑同。

　　段注：火不明也。从首。从火。首亦聲。周書曰。布重莫席。莫席。織蒻席也。讀與蔑同。

　　莫　莫結切　明母古讀明母　月部

　　瞢　模結切　明母古讀明母　月部

　　此為三本皆有之亦聲字，與所从之亦聲瞢字，彼此之間屬雙聲疊韻關係。

　　莫之意為火不明，構形上由「瞢」、「火」兩部份組成。瞢，《說文》云：「目不正也。」此取其矇昧不明之意。从火，代表和火燄有關。此字需由瞢、火兩者合成方能見火燄昧不明之意，缺一不可。〔註45〕

79. 羗【羌】　四上羊部　（四篇上三十五）

　　大徐：西戎。从芊人也。从人。从芊。芊亦聲。南方蠻閩从虫，北方狄
　　　　　从犬，東方貉从豸，西方羌从芊。此六種也。西南僰人僬僥从人，
　　　　　蓋在坤地，頗有順理之性。唯東夷从大，大，人也。夷俗仁。仁
　　　　　者壽，有君子不死之國。孔子曰：道不行，欲之九夷，乘桴浮於
　　　　　海，有以也。

　　小徐：西戎。從羊人也。從人。從羊。羊亦聲。……

　　段注：西戎。羊種也。从羊儿。羊亦聲。……

　　羌　去羊切　溪母古讀溪母　陽部

　　羊　與章切　喻母古讀定母　陽部

　　此為三本皆有之亦聲字，與所从之亦聲羊字，一為牙音溪母、一為舌音定母，聲母不相近，然韻母同為陽部，彼此之間屬疊韻關係。

　　羌之意為西戎，為中原之外的種族之一，構形上由「羊」、「人」兩部份組成。从人，表示這是一個人種，从羊，《段注》云：「南方蠻閩字从虫，以其蛇種也；北方狄字从犬，以其犬種也；東北方貉字从豸，以其豸種也……是則許謂為羊種。」（頁148）《徐箋》云：「其地產羊，故牧羊者眾，而造字因之借為語詞。」（四上七十三）無論從何說，此字皆需由羊、人兩者合成方能見其意，缺一不可。

〔註45〕雖《段注》以為：「按火當作目，淺人所改也。假令訓火不明，則當入火部矣。此部四字皆說目。」《釋例》亦云：「莫在瞢部，似當入火部。其說曰：火不明也。則瞢之訓目不正者，義太遠。」（頁338）然《馬疏》曰：「古謂不明者，皆為脣音，故瞢昧皆為目不明、昧亦為目不明、夢為目不明、普為日無光、莫為日且冥，凡不明者有所蔽……火不明則謂之莫，其从瞢得聲甚明。」（卷七110）故本文從之，以瞢火合之為火不明之意。

80. 瞿【瞿】 四上瞿部 （四篇上三十七）

　　大徐：鷹隼之視也。从隹。从䀠。䀠亦聲。

　　小徐：鷹隼之視也。從隹䀠。亦聲。

　　段注：雁隼之視也。从隹䀠。䀠亦聲。

　　瞿　九遇切　見母古讀見母　魚部

　　䀠　九遇切　見母古讀見母　魚部

此為三本皆有之亦聲字，與所从之亦聲䀠字，彼此之間屬雙聲疊韻關係。

瞿之意為鷹隼之視，構形上由「隹」、「䀠」兩部份組成。从隹，表示和鳥類有關。䀠，《說文》云：「左右視也。」《段注》云：「知為鷹隼之視者，以从隹䀠知之也。」（頁149）蔡信發《六書釋例》云：「瞿之形構，由䀠置於隹上而成，以隹表雁隼，䀠表視，所以《說文》釋其義為『雁隼之視』，可從。」（頁227）此字需由䀠、隹兩者合成方能見其意，缺一不可。

81. 幽【幽】 四下𢆶部 （四篇下二）

　　大徐：隱也。从山中𢆶。𢆶亦聲。

　　小徐：隱也。從山中𢆶。𢆶亦聲。

　　段注：隱也。从山𢆶。𢆶亦聲。

　　幽　於虯切　影母古讀影母　幽部

　　𢆶　於虯切　影母古讀影母　幽部

此為三本皆有之亦聲字，與所从之亦聲𢆶字，彼此之間屬雙聲疊韻關係。

幽之意為隱，《繫傳》云：「山中隱處。」（頁76）構形上由「山」、「𢆶」兩部份組成。山，《說文》云：「宣也。」此處但取山林之山意。𢆶，《說文》云：「微也。」《段注》云：「幽从山猶隱从自，取遮蔽之意。从𢆶者，微則隱也。」（頁160）此字需由山、𢆶兩者合成方能見山中深隱處之意，缺一不可。

82. 叀【叀】 四下叀部 （四篇下三）

　　大徐：專小謹也。从幺省。屮、財見也。屮亦聲。

　　小徐：專小謹也。從幺省。屮、財見也。屮亦聲。

　　段注：小謹也。从幺省。从屮。屮、財見也。田象謹形。屮亦聲。

　　叀　職緣切　照母古讀端母　元部

　　屮　丑列切　徹母古讀透母　月部

此為三本皆有之亦聲字，與所从之亦聲中字，一為舌音端母、一為舌音透母，屬旁紐雙聲，韻部為月元對轉，彼此之間屬旁紐雙聲且對轉關係。

叀之意為小謹，《句讀》云：「《管子·形勢解》：『謹於一家，則立於一家；謹於天下，則立於天下；是故其所謹者小，則其所立亦小，其所謹者大，則其所立亦大；故曰：小謹者不大立。』」（頁138）構形上由「幺」、「屮」、「田」三部份組成。幺，《說文》云：「小也。」《繫傳》云：「幺，小子也。言人之專謹若小子也。」（頁76）屮，此云「財見也」，《段注》云：「亦小意。」（頁161）至於田，段以為象謹形，然殊不可通。《釋例》云：「案幺、屮皆小意，小而叀之，是謹小慎微之意。然闕中央未說，非如段氏云云也。」（頁380）本字無法判斷字形組成結構。〔註46〕

83. 𦥙【舒】　四下予部　（四篇下五）

大徐：伸也。从舍。从予。予亦聲。一曰舒緩也。

小徐：伸也。從舍。予聲。一曰舒緩也。

段注：伸也。从予。舍聲。一曰舒緩也。

舒　傷魚切　審母古讀透母　魚部

予　余呂切　喻母古讀定母　魚部

舍　始液切　審母古讀透母　魚部

此為大徐獨有，小徐、段注作形聲解之亦聲字，與所从之亦聲予字，一為舌音透母、一為定母，屬旁紐雙聲，且韻部同為魚部，彼此之間屬旁紐雙聲且疊韻關係。另，段注本作舍聲，與舒字為雙聲疊韻。

舒之意為伸，即舒展、伸展之意，構形上由「舍」、「予」兩部份組成。舍，《說文》云：「市居曰舍。」舒意與房舍無關，《句讀》云：「《史記·律書》：『舍者，舒氣也。』又案，余從舍省聲，語之舒也。」（頁139）予，《說文》云：「推予也。」不知從何取義，雖《段注》云：「物予人，得伸其意。」（頁162）《通訓定聲》云：「从予，手之伸也。」（頁386）然亦多強為之解，且單一「舍」字實已有舒緩、舒伸之意。故此字可單以「舍」字表意，「予」旁可省。〔註47〕

〔註46〕此字許慎有誤，故不可解。魯先生《文字析義》以為：「為紡叀之象形，上體之↓🌿乃象紡絲絡束之形……其以『小謹』釋叀者，乃誤以叀為從幺屮聲，又以叀顯同音（古音同屬安攝端紐），故有此傅合形聲之謬說。」（頁81～82）依魯先生說，則中間之田形乃紡叀之本體。

〔註47〕魯先生《說文正補》云：「案舒於說文、經傳并無賜予之義，而字從予，義於所取。

84. 𠬛【叞】　四下叞部　（四篇下七）

　　大徐：殘穿也。从又。从歺。

　　小徐：殘穿也。從又。從歺。歺亦聲。

　　段注：殘穿也。从又卢。卢亦聲。

　　叞　昨干切　從母古讀從母　元部

　　歺　五割切　疑母古讀疑母　月部

　　此為小徐、段注皆有，大徐作會意解之亦聲字，與所从之亦聲歺字，一為齒音從母、一為牙音疑母，聲母不相近，韻部為元月對轉，彼此之間屬對轉關係。

　　叞之意為殘穿，《段注》云：「殘賊而穿之也。」（頁163）。構形上由「又」、「歺」兩部份組成。又，《說文》云：「手也。」《繫傳》云：「又，所以穿也。」（頁77）歺，《說文》云：「列骨之殘也。」即殘骨。《徐箋》云：「按，卢者，列骨之殘也。从又所以分列之。蓋古語列骨為之殘。」（四下十四）此字需由歺、手兩者合成方能見以手分解骨頭之意，缺一不可。

85. 𡩈【叝】　四下叞部　（四篇下七）

　　大徐：坑也。从叞。从井。井亦聲。

　　小徐：坑地。從叞井。井亦聲。

　　段注：阬也。从叞井。井亦聲。

　　叝　疾正切　從母古讀從母　耕部

　　井　子郢切　精母古讀精母　耕部

　　此為三本皆有之亦聲字，與所从之亦聲井字，一為齒音從母、一為齒音精母，屬旁紐雙聲，且韻母同為耕部，彼此之間屬旁紐雙聲且疊韻關係。

　　叝之意為大徐、段注作坑（阬），小徐作坑地，皆有挖的意思，《段注》云：「謂穿地使空也。」（頁163）構形上由「叞」、「井」兩部份組成。叞，《說文》云：「殘穿也。」此但取穿之意；井，《說文》云：「八家為一井。」井必然在地上向下挖空，因以取意。此字需由叞、井兩者合成方能見其意，缺一不可。[註48]

　　朱駿聲曰：『舒从予，手之伸也。』段玉裁曰：『物予人，得伸其意。』是皆強為之說而未得造字之恉。」（頁6）魯實先先生《說文正補》，收入《說文解字注》（台北：黎明文化，民國87年）之附錄中。

〔註48〕此字有學者以為即陷阱之阱字，如《通訓定聲》云：「按，即阱之別體。」（頁769）

86. 殯【殯】　四下歺部　（篇下十一）

大徐：死在棺。將遷葬柩。賓遇之。从歺。从賓。賓亦聲。夏后殯於阼
　　　階，殷人殯於兩楹之間，周人殯於賓階。

小徐：死在棺。將遷藏柩。賓遇之。從歺賓。賓亦聲。……

段注：死在棺。將遷藏柩。賓遇之。从歺賓。賓亦聲。……

殯　必刃切　幫母古讀幫母　真部

賓　必鄰切　幫母古讀幫母　真部

此為三本皆有之亦聲字，與所从之亦聲賓字，彼此之間為雙聲疊韻關係。

殯之意為死在棺，將遷葬柩，賓遇之，即古代的停屍之禮，構形上由「歺」、「賓」兩部份組成。歺，《說文》云：「列骨之殘也。」此處用作屍體之意，《義證》云：「歺當為屍。《曲禮》：『在牀曰屍，在棺曰柩。』故曰屍在棺。」（頁337）賓，《說文》云：「所敬也。」《段注》云：「屍在棺，故從歺；西階賓之，故從賓。」（頁165）置於稍遠之處，如賓客一般。此字需由歺、賓兩者合成方能見其意，缺一不可。

87. 瘦【瘶】　四下肉部　（四篇下二十八）

大徐：古文膌。从疒。从束。束亦聲。

小徐：古文膌。從疒束。束亦聲。

段注：古文膌。从疒束。束亦聲。

瘶　資昔切　精母古讀精母　錫部

束　七賜切　清母古讀清母　錫部

此為三本皆有之亦聲字，與所从之亦聲束字，一為齒音精母、一為齒音清母，屬旁紐雙聲，且韻母同為錫部，彼此之間屬旁紐雙聲且疊韻關係。

此字為膌之古文，膌，《說文》云：「瘦也。」瘶之構形上由「疒」、「束」兩部份組成。疒，《說文》云：「人有病痛也。」束，《說文》云：「木芒也。」《段注》云：「束，木芒也。木芒是老瘠之狀，故從束。」（頁173）此字需由疒、束兩者合成方能見病若而瘦之意，缺一不可。

釋例云：「叔部寂，坑也。井部阱，陷也。《玉篇》：『寂，穿地捕獸。』《華嚴音義》以寂為籀文阱字。」（頁159）《徐箋》云：「寂與阱同。」（四下十四～四下十五）

88. 腥【腥】　四下肉部　（四篇下三十六）

　　大徐：星見食豕。令肉中生小息肉也。从肉。从星。星亦聲。

　　小徐：星見食豕。令肉中生小息肉也。從肉星。星亦聲。

　　段注：星見食豕。令肉中生小息肉也。从肉星。星亦聲。

　　腥　穌佞切　心母古讀心母　耕部

　　星　桑經切　心母古讀心母　耕部

　　此為三本皆有之亦聲字，與所从之亦聲星字，彼此之間屬雙聲疊韻關係。

　　腥之意為星見食豕，令肉中生小息肉也。《段注》云：「息當作瘜，疒部曰：瘜，寄肉也。星見時飼豕每致此疾。」（頁177）構形上由「肉」、「星」兩部份組成。星，《說文》云：「萬物之精，上為列星。」此處取如同天上星辰一般之小點意。《通訓定聲》云：「瘜點亦似星也。」（頁772）从肉，表示和肉有關。此字需由肉、星兩者合成方能見肉中小點之意，缺一不可。

89. 剝【剝】　四下刀部　（四篇下四十六）

　　大徐：裂也。从刀。從彔。彔。刻割也。彔亦聲。

　　小徐：裂也。從刀。彔聲。一曰彔。刻割也。

　　段注：裂也。从刀彔。彔。刻也。彔亦聲。一曰剝割也。

　　剝　北角切　幫母古讀幫母　屋部

　　彔　盧谷切　來母古讀來母　屋部

　　此為大徐、段注皆有，小徐作形聲解之亦聲字，與所从之亦聲彔字，一為脣音幫母、一為舌音來母，聲母不相近，然韻母同為屋部，彼此之間屬疊韻關係。

　　剝之意為裂，構形上由「彔」、「刀」兩部份組成。彔，《說文》云：「刻木彔彔也。」《段注》：「破裂之意。」（頁182）从刀，表示與刀或是切割有關。然而，單一「彔」已可見裂之意，《句讀》於一曰之下云：「刻字雖于彔有合，然刻木彔彔已見本篆下，此非異義，不須重說。」（頁152）雖以為不必再重說其意，然已認同彔與刻義有合。故此字可單以彔見意，刀旁可省。

90. 劃【劃】　四下刀部　（四篇下四十六）

　　大徐：錐刀曰劃。从刀。从畫。畫亦聲。

　　小徐：錐刀也。從刀畫。畫亦聲。

段注：錐刀畫曰劃。从刀畫。畫亦聲。

劃　呼麥切　曉母古讀曉母　錫部

畫　胡麥切　匣母古讀匣母　錫部

此為三本皆有之亦聲字，與所从之亦聲畫字，一為喉音曉母、一為喉音匣母，屬旁紐雙聲，且韻母同為錫部，彼此之間屬旁紐雙聲且疊韻關係。

劃之意為以錐刀刻畫，《段注》云：「謂錐刀之末所畫謂之劃也。」（頁182）構形上由「畫」、「刀」兩部份組成。畫，《說文》云：「介也。」即介畫之意。从刀，表示和刀或者是切割有關。然而，單一「畫」已可見介畫之意，《通訓定聲》云：「其實劃字後出，即畫字轉注之意。」（頁471）王師初慶《中國文字結構──六書釋例》亦云：「可證其本為一字，劃為畫之後起字。」（頁388）〔註49〕故此字可單以畫見刻畫之意，刀旁可省。

91. 𠞰【劑】　四下刀部　（四篇下四十七）

大徐：齊也。从刀。从齊。齊亦聲。

小徐：齊也。從刀。齊聲。

段注：齊也。从刀。齊聲。

劑　在詣切　從母古讀從母　脂部

齊　徂兮切　從母古讀從母　脂部

此為大徐獨有之亦聲字，小徐、段注作形聲解，與所从之亦聲齊字，彼此之間屬雙聲疊韻關係。

劑之意為齊也，《句讀》云：「《釋言》：『劑，翦齊也。』」（頁152）構形上由「齊」、「刀」兩部份組成。齊，《說文》云：「禾麥吐穗上平也。」此取齊平之意。从刀，表示和刀或者是切割有關。然此字單用「齊」已可見齊平之意，《段注》云：「從刀者，齊之如用刀也。不必用刀而從刀，故不與前為伍。」（頁182）亦以為齊平未必要用刀，故本字可單以「齊」示義，刀旁可省。

92. 𠞰【刺】　四下刀部　（四篇下五十）

大徐：君殺大夫曰刺。刺。直傷也。从刀。从束。束亦聲。

小徐：君殺大夫曰刺。刺。直傷也。從刀。從束。束亦聲。

段注：君殺大夫曰刺。刺。直傷也。从刀束。束亦聲。

〔註49〕王師初慶《中國文字結構──六書釋例》，以下簡稱「王師《釋例》」。

刺　七賜切　清母古讀清母　錫部

朿　七賜切　清母古讀清母　錫部

　　此為三本皆有之亦聲字，與所从之亦聲朿字，彼此之間屬雙聲疊韻關係。

　　刺之意為君殺大夫，為直傷，《義證》云：「刺，直傷也者。〈釋詁〉：『刺，殺也。』《釋文》：『刺，直傷也。』《考工記・廬人》注云：『刺謂矛刃胸也。』疏云：『以其矛刃直前，故名矛刃胸也。』」（頁 368）構形上由「刀」、「朿」兩部份組成。从刀，表示刺殺。朿，《說文》云：「木芒也。」木芒可刺人，魯先生《文字析義》云：「以朿為木芒，故孳乳為萊，《方言・卷三》云：『凡艸木刺人，北燕朝鮮之閒謂之萊』者是也。」（頁 145）雖朿已可見刺之意，然仍需與刀配合，方可見刺殺之意，故此字需由刀、朿兩者合成方能見其意，缺一不可。

五、《說文解字》第五篇之亦聲字

93. 𥰭【筑】　五上竹部　（五篇上十九）

　　大徐：以竹曲五弦之樂也。从竹。从巩。巩。持之也。竹亦聲。

　　小徐：以竹曲五弦之樂也。從巩。巩。持之也。從竹。亦聲。

　　段注：㠯竹曲五弦之樂也。从巩竹。巩。持之也。竹亦聲。

筑　張六切　知母古讀端母　覺部

竹　陟玉切　知母古讀端母　覺部

　　此為三本皆有之亦聲字，與所从之亦聲竹字，彼此之間屬雙聲疊韻關係。

　　筑之意為以竹曲五弦之樂也，為樂器的一種。構形上由「竹」、「巩」兩部份組成。从竹，表示用竹子擊出樂曲，《斠詮》云：「韋昭曰：『筑，古樂，有弦，擊之不鼓。』」（卷五頁十一）巩，《說文》云：「褱也。」即懷抱之意，此處云持之，即以手抱持之意。《段注》云：「《樂書》曰：『項細肩圓。鼓法：以左手扼項，右手以竹尺擊之。』」（頁 200）此字需由竹、巩兩者合成方能見其意，缺一不可。〔註50〕

〔註50〕有以為此字之釋文有誤者，《段注》云：「以竹曲不可通。《廣韻》作『以竹為』亦繆。惟〈吳都賦〉李注作：『似箏，五弦之樂也。』近是。箏下云：『五弦筑身。』然則筑似箏也。但高注《淮南》曰：『筑曲二十一弦。』可見此器㪅呼之，名筑曲。」（頁 200）《句讀》云：「今審定其文，當云：『筑曲，以竹鼓弦之樂也。』」（頁 165）

94. 簾【簾】　五上竹部　（五篇上十九）

　　大徐：行棊相塞謂之簾。从竹。从塞。塞亦聲。

　　小徐：行棊相塞謂之簾。從竹塞。塞亦聲。

　　段注：行棊相塞謂之簾。从竹塞。塞亦聲。

　　簾　先代切　心母古讀心母　職部

　　塞　先代切　心母古讀心母　職部

　　此為三本皆有之亦聲字，與所从之亦聲塞字，彼此之間屬雙聲疊韻關係。

　　簾之意為棋戲之一種，《義證》云：「《廣韻》：簾，格五戲。」（頁398）《段注》云：「格五見吾丘壽王傳，劉德曰：『格五棊行塞法曰簾。』自乘五，至五格不得行，故云格五。《莊子》作博塞。」（頁200）構形上由「竹」、「塞」兩部份組成。塞，《說文》云：「格也。」此種棋戲主要於格子中移動。从竹，表示由竹材所製造，器物字多从所構成之材質。此字需由竹、塞兩者合成方能見其意，缺一不可。

95. 訊【迅】　五上丌部　（五篇上二十二）

　　大徐：古之遒人以木鐸記詩言。从辵。从丌。丌亦聲。讀與記同。

　　小徐：古之遒人以木鐸記詩言。從辵。從丌。丌亦聲。讀與記同。

　　段注：古之遒人㠯木鐸記詩言。从辵丌。丌亦聲。讀與記同。

　　迅　居吏切　見母古讀見母　之部

　　丌　居之切　見母古讀見母　之部

　　此為三本皆有之亦聲字，與所从之亦聲丌字，彼此之間屬雙聲疊韻關係。

　　迅之意古之遒人以木鐸記詩言，古有采詩之官，仲春則以木鐸徇於路以求詩。構形上由「辵」、「丌」兩部份組成。辵，《說文》云：「乍行乍止也。」丌，《說文》云：「下基也。」此處作薦解，《段注》云：「平而有足，可以薦物。」（頁201）《繫傳》云：「言行而求之故從辵，辵，行也。丌也，丌薦而進之也，進於上也。」（頁89）此字需由辵、丌兩者合成方能見遒人采詩上薦之意，缺一不可。

96. 曆【曆】　五上甘部　（五篇上二十七）

　　大徐：和也。从甘。从麻。麻。調也。甘亦聲。讀若函。

　　小徐：和也。麻。調也。從甘麻。甘亦聲。讀若函。

段注：和也。从甘厤。厤。調也。甘亦聲。讀若函。

厤　古三切　見母古讀見母　談部

甘　古三切　見母古讀見母　談部

此為三本皆有之亦聲字，與所从之亦聲甘字，彼此之間屬雙聲疊韻關係。

厤之意為和也，《義證》云：「和當為盉也，本書盉，調味也。」（頁407）構形上由「厤」、「甘」兩部份組成。厤，治也。《段注》云：「甘部厤下云：厤者，調也。按調和及治之義。」（頁451）甘，《說文》云：「美也。」此處指味道。此字需由厤、甘兩者合成方能見其意，缺一不可。

97. 曾【晉】　五上曰部　（五篇上二十八）

大徐：告也。从曰。从冊。冊亦聲。

小徐：告也。從曰冊。

段注：告也。从曰。从冊。冊亦聲。

晉　楚革切　初母古讀清母　錫部

冊　楚革切　初母古讀清母　錫部

此為大徐、段注皆有，小徐作會意解之亦聲字，與所从之亦聲冊字，彼此之間屬雙聲疊韻關係。

晉之意為告，《義證》云：「告也者，冊祝，告神也。」（頁407）構形上由「冊」、「曰」兩部份組成。冊，《說文》云：「符命也。諸侯進受於王者也。」此處但用簡牘意；曰，《說文》云：「詞也。」有說話的意思。《繫傳》云：「曰，告之也。」（頁91）《段注》云：「簡牘曰冊，以簡告誡曰晉。」（頁204）此字需由冊、曰兩者合成方能見其意，缺一不可。

98. 可【可】　五上可部　（五篇上三十一）

大徐：肎也。从口丂。丂亦聲。（大徐）

小徐：肎也。從口丂。丂亦聲也。（小徐）

段注：肎也。从口丂。丂亦聲。（段注）

可　肯我切　溪母古讀溪母　歌部

丂　虎何切　曉母古讀曉母　歌部

此為三本皆有之亦聲字，與所从之亦聲丂字，一為牙音溪母、一為喉音曉母，聲母不相近，然韻部同為歌部，彼此之間屬疊韻關係。

可之意為冟，冟即肯之重文，即同意、首肯之意，構形上由「ㄎ」、「口」兩部份組成。ㄎ，《說文》云：「反丂也。」《徐箋》云：「丂者，氣有所礙，不得達也。反之則達矣。」（五上五十六）從口，表示和嘴巴或說話有關，《段注》云：「口气舒。」（頁206）此字需由ㄎ、口兩者合成方能見以口表示答應之意，缺一不可。

99. 吁【吁】　五上于部　（五篇上三十二）

大徐：驚語也。从口。从亏。亏亦聲。

小徐：驚語也。從口。從亏。亏亦聲。

段注：驚語也。从口亏。亏亦聲。

吁　況于切　曉母古讀曉母　魚部

亏　羽俱切　為母古讀匣母　魚部

此為三本皆有之亦聲字，與所从之亦聲亏字，一為喉音曉母、一為喉音匣母，屬旁紐雙聲，且韻母同為魚部，彼此之間屬旁紐雙聲且疊韻關係。

吁之意為驚語，構形上由「口」、「亏」兩部份組成。从口，表示和嘴巴或說話有關；亏，《說文》云：「於也，象气之舒亏。」為氣舒平而出之意，於驚語無所取義，《段注》云：「按亏有大義，故从亏之字多訓大者。芌下云：大葉實根駭人。吁訓驚語，故从亏口。亏者，驚意。」（頁206～207）此字需由口、亏兩者合成方能見其意，缺一不可。

100. 憙【憙】　五上喜部　（五篇上三十三）

大徐：說也。从心。从喜。喜亦聲。

小徐：悅也。從心喜。喜亦聲。

段注：說也。从心喜。喜亦聲。

憙　許記切　曉母古讀曉母　之部

喜　虛里切　曉母古讀曉母　之部

此為三本皆有之亦聲字，與所从之亦聲喜字，彼此之間屬雙聲疊韻關係。

憙之意為說也，即喜悅之意，構形上由「喜」、「心」兩部份組成。喜，《說文》云：「樂也。」此處取喜樂之意。心，《說文》云：「人心，土臧也。」《繫傳》云：「喜在心，喜見為此事，是悅為此事也。」（頁92）《義證》云：「《春秋元命包》：『心喜者為憙。』」（頁411）然則，此字單用「喜」即可表示悅意，

不必再加「心」,《段注》雖以為「憙與嗜意同,與喜樂義異」,然亦云:「古有通用喜者。」(頁207)《徐箋》更逕云:「喜憙古今字,段強生區別。」(五上六十二)故此字單用「喜」即可,「心」可省。

101. 愷【愷】 五上豈部 （五篇上三十七）

大徐:康也。从心豈。豈亦聲。

小徐:康也。從心豈。豈亦聲。

段注:康也。从豈心。豈亦聲。

愷　苦亥切　溪母古讀溪母　微部

豈　墟豨切　溪母古讀溪母　微部

此為三本皆有之亦聲字,與所从之亦聲豈字,彼此之間屬雙聲疊韻關係。

愷之意為康,為樂,《句讀》云:「《釋詁》:『愷、康,樂也。』」(頁171)構形上由「心」、「豈」兩部份組成。心,《說文》云:「人心,土臟也。」豈,《說文》云:「還師振旅樂也。」有喜樂之意。然此字單以「豈」實已可見樂意,不必再加心以示意,故心旁可省。

102. 甗【甗】 五上甗部 （五篇上四十一）

大徐:器也。从甗宁。宁亦聲。闕。(大徐)

小徐:器也。從甗宁。宁亦聲。闕。(小徐)

段注:器也。从甗宁。宁亦聲。闕。(段注)

甗　直呂切　澄母古讀定母　魚部

宁　直呂切　澄母古讀定母　魚部

此為三本皆有之亦聲字,與所从之亦聲宁字,彼此之間屬雙聲疊韻關係。

甗之意為器,為器皿之名稱,構形上由「甗」、「宁」兩部份組成。甗,《說文》云:「古陶器也。」宁,《說文》云:「盎也。」即盆皿。甗不知為何物,然若以構形視之,則此器應為陶皿之類。然單一甗字或單一宁字皆可見器之意,理應可省。

103. 衃【衃】 五上血部 （五篇上五十一）

大徐:气液也。从血。聿聲。

小徐:气液也。從血聿。聿亦聲。

段注:气液也。从血。聿聲。

畫　將鄰切　精母古讀精母　真部

聿　將鄰切　精母古讀精母　真部

此為小徐獨有，大徐、段注作形聲解字亦聲字。與所从之亦聲聿字，彼此之間為雙聲疊韻關係。[註51]

畫之意為气液，《句讀》云：「气血之精，烝而為液也。」（頁176）即今之津字。構形上由「聿」、「血」兩部份組成。聿，《說文》云：「聿飾也。」聿飾下垂，由人體流出之液如汗之類，亦下垂如聿飾。血，《說文》云：「祭所薦牲血也。」此處取气血之意。此字需由聿、血兩者合成方能見气血成液而出之意，缺一不可。

104. 坒【主】　五上丶部　（五篇上五十二）

大徐：鐙中火主也。从坒。象形。从丶。丶亦聲。

小徐：鐙中火主也。從坒。象形。從丶。丶亦聲。

段注：鐙中火主也。坒。象形。从丶。丶亦聲。

主　之庾切　照母古讀端母　侯部

丶　知庾切　知母古讀端母　侯部

此為三本皆有之亦聲字，與所从之亦聲丶字，彼此之間屬雙聲疊韻關係。

主之意為鐙中火主，即燈中的火燄，構形上由「丶」、「坒」兩部份組成。丶，《說文》云：「有所絕止，丶而識之。」《徐箋》云：「凡事物有所表識，則識而識之。」（五上九十四）坒字不成文，《段注》云：「謂象鐙形。」（頁217）事實上，此字為一獨體象形，即象鐙臺及火之形，《釋例》云：「主下云：『從坒象形。』案，從坒二字必後增，非字，不可從也。此字全體象形，不可分別說之。其下為鐙檠，上曲者鐙盤，丶則鐙炷是也。」（頁251）蔡信發《六書釋例》以為：「該字（丶）像火柱的樣子，是「主」之初文。《說文》釋『主』義為『鐙中火主也』，其形作坒主，外像燈架，內像火炷，和『丶』之形義相合。」（頁19）故此字單以「丶」即可表燈火主之意，實不必再加「坒」，可省。

105. 啇【音】　五上丶部　（五篇上五十三）

大徐：相與語唾而不受也。从丶。从否。否亦聲。

小徐：相與語唾而不受也。從否。從丨。否亦聲。

段注：相與語唾而不受也。从丨。从否。丨亦聲。

音　天口切　透母古讀透母　之部

丨　知庾切　知母古讀端母　侯部

否　方久切　非母古讀幫母　之部

此為三本皆有之亦聲字，大徐、小徐作否亦聲，音字與否字，一為舌音透母、一為脣音幫母，聲母不相近，然韻部同屬之部，彼此之間屬疊韻關係。段注作丨亦聲，音字與丨字，一為舌音透母、一為舌音端母，屬旁紐雙聲關係，韻部為侯之旁轉，彼此之間屬旁紐雙聲且旁轉。

音之意為相與語唾而不受也，《繫傳》云：「唾而不受，止其言也。」（頁96）《義證》云：「〈趙策〉：『有言長安者，老婦必唾其面。』」（頁424）即與今日之「呸」意相近。構形上由「丨」、「否」兩部份組成。否，《說文》云：「不也。」即否定之意。丨，《說文》云：「有所絕止，丨而識之。」《段注》云：「从丨否者，主於不然也。」（頁217）然其說甚為迂曲，且此字若單以「否」視之，則已足以見否意，不必再加「丨」。

106. 彤【彤】　五下丹部　（五篇下一）

大徐：丹飾也。從丹。從彡。彡。其畫也。

小徐：丹飾也。從丹彡。彡。其畫。彡亦聲。

段注：丹飾也。从丹彡。彡。其畫也。彡亦聲。

彤　徒冬切　定母古讀定母　冬部

彡　所銜切　疏母古讀心母　侵部

此為小徐、段注皆有，大徐作會意解之亦聲字，與所從之亦聲彡字，一為舌音定母，一為齒音心母，聲母不相近，韻母為冬侵旁轉，彼此之間屬旁轉關係。

彤之意為丹飾，即以漆裝飾，《徐箋》云：「彤者，采飾之通名。」（五下二）構形上由「丹」、「彡」兩部份組成。丹，《說文》云：「巴越之赤石也。」此取丹漆之意，《義證》云：「《釋文》云：『丹，漆也。』」（頁425）彡，《說文》云：「毛飾畫文也。」即裝飾。《段注》云：「以丹拂拭而涂之，故從丹彡。」（頁218）此字需由丹、彡兩者合成方能見其意，缺一不可。

107. 阱【阱】　五下井部　（五篇下二）

大徐：陷也。从𨸏。从井。井亦聲。

小徐：陷也。從𨸏井。井亦聲。

段注：陷也。从𨸏井。井亦聲。

阱　疾正切　從母古讀從母　耕部

井　子郢切　精母古讀精母　耕部

此為三本皆有之亦聲字，與所从之亦聲井字，一為齒音從母、一為齒音精母，屬旁紐雙聲，且韻母同為耕部，彼此之間屬旁紐雙聲且疊韻關係。

阱之意為陷，為凹而可使陷落，構形上由「𨸏」、「井」兩部份組成。𨸏，《說文》云：「大陸也，山無石者。」此處取地面之意；井，《說文》云：「八家為一井。」此取在地面挖洞之意。《段注》云：「於大陸作之如井。」（頁218）然則，此處可單用「井」表示凹而使陷之意，不必再加「𨸏」以表其在地面，因井原本就是於地面下掘，故單以「井」表意即可，「𨸏」可省。

108. 刑【刑】　五下井部　（五篇下二）

大徐：罰辠也。从井。从刀。易曰。井。法也。井亦聲。

小徐：罰辠也。從刀井。易曰。井。法也。井亦聲。

段注：罰辠也。从刀井。易曰。井者。法也。井亦聲。

刑　戶經切　匣母古讀匣母　耕部

井　子郢切　精母古讀精母　耕部

此為三本皆有之亦聲字，與所从之亦聲井字，一為喉音匣母、一為齒音精母，聲母不相近，然韻母同為耕部，彼此之間屬疊韻關係。

刑之意為罰辠者，即用以罰有罪，構形上由「井」、「刀」兩部份組成。刀，《說文》云：「兵也。」原指兵器，此用以指以刀處刑，《徐箋》云：「从刀有斷制之意。」（五下四）；井，此云：法也，即法規的意思，《句讀》云：「謂其法井然不亂也。」（頁179）《段注》云：「謂有犯五刑之辠者，則用刀法之。」（頁218）此字需由井、刀兩者合成方能見其意，缺一不可。

109. 饗【饗】　五下食部　（五篇下十一）

大徐：鄉人飲酒也。从食。从鄉。鄉亦聲。

小徐：鄉人飲酒也。從鄉。從食。鄉亦聲。

段注：鄉人歙酒也。从鄉。从皀。鄉亦聲。

饗　許兩切　曉母古讀曉母　陽部

鄉　許良切　曉母古讀曉母　陽部

此為三本皆有之亦聲字，與所从之亦聲鄉字，彼此之間屬雙聲疊韻關係。

饗之意為鄉人飲酒，《句讀》云：「《詩·七月》：『朋酒斯饗，曰殺羔羊。』傳：『鄉人以狗，大夫加羔羊。』」（頁182）構形上由「鄉」、「食」兩部份組成。鄉，《說文》云：「國離邑，民所封鄉也，嗇夫別治。」取鄉人之意；食，《說文》云：「米也。」酒亦飲食之一種。《段注》云：「鄉食會意。」（頁223）此字需由鄉、食兩者合成方能見其意，缺一不可。

110. 饋【餽】　五下食部　（五篇下十五）

大徐：吳人謂祭曰餽。从皀。从鬼。鬼亦聲。

小徐：吳人謂祭曰餽。從食鬼。鬼亦聲。

段注：吳人謂祭曰餽。从皀鬼。鬼亦聲。

餽　俱位切　見母古讀見母　微部

鬼　居偉切　見母古讀見母　微部

此為三本皆有之亦聲字，與所从之亦聲鬼字，彼此之間屬雙聲疊韻關係。

吳人謂祭曰餽，構形上由「食」、「鬼」兩部份組成。食，《說文》云：「米也。」即祭祀用的食物；鬼，《說文》云：「人所歸為鬼。」此處泛指天地鬼神，即所祭的對象。此字需由食、鬼兩者合成方能見其意，缺一不可。

111. 曟【曟】　五下會部　（五篇下十七）

大徐：日月合宿為辰。从會。从辰。辰亦聲。

小徐：日月合宿為辰。從會辰。辰亦聲。

段注：日月合宿為曟。从會辰。會亦聲。

曟　黃外切／植鄰切　禪母古讀定母／匣母古讀匣母　諄部／月部

辰　植鄰切　禪母古讀定母　諄部

會　黃外切　匣母古讀匣母　月部

此字為三本皆有之亦聲字，大、小徐本以為辰亦聲，段注以為會亦聲；大徐作植鄰切，屬定母諄部，段注徙《廣韻》作黃外切，屬匣母月部。無論何者，與所从之亦聲皆屬雙聲疊韻關係。

辰之意為日月合宿，《繫傳》云：「《春秋左傳》曰：『日月所會謂之辰。』」（頁99）構形上由「辰」、「會」兩部份組成。辰，《說文》云：「震也。」又云：「辰，房星，天時也。」此取天上星辰之意，日月亦天上星辰之一。會，《說文》云：「合也。」《段注》云：「辰，時也。日月以時而會，故从辰會會意。」（頁226）此字需由辰、會兩者合成方能見日月合會之意，缺一不可。

112. 舜【舜】（舜）　五下舜部　（五篇下三十八）

大徐：艸也。楚謂之蘁。秦謂之蔓。蔓地連華。象形。从舛。舛亦聲。

小徐：艸也。楚謂之蘁。秦謂之蔓。蔓地連華。象形。從舛。亦聲。

段注：舜艸也。楚謂之蘁。秦謂之蔓。蔓地生而連華。象形。从舛。舛亦聲。

舜　舒閏切　審母古讀透母　元部

舛　昌兗切　穿母古讀透母　元部

此為三本皆有之亦聲字，與所从之亦聲舛字，彼此之間為雙聲疊韻關係。

舜之意為艸，即舜草，為植物之一種。《繫傳》云：「蔓茅也。《詩》曰：『顏如舜華。』」（頁104）構形上由「匚」、「舛」兩部份組成。《說文》無匚字，《段注》云：「象葉蔓華連之形也。」（頁236）舛，《說文》云：「對臥也。」《句讀》以為：「為其蔓延，以舛譬況之。」（頁192）王師《釋例》引《殷虛文字類編》云：「其注舛聲者，謂其蔓在地而花對生故也。」（頁154）此字需由匚表舜花之葉蔓花連，由舛表示對生，兩者合成方能見意，缺一不可。

六、《說文解字》第六篇之亦聲字

113. 樛【樛】　六上木部　（六篇上二十五）

大徐：高木也。从木。丩聲。

小徐：高木也。從木丩。丩亦聲。

段注：高木下曲也。從木丩。丩亦聲。

樛　吉虬切　見母古讀見母　幽部

丩　居虬切　見母古讀見母　幽部

此為小徐、段注皆有，大徐作形聲解之亦聲字，與所从之亦聲丩字，彼此之間為雙聲疊韻關係。

朻之意，大小徐云高木，段注云高木下曲，構形上由「木」、「丩」兩部份組成。木，《說文》云：「冒也，冒地而生。」丩，《說文》云：「相糾繚也。」《段注》云：「凡高木下句，垂枝必相糾繚。」（頁253）若以字型結構視之，似段為是，《通訓定聲》云：「按，《爾雅・釋木》：『下句曰朻。』〈高唐賦〉：『朻枝還會。』注：『枝曲下垂也。』從木丩，會意，丩亦聲。與樛同字。許君訓高木，則謂與喬同字，似非。」（頁200）此字需由木、丩兩者合成方能見其意，缺一不可。

114. 柵【柵】　六上木部　（六篇上三十八）

大徐：編樹木也。从木。从冊。冊亦聲。

小徐：編樹木。從木。冊聲。

段注：編豎木也。從木。冊聲。

　柵　楚革切　初母古讀清母　錫部

　冊　楚革切　初母古讀清母　錫部

此為大徐本獨有，小徐、段注作形聲解之亦聲字，與所從之亦聲冊字，彼此之間為雙聲疊韻關係。

柵之意大、小徐以為編樹木，段以為編豎木，其編木為之則一也，《句讀》云：「謂立木而編縉之以為柵也。」（頁 210）構形上由「木」、「冊」兩部份組成。從木，表示和樹木或木頭有關；冊，《說文》云：「符命也，諸侯進受於王者也。」此處但取其簡冊以一根根木、竹編起之意，《通訓定聲》云：「從冊，象柵形。」（頁478）《釋例》云：「乃象其形而從之也。冊便是柵形。」（頁55）此字需由木、冊兩者合成方能見編木為柵之意，缺一不可。

115. 櫑【櫑】　六上木部　（六篇上四十六）

大徐：龜目酒尊。刻木作雲雷象。象施不窮也。从木。畾聲。

小徐：龜目酒樽。刻木作雲雷。象施不窮也。從木畾。亦聲。

段注：龜目酒樽。刻木作雲靁象。象施不窮也。從木。從畾。畾亦聲。

　櫑　魯回切　來母古讀來母　微部

　畾　魯回切　來母古讀來母　微部

此為小徐、段注皆有，大徐作形聲解之亦聲字，與所從之亦聲畾字，彼此之間為雙聲疊韻關係。

櫑之意為龜目酒樽，刻木作雲雷之象，即刻有雲雷之文的酒器，構形上由「木」、「畾」兩部份組成。從木，表示和樹木或木頭有關，此為以木為酒器；從畾，《說文》無畾字，然於雷部靁下云：「畾象回轉形。」此作為雲雷卷動回轉之形也。〔註52〕此字需由木、畾兩者合成方能見刻有雲雷回轉圖案的木製酒杯之意，缺一不可。

116. 枰【枰】　六上木部　（六篇上六十二）

大徐：平也。从木。从平。平亦聲。

小徐：平也。從木。平聲。

段注：平也。從木平。平亦聲。

枰　蒲兵切　並母古讀並母　耕部

平　符兵切　奉母古讀並母　耕部

此為大徐、段注皆有，小徐作形聲解之亦聲字，與所从之亦聲平字，彼此之間為雙聲疊韻關係。

枰之意為平，《段注》云：「謂木器之平偁枰。」（頁271）《句讀》云：「許君曰平也，以為平器之通稱。」（頁217）構形上由「木」、「平」兩部份組成。從木，表示和樹木或木頭有關，此指木器；平，《說文》云：「語平舒也。」此謂水平、平整之平。然而，單一「平」已可見平坦之意，且許未云平器，故木旁實可省。〔註53〕

117. 杽【杽】　六上木部　（六篇上六十四）

大徐：械也。从木。从手。手亦聲。

小徐：械也。從木手。手亦聲。

段注：械也。從木手。手亦聲。

杽　敕九切　徹母古讀透母　幽部

手　書九切　審母古讀透母　幽部

此為三本皆有之亦聲字，與所从之亦聲手字，彼此之間屬雙聲疊韻關係。

杽之意為械，為刑具，《段注》云：「字從木手，則為手械無疑也。」（頁

〔註52〕《段注》於靁下云：「許書有畾無晶，凡積三則為眾，眾則盛，盛則必回轉。二月陽盛靁發聲，故以畾象其回轉之形，非三田也。韻書有畾字，訓田間，誤矣。凡許書字有畾聲者，皆當云靁省聲也。」（頁577）

〔註53〕另，有以為枰為木名者，如《繫傳》：「又，枰，仲木名。」（頁119）

272）構形上由「木」、「手」兩部份組成。從木，表示和樹木或木頭有關，為木製成的刑具。手，《說文》云：「拳也。」此指手部足部之手。《繫傳》云：「義取木在乎手。」（頁 120）此字需由木、手兩者合成方能見用於手的刑具之意，缺一不可。

118. 椁【椁】　六上木部　（六篇上六十五）

　　大徐：葬有木章也。從木。章聲。

　　小徐：葬有木郭也。從木。章聲。

　　段注：葬有木章也。從木章。章亦聲。

　　椁　古博切　見母古讀見母　鐸部

　　章　古博切　見母古讀見母　鐸部

　　此為段注獨有，大徐、小徐皆以形聲解之亦聲字〔註 54〕，與所从之亦聲章字，彼此之間為雙聲疊韻關係。

　　椁之意為葬有木郭，即外棺，《義證》云：「《孝經・喪親》章：『為之棺廓，衣衾而舉之。』注云：『周尸為棺，周棺為椁。』」（頁 524）構形上由「木」、「章」兩部份組成。從木，表示和樹木或木頭有關，指以木製之；章，《說文》云：「民所度居也。」《段注》云：「《釋名》曰：『郭，廓也，廓落在城外也。』」（頁 231）椁亦如章在城外一樣，圍在棺之外。此字需由木、章兩者合成方能見其意，缺一不可。

119. 糶【糶】　六下出部　（六篇下二）

　　大徐：出穀也。從出。從糴。糴亦聲。

　　小徐：出穀也。從出。從糴。糴亦聲。

　　段注：出穀也。從出。從糴。糴亦聲。

　　糶　他弔切　透母古讀透母　藥部

　　糴　他弔切　透母古讀透母　藥部

　　此為三本皆有之亦聲字，與所从之亦聲糴字，彼此之間屬雙聲疊韻關係。

　　糶之意為出穀，即賣穀、售穀，《義證》云：「《廣雅》：『糶，賣也。』」（頁 528）構形上由「出」、「糴」兩部份組成。出，《說文》云：「進也，象艸木益滋上出達也。」《徐箋》云：「艸木之華曰出，引申為出入之偁。」（六下四）

_____

〔註 54〕《段注》云：「章亦二字今補。」（頁 273）

糧，《說文》云：「穀也。」此字需由出、糧兩者合成方能見其意，缺一不可。

120. 𧷶【貧】　六下貝部　（六篇下二十一）

大徐：財分少也。从貝。从分。分亦聲。

小徐：財分少也。從貝。分聲。

段注：財分少也。从貝分。分亦聲。

　貧　符巾切　奉母古讀並母　諄部

　分　甫文切　非母古讀幫母　諄部

此為大徐、段注皆有，小徐作形聲解之亦聲字，與所从之亦聲分字，一為脣音並母、一為脣音幫母，屬旁紐雙聲，且韻母同屬諄部，彼此之間屬旁紐雙聲且疊韻關係。

貧之意為財分少也，《繫傳》云：「原憲曰：『無財謂之貧。』貝分則少也。」（頁127）構形上由「貝」、「分」兩部份組成。貝，《說文》云：「海介蟲也……古者貨貝而寶龜。」故有財貨之意。分，《說文》云：「別也。」《段注》云：「謂財分而少也，合則見多，分則見少。」（頁285）此字需由貝、分兩者合成方能見其意，缺一不可。

121. 𨟻【鄯】　六下邑部　（六篇下二十五）

大徐：鄯善。西胡國也。从邑。从善。善亦聲。

小徐：鄯善。西胡國也。從邑善。善亦聲。

段注：鄯善。西胡國也。从邑善。善亦聲。

　鄯　時戰切　禪母古讀定母　元部

　善　常衍切　禪母古讀定母　元部

此為三本皆有之亦聲字，與所从之亦聲善字，彼此之間為雙聲疊韻關係。

鄯善為西胡國名，構形上由「善」、「邑」兩部份組成。邑，《說文》云：「國也。」方國、都城之名多从邑旁。善，《說文》云：「吉也。」學者多以為鄯之从善，單取其音，於義無涉。然而，鄯善國之古名為樓蘭，《段注》云：「鄯善國本名樓蘭。」（頁287）《句讀》云：「漢〈西域傳〉云：『鄯善國，本名樓蘭。元鳳四年，傅介子誅其王，更名其國為鄯善。』恐是此時初製鄯字，且云從邑從善，而國名為鄯善，亦不可解也。」（頁232）樓蘭與鄯善，其音絕不相近，故，鄯字从善，或亦有蘊含意義在其中亦未可知。《漢書·西域傳》

云：「鄯善當漢道衝，西通且末七百二十里。自且末以往皆種五穀，土地草木，畜產作兵，略與漢同，有異乃記云。」〔註55〕是否正因其土地草木、畜產作兵皆略與漢同，故以善稱之？如《通訓定聲》云：「其實重言曰善善，於上一字加邑傍耳。」（頁648）若此說可用，則此字需由善、邑兩者合成方能見善國之意，缺一不可。

七、《說文解字》第七篇之亦聲字

122. 晃【晃】　七上日部　（七篇上四）

大徐：明也。从日。炗聲。

小徐：明也。從日光。光亦聲。

段注：明也。从日。炗聲。

晃　胡廣切　匣母古讀匣母　陽部

光　古皇切　見母古讀見母　陽部

此為小徐獨有，大徐、段注作形聲解之亦聲字，與所从之亦聲光字，一為喉音匣母、一為牙音見母，聲母不相近，然韻母同屬陽部，彼此之間屬疊韻關係。

晃之意為明，《義證》云：「《釋名》：『光，晃也。晃晃然也。』」（頁577）構形上由「日」、「光」兩部份組成。日，《說文》云：「實也。大易之精不虧。」即指天上之日。光，《說文》云：「明也。」此字可單用光字表明義，日可省。

123. 晛【晛】　七上日部　（七篇上五）

大徐：日見也。从日。从見。見亦聲。詩曰。見晛曰消。

小徐：日見也。從日見。見亦聲。詩曰。見晛曰消。

段注：日見也。从日見。見亦聲。詩曰。見晛曰消。

晛　胡甸切　匣母古讀匣母　元部

見　古甸切　見母古讀見母　元部

此為三本皆有之亦聲字，與所从之亦聲見字，一為喉音匣母、一為牙音見母，聲母不相近，然韻母同屬元部，彼此之間屬疊韻關係。

晛之意為日見，《段注》云：「《毛詩》曰：『日見曰消。』毛云：『晛，日

氣也。』《韓詩》：『曃睍聿消。』韓云：『曃睍，日出也。』二解義相足，日出必有溫氣也。」構形上由「日」、「光」兩部份組成。從日，表示太陽。見，《說文》云：「視也。」此字需由日、見兩者合成方能見太陽現出之意，缺一不可。

124. 𣊤【昌】　七上日部　（七篇上九）

大徐：美言也。从日。从曰。一曰日光也。詩曰。東方昌矣。

小徐：美言也。從日。從曰。曰亦聲。一曰日光也。又詩曰。東方昌矣。

段注：美言也。从日。从曰。一曰日光也。詩曰。東方昌矣。

昌　尺良切　穿母古讀透母　陽部

曰　王伐切　為母古讀匣母　月部

此為小徐本獨有，大徐、段注作會意解之亦聲字[註56]，與所从之亦聲曰字，一為舌音端母、一為喉音匣母，聲母不相近，韻母為陽月旁對轉，彼此之間屬韻部旁對轉關係。

昌之意為美言，《繫傳》云：「《詩》曰：『猗嗟揚兮，美目昌兮。』昌，美也。」（頁134）構形上由「日」、「曰」兩部份組成。日，《說文》云：「實也。大昜之精不虧。」此言如太陽一樣光明美好，《釋例》云：「字從日乃譬況之義，猶今言日光玉潔矣。」（頁237）曰，《說文》云：「詞也。」有言語、說話之意。此字需由日、曰兩者合成方能見如日般美好之言意，缺一不可。

125. 旄【旄】　七上㫃部　（七篇二十）

大徐：幢也。从㫃。从毛。毛亦聲。（大徐）

小徐：幢也。從㫃。毛聲。（小徐）

段注：幢也。从㫃。毛聲。（段注）

旄　莫袍切　明母古讀明母　宵部

毛　莫袍切　明母古讀明母　宵部

此為大徐獨有，小徐、段注作形聲解之亦聲字，與所从之亦聲毛字，彼此之間屬雙聲疊韻關係。

旄之意為幢，即旄旗，《繫傳》云：「《爾雅》注：『旄首曰旌。』注謂載旄竿頭，如今幢以旄牛尾結為之也。」（頁136）構形上由「㫃」、「毛」兩部份組成。㫃，《說文》云：「旌旗之游㫃蹇之皃。」可以表示旌旗，毛，《說文》云：「眉

〔註56〕小徐注曰：「此會意字，言亦聲，後人妄加之，非許慎本言也。」（頁134）

髮之屬及獸毛也。」此指旗上之羽毛裝飾之類。此字需由㫃、毛兩者合成方能見其意，缺一不可。

126. 【冥】　七上冥部　（七篇上二十二）

大徐：幽也。从日。从六。冖聲。日數十。十六日而月始虧幽也。

小徐：幽也。從日六。冂聲。日數十。十六日而月數始虧幽也。冂聲。

段注：窈也。从日六。从冖。日數十。十六日而月始虧冥也。冖亦聲。

冥　莫經切　明母古讀明母　耕部

冖　莫狄切　明母古讀明母　錫部

此為段注獨有，大徐、小徐作形聲解之亦聲字〔註57〕，與所从之亦聲冖字，聲母同為明母，韻母為對轉，彼此之間屬雙聲且對轉關係。

冥之意，大小徐曰幽，段注曰窈，皆有幽深冥窈之意，構形上由「冖」、「日」、「六」三部份組成。从冖，《說文》云：「覆也。」覆則暗。然从日、六，則不知如何取義。《說文》下曰：「日數十，十六日而月始虧。」以日做為日數，六作為數字之六，《段注》云：「歷十日而復加六日，而月始虧，是冥之意。」（頁315）然其說甚為迂曲，《句讀》云：「筠於其說未能曉解，且月之虧以形見，不以數計也。」（頁250）《徐箋》更直云：「此篆及說解乖舛，字形無十而云日數十，已無所取義。況以十日為十六日，又不用十，而但从六，且既以十六日為月始虧，乃又不从月而从日，造字有如此支離惝恍者乎？」（七上四十）魯先生《說文正補》云：「審冥字不從十與月不足見十六日而月虧之意，且月於既望之後，仍多皎光朗照，亦不足見幽暗之義，即此可知許說迂謬，不待明者，俱可立辨。」（頁19）本字無法判斷字形組成結構。〔註58〕

127. 【圅】（函）　七上㔾部　（七篇上三十）

大徐：舌也。象形。舌體㔾㔾。从㔾。㔾亦聲。

〔註57〕小徐云：「當言冂亦聲，傳寫脫誤。」（頁136）段注云：「亦字舊奪，依小徐說補。」（頁315）

〔註58〕魯先生《說文正補》云：「準斯而論，是冥字之構形，自許氏以降無或得其真解者。以愚考之，冥於卜辭作，或，於古布作，於作者正與卜辭之同體，審其構字，隸定為冐，乃為從日冖聲，示日入冢覆之中以見幽窈之意，亦猶日在木下之為杳，日在勿下之為曶也……考之卜辭冥非俱有方名之義，故其繁文亦從而作，篆文之則為之蛻變，蓋其下體本為从作。惟以形近，故爾譌變為。」（頁20）

小徐：舌也。象形。舌體弓弓。弓亦聲。

段注：舌也。舌體巳巳。从巳。象形。巳亦聲。

函　胡男切　匣母古讀匣母　添部

弓　手感切　匣母古讀匣母　添部

此為三本皆有之亦聲字，與所从之亦聲弓字，彼此之間屬雙聲疊韻關係。

函之意為舌，即舌頭，構形上由「函」、「巳」兩部份組成。《說文》無函字，此旦象舌面之形，《段注》云：「象舌輪廓及文理也。」（頁319）巳，《說文》云：「嘾也。艸木之吳未發函然。」《繫傳》云：「嘾者，含也。草木華未吐若人之含物也。」（頁138）謂舌亦人口所含。然則，單一函已足已表舌意，實不必再加巳，故巳可省。

128. 朿【朿】　七上朿部　（七篇上三十一）

大徐：木坐葶實。从木弓。弓亦聲。

小徐：木坐華實也。從木弓。弓亦聲。

段注：艸木坐吳實也。从木弓。巳亦聲。

朿　胡感切　匣母古讀匣母　添部

弓　手感切　匣母古讀匣母　添部

此為三本皆有之亦聲字，與所从之亦聲弓字，彼此之間屬雙聲疊韻關係。

朿之意為木垂花實，構形上由「木」、「巳」兩部份組成。从木，表示和木頭或植物有關；巳，《說文》云：「嘾也。艸木之吳未發函然。」此指草木上之花朵、果實，此字需由木、巳兩者合成方能見其意，缺一不可。

129. 鼏【鼏】　七上鼎部　（七篇上三十六）

大徐：（闕）

小徐：（闕）

段注：鼎覆也。从鼎一。一亦聲。

鼏　莫狄切　明母古讀明母　錫部

一　莫狄切　明母古讀明母　錫部

此為段注獨有，大徐、小徐皆闕字之亦聲字，[註59] 與所从之亦聲一字，彼

〔註59〕此字為段玉裁所補，《段注》以各本作「鼏」之字作「鼏」（鼏），以為：「以冪篆解，牛頭馬脯而合之。今補正。」（頁322）

此之間屬雙聲疊韻關係。

　　冪之意為鼎覆也，即用以覆蓋鼎的東西，構形上由「冖」、「鼎」兩部份組成。冖，《說文》云：「覆也。」鼎，《說文》云：「三足兩耳，和五味之寶器也。」此字需由冖、鼎兩者合成方能見其意，缺一不可。

130. 窞【窞】　七下穴部　（七篇下二十一）

　　大徐：坎中小坎也。从穴。从臽。臽亦聲。易曰。入于坎窞。一曰旁入也。

　　小徐：坎中小坎也。從穴。從臽。臽亦聲。易曰。入于坎窞。一曰旁入也。

　　段注：坎中复有坎也。从穴臽。臽亦聲。易曰。入于坎窞。一曰旁入也。

　　窞　徒感切　定母古讀定母　添部
　　臽　戶猲切　匣母古讀匣母　添部

　　此為三本皆有之亦聲字，與所從之亦聲臽字，一為舌音定母、一為喉音匣母，聲母不相近，然韻母同屬添部，彼此之間屬疊韻關係。

　　窞之意為坎中小坎，即落穴中又有落穴也，構形上由「穴」、「臽」兩部份組成。穴，《說文》云：「土室也。」《段注》曰：「引伸之凡空竅皆為穴。」（頁347）臽，《說文》云：「小阱也。」此字需由穴、臽兩者合成方能見穴中又有小穴之意，缺一不可。

131. 窺【窺】　七下穴部　（七篇下二十一）

　　大徐：正視也。從穴中正見也。正亦聲。

　　小徐：正視也。從穴中正見。正亦聲。

　　段注：正視也。从穴中正見。正亦聲。

　　窺　敕貞切　徹母古讀透母　耕部
　　正　之盛切　照母古讀端母　耕部

　　此為三本皆有之亦聲字，與所從之亦聲正字，一為舌音透母、一為舌音端母，屬旁紐雙聲，且韻母同屬耕部，彼此之間屬旁紐雙聲且疊韻關係。

　　窺之意為正視，構形上由「穴」、「正」、「見」三部份組成。正，《說文》云：「是也。」有公正、不偏邪之意。見，《說文》云：「視也。」然從穴則無所取義，穴，《說文》云：「土室也。」引申有洞穴之意。然而，從「正」、「見」已

即形見義，實不需再加一不知何以取義，且於字義無所增損之「穴」，故可省。

132. 瘧【瘧】　七下疒部　（七下三十一）

　　大徐：熱寒休作。从疒。从虐。虐亦聲。

　　小徐：寒熱休作病。从疒虐。虐聲。

　　段注：寒　休作病。从疒虐。虐亦聲。

　　瘧　魚約切　疑母古讀疑母　藥部

　　虐　魚約切　疑母古讀疑母　藥部

　　此為三本皆有之亦聲字，與所从之亦聲虐字，彼此之間屬雙聲疊韻關係。

　　瘧之意為寒熱休作之病，《段注》云：「謂寒與熱，一休一作相代也。」（頁354）構形上由「疒」、「虐」兩部份組成。疒，《說文》云：「倚也，人有疾痛也。」从疒之字大多與病痛有關；虐，《說文》云：「殘也。」後有酷虐之意。《繫傳》云：「《釋名》曰：『凡疾或寒或熱，此一疾有寒有熱，酷虐也。』」（頁153）此字需由疒、虐兩者合成方能見寒熱交作，酷虐之疾意，缺一不可。

133. 冠【冠】　七下冖部　（七篇下三十六）

　　大徐：絭也。所以絭髮。弁冕之總名也。从冖。从元。元亦聲。冠有法制。从寸。

　　小徐：絭也。所以絭髮。弁冕之總名。從冖元。元亦聲。冠有法制。從寸。

　　段注：絭也。所㠯絭髮。弁冕之總名也。从冖元。元亦聲。冠有法制。故從寸。

　　冠　古丸切　見母古讀見母　元部

　　元　愚袁切　疑母古讀疑母　元部

　　此為三本皆有之亦聲字，與所从之亦聲元字，一為牙音見母、一為牙音疑母，屬旁紐雙聲，且韻母同屬元部，彼此之間屬旁紐雙聲且疊韻關係。

　　冠之意為弁冕之總名，原本是作為整理頭髮之用，《徐箋》云：「古之冠者以笄貫髮而巾覆之，故曰所以絭髮也。」（七下六十四）構形上由「冖」、「元」、「寸」三部份組成。冖，《說文》云：「覆也。」即指覆蓋在上面的頭巾。元，《說文》云：「始也。」《繫傳》云：「取其在首，故從元。」（頁155）从寸，下云冠有法制。雖此字單以冖覆首，似已可見其意，然弁冕各有法，故仍需

加寸以明其義，故字需由一、元、寸三者合成方能見其意，缺一不可。

134. 冣【冣】　七下一部　（七篇下三十六）

　　大徐：積也。从一。从取。取亦聲。

　　小徐：積也。從冂取。取亦聲。

　　段注：積也。从一取。取亦聲。

　　冣　才句切　從母古讀從母　侯部

　　取　七庾切　清母古讀清母　侯部

　　此為三本皆有之亦聲字，與所从之亦聲取字，一為齒音從母、一為齒音清母，屬旁紐雙聲，且韻母同屬侯部，彼此之間屬旁紐雙聲且疊韻關係。

　　冣之意為積、為聚積，《繫傳》云：「古之人以聚物之聚為冣，上必有覆冒之也。」（頁155）構形上由「一」、「取」兩部份組成。一，《說文》云：「覆也。」取，《說文》云：「捕取也。」《段注》云：「一其上而取之。」（頁357）承培元《廣答問疏證》云：「冂，覆也。取而覆臧之，則積而　多也。」〔註60〕說解不盡相同，然無論從何人，此字均需由一、取兩者合成方能見其意，缺一不可。

135. 兩【兩】　七下𠔁部　（七篇下三十九）

　　大徐：二十四銖為一兩。从一。𠔁平分。𠔁亦聲。

　　小徐：二十四銖為一兩。從一。從𠔁。𠔁。平分也。𠔁亦聲。

　　段注：二十四銖為一兩。从一𠔁。𠔁。平分也。𠔁亦聲。

　　兩　良獎切　來母古讀來母　陽部

　　𠔁　良獎切　來母古讀來母　陽部

　　此為三本皆有之亦聲字，與所从之亦聲𠔁字，彼此之間屬雙聲疊韻關係。

　　兩之意，《說文》曰「二十四銖為一兩」，即以度量單位釋之，《句讀》云：「《漢書·律應志》：『一龠重十二銖，兩之為兩。』又云：『兩者𠔁，黃鐘律之重也。』二十四銖而成兩者，二十四氣之象也。」（頁282）東漢之時，經學已蘊有陰陽五行思想在其中，故有此解。構形上由「一」、「𠔁」兩部份組成。从一，乃一端，即合而為一也，𠔁，《說文》云：「再也。」有成雙成對之意，《繫傳》云：「兩者，積雙𠔁而成為一。」（頁156）此字需由一、𠔁兩者合成方能

見成對而合一之意，缺一不可。〔註61〕

136. 羉【羉】　七下网部　（七篇下四十）

大徐：网也。从网纋。纋亦聲。一曰縮也。

小徐：网也。從网纋。纋亦聲也。一曰縮也。

段注：网也。从网纋。纋亦聲。一曰縮也。

羉　古眩切　見母古讀見母　元部

纋　胡畎切　匣母古讀匣母　元部

此為三本皆有之亦聲字，與所从之亦聲纋字，一為牙音見母、一為喉音匣母，聲母不相近，然韻母同屬元部，彼此之間屬疊韻關係。

羉之意為网，即捕魚、獸網的一種，《斠詮》云：「《聲類》：『以繩絲取鳥獸也。』」（卷七頁五十三）構形上由「网」、「纋」兩部份組成。网，《說文》云：「庖犧氏所結繩，吕田吕漁也。」纋，《說文》云：「落也。」《段注》：「落者，今之包絡字。羉网主於圍繞，故从纋。」（頁358）然則，單一网實可見网意，纋可省。

137. 罶【罶】　七下网部　（七篇下四十一）

大徐：曲梁寡婦之筍。魚所留也。从网留。留亦聲。

小徐：曲梁寡婦之筍。魚所畱也。從网。畱聲。

段注：曲梁寡婦之筍。魚所畱也。从网畱。畱亦聲。

罶　力九切　來母古讀來母　幽部

留　力求切　來母古讀來母　幽部

此為大徐、段注皆有，小徐作形聲解之亦聲字，與所从之亦聲留字，彼此之間屬雙聲疊韻關係。

罶之意為曲梁寡婦之魚筍，即捕魚之竹器。構形上由「网」、「留」兩部份組成。网，《說文》云：「庖犧氏所結繩，吕田吕漁也。」此指用以捕魚之器；留，《說文》云：「止也。」謂使魚止於其中。《義證》引《詩詁》云：「惟寡婦家上所矜閔，使得織薄曲，絕水為梁，以筍承之，以時得魚。」（頁668）此字需由网、留兩者合成方能見魚所留之器意，缺一不可。

〔註61〕許慎以度量單位釋之，然兩之造字，似不專為度量單位所用，魯先生《文字析義》以為：「兩當以布帛兩卷為本義。」（頁167）

138. 㡀【㩙】 七下㡀部 （七篇下五十八）

　　大徐：帗也。一曰敗衣。从攴。从㡀。㡀亦聲。

　　小徐：帗也。一曰敗衣也。從㡀。從攴。㡀亦聲。

　　段注：帗也。一曰敗衣。从㡀。从攴。㡀亦聲。

　　㩙　毗祭切　並母古讀並母　月部

　　㡀　毗際切　並母古讀並母　月部

　　此為三本皆有之亦聲字，與所从之亦聲㡀字，彼此之間屬雙聲疊韻關係。

　　㩙之意為帗，即布幅，《段注》：「帗者，一幅巾也。」（頁 367）構形上由「㡀」、「攴」兩部份組成。㡀，《說文》云：「敗衣也。」攴，《說文》云：「小擊也。」此字若從說文以「帗」為本意，則無法說明構形之由，故《徐箋》以為：「巾本完好，無緣引申為敗壞之義。从攴治之，故有敗意耳，因其敗而攴治之也。」（七下一百五）《通訓定聲》云：「或曰㡀㩙二字說解當互易。」（頁 521）然一曰之「敗衣」之意則相當明顯，以「㡀」即可表義，不需再加「攴」旁。

八、《說文解字》第八篇之亦聲字

139. 仲【仲】 八上人部 （八篇上五）

　　大徐：中也。从人。从中。中亦聲。

　　小徐：中也。從人中。中亦聲。

　　段注：中也。从人中。中亦聲。

　　仲　直眾切　澄母古讀定母　冬部

　　中　陟弓切　知母古讀端母　冬部

　　此為三本皆有之亦聲字，與所从之亦聲中字，一為舌音定母、一為舌音端母，屬旁紐雙聲，且韻母同屬冬部，彼此之間屬旁紐雙聲且疊韻關係。

　　仲之意為中，《義證》：「《釋名》：『仲，平也。位在中也。』」（頁 688）構形上由「人」、「中」兩部份組成。中，《說文》云：「內也。」《徐箋》云：「內猶中也，中猶正也。」（一上七十二）从人，《段注》云：「伯仲叔季為長少之次。」（頁 371）然其說似強為之解，其實此字單以「中」即可見位在中之意，不必再加「人」，且古者中仲兩字多互通，故人可省。

140. 𡱈【㐆】　八上人部　（八篇上五）

大徐：古文伊。从古文死。

小徐：古文伊。從死。死亦聲。

段注：古文伊。从古文死。

㐆　於脂切　影母古讀影母　脂部

死　息姊切　心母古讀心母　脂部

此為小徐獨有，大徐、段注單言重文之亦聲字，與所从之亦聲死字，一為喉音影母、一為齒音心母，聲母不相近，然韻母同屬脂部，彼此之間屬疊韻關係。

㐆為伊之古文，伊，《說文》云：「殷聖人阿衡也。」《繫傳》云：「謂伊尹也。阿，倚也；衡，平也。依倚而取平也。尹，正也，所倚正人也。」（頁161）故下云：「尹治天下者。」古文伊構形上由「死」、「人」兩部份組成。从人，表示和人有關，篆文伊取尹治天下之人意。然古文又从死，則不知何以取義？《段注》以為：「以死為聲。」（頁371）《《甲骨文字集釋》》亦云：「伊從死無義可說，段氏以死聲說之，許君此說不知何據？」（頁2622）《馬疏》則曰：「借尸為尹，尸為死之初文。」（頁10）然無論如何，死字於義皆於所取，此字無法說解。

141. 偕【偕】　八上人部　（八篇上十五）

大徐：彊也。从人。皆聲。詩曰。偕偕士子。一曰俱也。

小徐：強也。從人皆。皆亦聲也。詩曰。偕偕士子。一曰俱也。

段注：彊也。从人。皆聲。一曰俱也。詩曰。偕偕士子。

偕　古諧切　見母古讀見母　脂部

皆　古諧切　見母古讀見母　脂部

此為小徐獨有之亦聲字，大徐、段注作形聲解，與所从之亦聲皆字，彼此之間屬雙聲疊韻關係。

偕之意為強，《繫傳》云：「強，力也。能皆同於人，是強也。」（頁163）《段注》云：「《小雅·北山》：『偕偕士子。』傳曰：『偕偕，強壯兒。』」（頁376）構形上由「人」、「皆」兩部份組成。皆，《說文》云：「具詞也。」人，《說文》云：「天地之性冣貴者也。」即人類。然由人、皆合成，無從見強意，《句讀》

云：「主引詩立義者，皆偕本一字，惟彊義為皆字所無，故特出之。」（頁296）
此字無法說解。

142. 傾【傾】　八上人部　（八篇上十七）

大徐：仄也。从人。从頃。頃亦聲。

小徐：仄也。從人。從頃。頃亦聲。

段注：仄也。从人頃。頃亦聲。

傾　去營切　溪母古讀溪母　耕部

頃　去營切　溪母古讀溪母　耕部

此為三本皆有之亦聲字，與所从之亦聲頃字，彼此之間屬雙聲疊韻關係。

傾之意為仄也，《義證》云：「仄也者，仄當為矢，本書矢，傾頭也。」（頁695）構形上由「人」、「頃」兩部份組成。人，《說文》云：「天地之性最貴者也。」從人之字多與人體、人類有關；頃，《說文》云：「頭不正也。」雖單一頃字已可見頭不正之意，然則，矢乃象人傾頭之形，故需加人旁以明人傾頭，而非物之頭不正，故此字需由人、頃兩者合成方能見其意，缺一不可。

143. 儀【儀】　八上人部　（八篇上二十一）

大徐：度也。从人。義聲。

小徐：度也。從人義。義亦聲。

段注：度也。从人。義聲。

儀　魚羈切　疑母古讀疑母　歌部

義　宜寄切　疑母古讀疑母　歌部

此為小徐獨有，大徐、段注作形聲解之亦聲字，與所从之亦聲義字，彼此之間屬雙聲疊韻關係。

儀之意為度，《段注》云：「度，法制也。」（379）構形上由「人」、「義」兩部份組成。從人之字多與人體、人類有關。義，《說文》云：「己之威義也。」古書誼義通用，云人之所宜也。《繫傳》云：「唯人者可為法度，義者，事之宜也。」（頁164）故此字需由人、義兩者合成方能見其意，缺一不可。

144. 係【係】　八上人部　（八篇上三十四）

大徐：絜束也。从人。从系。系亦聲。

小徐：絜束也。從人。系聲。

段注：絜束也。从人。系聲。

係　胡計切　匣母古讀匣母　支部

系　胡計切　匣母古讀匣母　支部

此為大徐獨有，小徐、段注作形聲解之亦聲字，與所從之亦聲系字，彼此之間屬雙聲疊韻關係。

係之意為絜束，即綑束，《段注》云：「絜者，麻一端也。絜束者，圍而束之。」（頁385）構形上由「人」、「系」兩部份組成。系，《說文》云：「縣也。」懸物需用繩綑束而為之。然何以從人？《句讀》云：「案係者，系之絫增字也。」（頁302）且此字單用系實足以見絜束綑綁之意，人旁可省。

145. 像【像】　八上人部　（八篇上二十一）

大徐：象也。从人。从象。象亦聲。讀若養。

小徐：象也。從人象。讀若養字之養。

段注：佀也。从人。象聲。讀若養字之養。

像　徐兩切　邪母古讀定母　陽部

象　徐兩切　邪母古讀定母　陽部

此為大徐獨有，小徐作會意解，段注作形聲解之亦聲字，與所從之亦聲象字，彼此之間屬雙聲疊韻關係。

像之意為象，為似，即相似之意，構形上由「人」、「象」兩部份組成。象，《說文》云：「南越大獸，長鼻牙，三年一乳。」謂動動之大象也，後作為意象、象形之意，《繫傳》云：「又韓子曰：『象，南方之大獸，中國人不識，但見其畫，故言圖寫似之為象。』」（頁166）由大象之意假借為意象之意，然何以從人？則殊不可解，雖學者多以為形像、想像當從人，然不知何以為之，《徐箋》以為：「此像字乃由象而增人旁，非特製諧聲字。」（八上六十二）且此字單用象即可見相似之意，不必再加人旁，故可省。

146. 僊【僊】　八上人部　（八篇上三十八）

大徐：長生僊去。从人。从䙴。䙴亦聲。（大徐）

小徐：長生者僊去也。從人。䙴聲。（小徐）

段注：長生僊去。从人䙴。䙴亦聲。（段注）

僊　相然切　心母古讀心母　元部

嬰　七然切　清母古讀清母　元部

此為大徐、段注皆有，小徐作形聲解之亦聲字，與所從之亦聲嬰字，一為齒音心母、一為齒音清母，屬旁紐雙聲，且韻母同屬元部，彼此之間屬旁紐雙聲且疊韻關係。

僊之意為長生僊去，即成仙，構形上由「人」、「嬰」兩部份組成。從人表和人類有關，仙為人所化，故從之。嬰為䙴之重文，䙴，《說文》云：「升高也。」人升高而為仙，故此字需由人、嬰兩者合成方能見其意，缺一不可。

147. 𠤏【化】　八上匕部　（八篇上四十）

　　大徐：教行也。从匕从人。匕亦聲。

　　小徐：教行也。從人。從匕。匕亦聲。

　　段注：教行也。從匕人。匕亦聲。

　　化　呼跨切　曉母古讀曉母　歌部

　　匕　呼跨切　曉母古讀曉母　歌部

此為三本皆有之亦聲字，與所從之亦聲匕字，彼此之間屬雙聲疊韻關係。

化之意為教行，教化人民，《徐箋》云：「教化者，移風易俗之意。」（八上七十二）構形上由「人」、「匕」兩部份組成。從人，表示和人類、人體有關，此指人民；匕，《說文》云：「變也。」謂使之改變。《段注》云：「上匕之而下從之匕謂之化……主謂匕人者也。」（頁388）此字均需由人、匕兩者合成方能見使人民改變之意，缺一不可。

148. 𨑒【從】　八上从部　（八篇上四十三）

　　大徐：隨行也。从辵从。從亦聲。

　　小徐：隨行也。從辵。從从。亦聲。

　　段注：隨行也。從从辵。從亦聲。

　　從　慈用切　從母古讀從母　東部

　　从　疾容切　從母古讀從母　東部

此為三本皆有之亦聲字，與所從之亦聲从字，彼此之間屬雙聲疊韻關係。

從之意為隨行，隨之而行，《繫傳》云：「古但為相隨行之。」（頁167）構形上由「辵」、「从」兩部份組成。辵，《說文》云：「乍行乍止也。」表示和行

走有關。从，《說文》云：「相聽也。」此取从兩人之意。此字需由彳、从兩者合成方能見兩人相隨而行之意，缺一不可。

149.　㞜【㞜】　八上丘部　（八篇上四十五）

　　大徐：反頂受水㕢。从㕢。泥省聲。

　　小徐：反頂受水㠯也。從㠯。從泥省。泥亦聲。

　　段注：反頂受水北也。从北。从泥省。泥亦聲。

　　㞜　奴低切　泥母古讀泥母　脂部

　　泥　奴低切　泥母古讀泥母　脂部

　　此為小徐、段注皆有，大徐作形聲解之亦聲字，與所从之亦聲泥字，彼此之間屬雙聲疊韻關係。

　　㞜之意為反頂受水丘，即凹下可積水的山丘，《繫傳》云：「凡頂謂凡地及頂當高，令反下，故曰反頂。」（頁167）構形上由「丘」和泥省之「尼」兩部份組成。丘，《說文》云：「土之高也，非人所為也。」指山丘高地。泥，《說文》云：「泥水。」本為水名，《段注》云：「水潦所止，是為泥淖。」（頁391）指可以受水、積水也。此字均需由丘、尼兩者合成方能見其意，缺一不可。

150.　衵【衵】　八上衣部　（八篇上六十一）

　　大徐：日日所常衣。从衣。从日。日亦聲。

　　小徐：日日所常衣。從衣。從日。日亦聲。

　　段注：日日所常衣。从衣。从日。日亦聲。

　　衵　人質切　日母古讀泥母　質部

　　日　人質切　日母古讀泥母　質部

　　此為三本皆有之亦聲字，與所从之亦聲日字，彼此之間屬雙聲疊韻關係。

　　衵之意為日日所常衣，即每天所穿的貼身衣物，《義證》云：「《玉篇》：『衵，近身衣也。』」（頁729）〔註62〕構形上由「衣」、「日」兩部份組成。从衣，表示和衣服有關，从日，表天天，日日之意。此字需由衣、日兩者合成方能見其意，缺一不可。

〔註62〕《句讀》：「《左・宣・九年》傳：『皆裒其衵服以戲於朝。』《釋文》：『《說文》云：日日所衣裳也。字林同。又云：婦人近身內衣也。』」（頁312）

151. 襧【襧】　八上衣部　（八篇上六十三）

　　大徐：紩衣也。从衣𢱢。𢱢亦聲。

　　小徐：紩衣。從衣𢱢。𢱢亦聲。

　　段注：紩衣也。从衣𢱢。𢱢亦聲。

　　襧　諸几切　照母古讀端母　脂部

　　𢱢　陟几切　知母古讀端母　脂部

　　此為三本皆有之亦聲字，與所从之亦聲𢱢字，彼此之間屬雙聲疊韻關係。

　　襧之意為紩衣，即縫衣服，《段注》：「糸部曰：紩者，縫也。縫者，以鍼紩衣也。」（頁400）構形上由「衣」、「𢱢」兩部份組成。从衣表示和用以遮身蔽體的衣服有關；𢱢，《說文》云：「箴縷所紩衣也。」本身已經是針線所縫的衣服，故此字可單以「𢱢」示意，不必再加偏旁以表義，「衣」可省。

152. 孝【孝】　八上老部　（八篇上六十八）

　　大徐：善事父母者。从老省。从子。子承老也。

　　小徐：善事父母者。從老省。從子。子承老。老省亦聲。

　　段注：善事父母者。从老省。从子。子承老也。

　　孝　呼教切　曉母古讀曉母　幽部

　　老　盧晧切　來母古讀來母　幽部

　　此為小徐獨有，大徐、段注作會意解之亦聲字，與所从之亦聲老字，一為喉音曉母、一為舌音來母，聲母不相近，然韻母同屬幽部，彼此之間屬疊韻關係。

　　孝之意為善事父母者，《義證》云：「善事父母者，《釋名》：『孝，好也。愛好父母如所悅好也。』」（頁735）構形上由老省之「耂」和「子」兩部份組成。老，《說文》云：「考也。七十曰老。」此指父母，父母未必為七十，然於子而言亦為老也。子，《說文》云：「十一月易气，萬物滋。人㠯為稱。」此謂人子，下云「子承老」是也。此字需由耂、子兩者合成方能見其意，缺一不可。

153. 覽【覽】　八下見部　（八篇下十四）

　　大徐：觀也。从見監。監亦聲。

　　小徐：觀也。從見監。亦聲。

　　段注：觀也。从見監。監亦聲。

覽　盧敢切　來母古讀來母　談部

監　古銜切　見母古讀見母　談部

此為三本皆有之亦聲字，與所从之亦聲監字，一為舌音來母、一為牙音見母，聲母不相近，然韻母同屬談部，彼此之間屬疊韻關係。

覽之意為觀，《段注》云：「以我觀物曰覽，引伸之使物觀我亦曰覽。」（頁412）構形上由「監」、「見」兩部份組成。監，《說文》云：「臨下也。」取其臨下而視之意。見，《說文》云：「視也。」雖然單一「見」字已足以表視之意，然而，仍需加「監」，方可見以觀物覽見之意，故此字需由監、見兩者合成方能見其意，缺一不可。

154. 歊【歊】　八下欠部　（八篇下二十一）

大徐：歊歊气出皃。从欠高。高亦聲。

小徐：歊气出皃。從欠高。高亦聲。

段注：歊歊。气上出皃。从欠高。高亦聲。

歊　許嬌切　曉母古讀曉母　宵部

高　古牢切　見母古讀見母　宵部

此為三本皆有之亦聲字，與所从之亦聲高字，一為喉音曉母、一為牙音見母，聲母不相近，然韻母同屬宵部，彼此之間屬疊韻關係。

歊之意為气上出皃，構形上由「欠」、「高」兩部份組成。欠，《說文》云：「張口氣悟也。」即氣從口出之意；高，《說文》云：「崇也，象臺觀高之形。」取高低之高意，气上出，即氣往高處去也。故此字需由高、欠兩者合成方能見其意，缺一不可。

155. 歈【歈】　八下欠部　（八篇下二十三）

大徐：言意也。从欠。从卤。卤亦聲。讀若酉。

小徐：言意。從欠。從卤。卤亦聲。讀若酉。

段注：言意也。从欠。从卤。卤亦聲。讀若酉。

歈　與九切　喻母古讀定母　幽部

卤　以周切　喻母古讀定母　幽部

此為三本皆有之亦聲字，與所从之亦聲卤字，彼此之間屬雙聲疊韻關係。

歈之意為言意，《段注》云：「有所言之意也，意內言外之意。」（頁417）

《通訓定聲》云：「謂將有所言，而气逌然欲出也。」（頁224）即今日之猶字，《徐箋》云：「蓋語辭，古通作猷。《尚書》多用猷為發聲。」（八下四十五）《斠詮》云：「依義此即經所用猶字也。」（卷八頁六十八）構形上由「欠」、「卣」兩部份組成。欠，《說文》云：「張口氣悟也。」此取開口之意。卣，《說文》云：「气行皃。」即欲言之時，氣流從口中出來。此字需由欠、卣兩者合成方能見開口方欲言的發語辭意，缺一不可。

156. 㫬【欥】　八下欠部　（八篇下二十五）

　　大徐：詮詞也。从欠。从曰。曰亦聲。詩曰。欥求厥寧。

　　小徐：詮詞。從欠曰。曰亦聲。詩曰。欥求厥寍。

　　段注：詮䛐也。从欠曰。曰亦聲。詩曰。欥求厥寧。

　　欥　余律切　喻母古讀定母　月部

　　曰　王伐切　為母古讀匣母　月部

　　此為三本皆有之亦聲字，與所从之亦聲曰字，一為舌音定母、一為喉音匣母，聲母不相近，然韻母同屬月部，彼此之間屬疊韻關係。

　　欥之意為詮詞，《繫傳》云：「詮，理也。理其事之詞也。」（頁177）徐箋云：「戴氏震曰：『詮詞者，承上文所發端，詮而釋之也。』」（八下五十）構形上由「欠」、「曰」兩部份組成。欠，《說文》云：「張口氣悟也。」曰，《說文》云：「䛐也。」《段注》云：「气悟而出䛐也。」（頁418）此字需由欠、曰兩者合成方能見開口言詞之意，缺一不可。

九、《說文解字》第九篇之亦聲字

157. 頖【頖】　九上頁部　（九篇上七）

　　大徐：內頭水中也。从頁叟。叟亦聲。

　　小徐：內頭水中。從頁叟。叟亦聲。

　　段注：內頭水中也。从頁叟。叟亦聲。

　　頖　烏沒切　影母古讀影母　沒部

　　叟　莫勃切　明母古讀明母　沒部

　　此為三本皆有之亦聲字，與所从之亦聲叟字，一為喉音影母、一為脣音明母，聲母不相近，然韻母同屬沒部，彼此之間屬疊韻關係。

頾之意為內頭水中，即將頭放在水裡，構形上由「頁」、「𠬶」兩部份組成。頁，《說文》云：「頭也。」𠬶，《說文》云：「入水有所取也。」此字需由頁、𠬶兩者合成方能見其意，缺一不可。

158. 頛【頛】　九上頁部　（九篇上十二）

大徐：頭不正也。从頁。从耒。耒。頭傾也。讀又若春秋陳夏齧之齧。

小徐：頭不正。從頁耒。耒。頭傾。亦聲。讀又若春秋陳夏齧之齧。

段注：頭不正也。从頁耒。耒。頭傾。亦聲。讀又若春秋陳夏齧之齧。

頛　盧對切　來母古讀來母　沒部

耒　盧對切　來母古讀來母　沒部

此為小徐、段注皆有，大徐作會意解之亦聲字，與所从之亦聲耒字，彼此之間屬雙聲疊韻關係。

頛之意為頭不正，構形上由「頁」、「耒」兩部份組成。頁，《說文》云：「頭也。」耒，《說文》云：「耕曲木也。」曲故不正，此但取不正之意。《義證》云：「耒，頭傾也。耒曲，故頭傾。」（頁766）此字需由頁、耒兩者合成方能見其意，缺一不可。

159. 覥【覥】　九上面部　（九篇上十五）

大徐：面見也。从面見。見亦聲。詩曰。有覥面目。

小徐：面見也。從面見。見亦聲。詩曰。有覥面目。

段注：面見人也。从面見。見亦聲。詩曰。有覥面目。

覥　他典切　透母古讀透母　元部

見　古甸切　見母古讀見母　元部

此為三本皆有之亦聲字，與所从之亦聲見字，一為舌音透母、一為牙音見母，聲母不相近，然韻母同屬元部，彼此之間屬疊韻關係。

覥之意為面見人也，《段注》云：「面見人謂但有面相對，自覺可憎也。」（頁427）構形上由「面」、「見」兩部份組成。面，《說文》云：「顏前也。」即人之臉部；見，《說文》云：「視也。」此字需由面、見兩者合成方能見面見人也之意，缺一不可。

160. 髯【髯】　九上須部　（九篇上十八）

大徐：頰須也。从須。从冄。冄亦聲。

小徐：頰須也。從冄。冄亦聲。

段注：頰須也。从須冄。冄亦聲。

髯　汝鹽切　日母古讀泥母　添部

冄　而琰切〔註63〕　日母古讀泥母　添部

此為三本皆有之亦聲字，與所从之亦聲冄字，彼此之間屬雙聲疊韻關係。

髯之意為頰須，指臉頰部位的鬍鬚，構形上由「須」、「冄」兩部份組成。須，《說文》云：「頤下毛也。」即鬍鬚；冄，《說文》云：「毛冄冄也。」《段注》云：「冄冄者，柔弱下垂之皃。須部之髯，取下垂意。」（頁458）《義證》云：「《釋名》：『在頰耳旁曰髯，隨口動搖，冄冄然也。』」（頁770）此字需由須、冄兩者合成方能見其意，缺一不可。

161. 彰【彰】　九上彡部　（九篇上十九）

大徐：文彰也。從彡。從章。章亦聲。

小徐：文章也。從彡。章聲。

段注：彣彰也。从彡章。章亦聲。

彰　諸良切　照母古讀端母　陽部

章　諸良切　照母古讀端母　陽部

大徐、段注皆有，小徐作形聲解之亦聲字，與所从之亦聲章字，彼此之間屬雙聲疊韻關係。

彰之意為文章、彣彰，謂文飾之而使彰顯，即文彩鮮明之意，《句讀》云：「文當作彣，彣彰者，采彰也。」（頁336）構形上由「彡」、「章」兩部份組成。彡，《說文》云：「毛飾畫文也。」《繫傳》云：「古多以羽旄為飾，象彡彡然。」（頁180）即文飾；章，《說文》云：「樂竟為一章。」《徐箋》云：「因之為篇章，引申為條理節目之偁。」（三上六十八）有條理故有彰顯、鮮明之意。此字需由彡、章兩者合成方能見其意，缺一不可。

162. 呴【呴】　九上后部　（九篇上二十九）

大徐：厚怒聲。從口后。后亦聲。

小徐：厚怒聲。從口后。后亦聲。

段注：厚怒聲。从后口。后亦聲。

〔註63〕段注「琰」字避諱改，今從本字。

吽　呼后切　曉母古讀曉母　侯部

后　胡口切　匣母古讀匣母　侯部

此為三本皆有之亦聲字，與所从之亦聲后字，一為喉音曉母、一為喉音匣母，屬旁紐雙聲，且韻母同屬侯部，彼此之間屬旁紐雙聲且疊韻關係。

吽之意為厚怒聲，為狀聲字，構形上由「口」、「后」兩部份組成。口，《說文》云：「人所吕言食也。」有說話之意，聲由口出，故狀聲字亦多从口；后，《說文》云：「繼體君也。」於義無所取。《段注》以為：「厚怒故从后，后之言厚也。」（頁434）謂后乃厚之假借字，后，古音在匣紐，古韻在侯部；厚，古音在匣紐，古韻在侯部，彼此為雙聲疊韻關係。此字需由口、后兩者合成方能見其意，缺一不可。〔註64〕

163. 匐【匐】　九上勹部　（九篇上三十七）

大徐：币也。从勹。从合。合亦聲。（大徐）

小徐：币也。從勹。合聲。（小徐）

段注：币也。从勹合。合亦聲。（段注）

匐　侯閤切　匣母古讀匣母　緝部

合　侯閤切　匣母古讀匣母　緝部

此為大徐、段注皆有，小徐作形聲解之亦聲字，與所从之亦聲合字，彼此之間屬雙聲疊韻關係。

匐之意為币，即周，《義證》云：「《廣韻》：『匐，周币也。』」（頁781）構形上由「勹」、「合」兩部份組成。勹，《說文》云：「裹也。」有包裹、包覆之意，亦有周之意。合，《說文》云：「亼口也。」有會合之意。《徐箋》云：「币者，周币而相合也。」（九上五十二）此字需由勹、合兩者合成方能見循環之周币意，缺一不可。

164. 岸【屵】　九下屵部　（九篇下十）

大徐：岸高也。从山厂。厂亦聲。

小徐：岸高也。從山厂。厂亦聲。

段注：岸高也。从山厂。厂亦聲。

〔註64〕又，此字學者多以為乃俗「吼」字。《句讀》云：「段氏曰：『諸書用吽字，即此字也。』《聲類》曰：『吽，嗅也，俗作吼。』《通訓定聲》曰：「按后聲字亦作吽，俗作吼，作吽。」（頁295）《斠詮》以為：「俗吼字如此。」（卷九頁十四）

屵　五葛切　疑母古讀疑母　元部

厂　呼旱切　曉母古讀曉母　元部

此為三本皆有之亦聲字，與所从之亦聲厂字，一為牙音疑母、一為喉音曉母，聲母不相近，然韻母同屬元部，彼此之間屬疊韻關係。

屵之意為岸高，《段注》云：「屵之言轙轙然也。《廣韻》：『高山狀。』」（頁446）構形上由「山」、「厂」兩部份組成。山，《說文》云：「宣也……有石而高。」取其高聳之意。厂，《說文》云：「山石之厓巖。」即岸之意。此字需由山、厂兩者合成方能見其意，缺一不可。

165. 厌【厔】　九下厂部　（九篇下二十一）

大徐：籀文从夨。夨亦聲。

小徐：籀文從厂夨。夨亦聲。

段注：籀文从夨。夨亦聲。

厔　阻力切　莊母古讀精母　職部

夨　阻力切　莊母古讀精母　職部

此為三本皆有之亦聲字，與所从之亦聲夨字，屬雙聲疊韻關係。

厔為厌之籀文，厌之意《說文》云：「側傾也。」厌之構形上由「厂」、「夨」兩部份組成。厂，《說文》云：「山石之厓巖。」夨，《說文》云：「傾頭也。」《繫傳》釋「厌」云：「人在厓石之下，不得安置也。」（頁188）夨亦為人，為人傾頭之象形，故此字需由厂、夨兩者合成方能見其意，缺一不可。

166. 碫【碫】　九下石部　（九篇下二十五）

大徐：厲石也。从石。段聲。春秋傳曰。鄭公孫碫字子石。（大徐本作「碫」）

小徐：礪石也。從石。段聲。春秋曰。鄭公孫碫字子石。（小徐本篆作「碫」）

段注：碫石也。从石段。段亦聲。春秋傳。鄭公孫段字子石。

碫　都亂切　端母古讀端母　元部

段　徒玩切　定母古讀定母　元部

叚　古雅切　見母古讀見母　魚部

此為段注獨有，大徐、小徐作形聲解之亦聲字〔註65〕，若从大小徐，與聲符段部，一為舌音端母、一為牙音見母，雖然發音部位一為舌尖一為舌根，然同屬不送氣的清塞音，屬同位雙聲，至於韻部則不相近；若从段與所从之亦聲段字，一為舌音端母、一為舌音定母，屬旁紐雙聲，且韻母同屬元部，彼此之間屬旁紐雙聲且疊韻關係。

此字大小徐作「碫」，段注作「碬」，意為礪石，即磨刀之石，若从大小徐作「碫」，則構形上由「石」、「叚」兩部份組成。从石表示和石頭有關，叚，《說文》云：「借也。」於義無所取。若从段注作「碬」，構形上由「石」、「段」兩部份組成。段，《說文》云：「椎物也。」可以有鍊之意，與石合意，則為用以鍛鍊之石，似可通，故此字需由石、段兩者合成方能見其意，缺一不可。〔註66〕

167. 耏【耏】　九下而部　（九篇下三十四）

大徐：罪不至髡也。从而。从彡。

小徐：罪不至髡也。從彡。從而。亦聲。

段注：罪不至髡也。从彡而。而亦聲。

耏　如之切　日母古讀泥母　之部

而　如之切　日母古讀泥母　之部

此為小徐、段注皆有，大徐作會意解之亦聲字，與所从之亦聲而字，彼此之間屬雙聲疊韻關係。

耏之意為罪不至髡，髡為去髮之刑，罪不至髡，即次一級之去頰鬚之刑，《斠詮》云：「應劭曰：『輕罪不至于髡，完其耏鬢，故曰耏。』」（卷九頁三十七）構形上由「而」、「彡」兩部份組成。而，《說文》云：「須也。」即頰毛。彡，《說文》云：「毛飾畫文也。」《段注》云：「彡，拭畫之意。此字从彡，彡

〔註65〕《段注》：「各本作『从石叚聲』四字，今正。」（頁454）

〔註66〕主張此字當為「碬」者，非但段若膺一人，《義證》云：「礪石也者，《增韻》平聲九麻無碬字，去聲二十九換有之。注云：『礪石，詩作鍛。』《廣韻》：『碫，礪石。丁貫切。』《玉篇》：『碫，都亂切。礪石也。』《廣雅》：『碫，礪也。曹憲音都亂反。』王觀國曰：『鍛、腶、瓬、碫、椴之類皆從段。』毛居正《六經正誤・詩・公劉》：『取厲取鍛。作碬，誤。鍛從段，段，徒亂反，非從叚也。』」（頁815）《句讀》云：「《左傳》字子石者，褚師段、印段、公孫段，皆古文也。殳部段，椎物也。大徐引《唐韻》乎加切，固誤。然《廣韻》九麻收碬字，其說全同。《說文》、《九經字樣》亦曰：『碬音霞，見《春秋》。』知唐人多誤以段為叚也。」（頁356）

而謂拂拭其而去之會意字也。」（頁458）此字需由而、彡兩者合成方能見其意，缺一不可。

十、《說文解字》第十篇之亦聲字

168. 𩢡【馱】 十上馬部 （十篇上二）

大徐：馬八歲也。从馬。从八。

小徐：馬八歲也。從馬。八聲。

段注：馬八歲也。从馬八。八亦聲。

馱 博拔切 幫母古讀幫母 質部

八 博拔切 幫母古讀幫母 質部

此為段注獨有，大徐作會意解，小徐作形聲解之亦聲字〔註67〕，與所从之亦聲八字，彼此之間屬雙聲疊韻關係。

馱之意為八歲馬，構形上由「馬」、「八」兩部份組成。馬，《說文》云：「怒也，武也，象馬頭髦尾四足之形。」即動物之馬。从八，則但取數字之八意。此字需由馬、八兩者合成方能見其意，缺一不可。

169. 𩢲【駁】 十上馬部 （十篇上八）

大徐：馬赤鬣縞身。目若黃金。名曰駁。吉皇之乘。周文王時。犬戎獻之。从馬。从文。文亦聲。春秋傳曰。駁馬百駟。畫馬也。西伯獻之紂。以全其身。

小徐：馬赤鬣縞身。目若黃金。名曰駁。吉皇之椉。周文王時。犬戎獻之。從馬文。文亦聲。春秋傳曰。駁馬百駟。畫馬也。西伯獻之紂。以全其身。

段注：駁馬。赤鬣縞身。目若黃金。名曰吉皇之乘。周成王時。犬戎獻之。从馬文。文亦聲。春秋傳曰。駁馬百駟。文馬。畫馬也。西伯獻紂。以全其身。

駁 無分切 微母古讀明母 諄部

文 無分切 微母古讀明母 諄部

此為三本皆有之亦聲字，與所从之亦聲文字，彼此之間屬雙聲疊韻關係。

〔註67〕《段注》云：「合二徐本訂。」（頁465）

馼之意為赤鬣縞身、目若黃金之馬，構形上由「馬」、「文」兩部份組成。從馬，表示與馬有關，為馬名。文，《說文》云：「錯畫也。象交文。」後有裝飾、潤飾之意，又有文采之意。馬而赤鬣縞身、目若黃金，故以文馬顯其意，此字需由馬、文兩者合成方能見其意，缺一不可。

170. 馺【馺】　十上馬部　（十篇上十二）

　　大徐：馬行相及也。從馬。從及。讀若爾雅小山馺。大山峘。

　　小徐：馬行相及也。從馬。及聲。讀若爾雅曰。小山馺。

　　段注：馬行相及也。從馬及。及亦聲。讀若爾雅曰。小山馺。

　　馺　穌合切　心母古讀心母　緝部

　　及　巨立切　羣母古讀匣母　緝部

　　此為段注獨有，大徐作會意解，小徐作形聲解之亦聲字〔註68〕，與所從之亦聲及字，一為齒音心母、一為喉音匣母，聲母不相近，然韻母同屬緝部，彼此之間屬疊韻關係。

　　馺之意為馬行相及也，即馬前進的樣子，《句讀》：「《方言》：『馺，馬馳也。』《三輔黃圖》：『馺娑宮，馺娑，馬行疾兒。』」（頁370）構形上由「馬」、「及」兩部份組成。從馬，表示與馬有關。及，《說文》云：「逮也。」為行相及也之意，《馬疏》云：「從及得聲之字，多有急疾之意。」（頁十九之21）此字需由馬、及兩者合成方能見其意，缺一不可。

171. 猶【猶】　十上犬部　（十篇上二十八）

　　大徐：竇中犬聲。從犬。從音。音亦聲。

　　小徐：竇中犬聲。從犬。從音。音亦聲。

　　段注：竇中犬聲。從犬音。音亦聲。

　　猶　乙咸切　影母古讀影母　侵部

　　音　於今切　影母古讀影母　侵部

　　此為三本皆有之亦聲字，與所從之亦聲音字，彼此之間屬雙聲疊韻關係。

　　猶之意為竇中犬聲，即狗在洞中吠的聲音，《段注》云：「犬鳴竇中，聲猶猶然。」（頁478）構形上由「犬」、「音」兩部份組成。犬，《說文》云：「狗之有縣蹏者也。」此指聲音由狗發出。音，《說文》云：「聲生於心，有節於外，謂

〔註68〕《段注》云：「合二徐本訂。」（頁470）

之音。」此字構形可做兩種解釋，一為狗發出聲音，如《繫傳》云：「犬吠穴中鼠。」（頁197）依此解則此字需由犬、音兩者合成方能見其意，缺一不可。然亦可逕作狀聲之字解，如段茂堂所言，若依此，則此字之「音」但為識音作用。

172. 奘【奘】　十上犬部　（十篇上二十九）

　　大徐：妄彊犬也。从犬。从壯。壯亦聲。

　　小徐：妄強犬也。從犬。壯聲。

　　段注：妄彊犬也。从犬壯。壯亦聲。

　　奘　徂朗切　從母古讀從母　陽部

　　壯　側亮切　莊母古讀精母　陽部

　　此為大徐、段注皆有，小徐作形聲解之亦聲字，與所从之亦聲壯字，一為齒音從母、一為齒音精母，屬旁紐雙聲，且韻母同屬陽部，彼此之間屬旁紐雙聲且疊韻關係。

　　奘之意為妄彊犬，凶猛強壯的狗，構形上由「犬」、「壯」兩部份組成。从犬，表示與狗有關。壯，《說文》云：「大也。」大則強也，因此後有強壯之意。此字需由壯、犬兩者合成方能見其意，缺一不可。

173. 煣【煣】　十上火部　（十篇上四十八）

　　屈申木也。从火柔。柔亦聲。（大徐）

　　屈申木也。從火柔。柔亦聲。（小徐）

　　屈申木也。从火柔。柔亦聲。（段注）

　　煣　人久切　日母古讀泥母　幽部

　　柔　耳由切　日母古讀泥母　幽部

　　此為三本皆有之亦聲字，與所从之亦聲柔字，彼此之間屬雙聲疊韻關係。

　　煣之意為屈申木，謂使木彎曲，《義證》云：「《玉篇》：『煣，以火曲木。』《廣韻》：『煣，烝木使曲也。』」（頁870）構形上由「火」、「柔」兩部份組成。火，《說文》云：「焜也。南方之行。」與火燄、熱氣有關。柔，《說文》云：「木曲直也。」《段注》云：「凡木有可曲可直之性，而後以火屈申之，此柔與煣之分別次第也。」（頁254）此字需由火、柔兩者合成方能見其意，缺一不可。

174. 燓【燓】　十上火部　（十篇上四十八）

大徐：燒田也。从火楙。楙亦聲。

小徐：燒田也。從火楙。楙亦聲。

段注：燒田也。从火林。（段注本作「焚」，焚在並母9諄）

燓　附袁切　奉母古讀並母　元部

楙　附袁切　奉母古讀並母　元部

此為大徐、小徐皆有之亦聲字，段注作會意解之亦聲字，與所从之亦聲楙字，彼此之間屬雙聲疊韻關係。

燓之意為燒田，《說文類釋》云：「燒田者，燒山田獵也。」（頁198）構形上由「火」、「楙」兩部份組成。从火與火燄、熱氣有關。楙，《說文》云：「藩也。」即屏障之屬，山上之林木叢生，亦有如屏障一般。此字需由火、楙兩者合成方能見其意，缺一不可。〔註69〕

175. 恖【恖】　十下囱部　（十篇下一）

大徐：多遽恖恖也。从心囱。囱亦聲。

小徐：多遽恖恖也。從心囱。囱亦聲。

段注：多遽恖恖也。从囱。从心。囱亦聲。

恖　倉紅切　清母古讀清母　東部

囱　楚江切　初母古讀清母　東部

此為三本皆有之亦聲字，與所从之亦聲囱字，彼此之間屬雙聲疊韻關係。

恖之意為多遽恖恖，即窘迫匆忙之意，《義證》云：「多遽恖恖也者，本書：遽，窘也。匆下云：故遽稱匆匆。」（頁880）構形上由「囱」、「心」兩部份組成。囱，《說文》云：「在牆曰牖，在屋曰囱。」即天窗，《句讀》云：「蓋囱櫺縱橫糾結，事之窘迫似之。」（頁392）心，《說文》云：「人心，土臟也。」此表心情，《段注》：「謂孔隙既多而心亂也。」（頁495）此字需由囱、心兩者合成方能見心中感到窘迫而匆忙之意，缺一不可。

176. 尳【尳】　十下尢部　（十篇下十）

大徐：剹病也。从尢。从骨。骨亦聲。

小徐：膝病。从尢骨。骨亦聲。

段注：骭病也。从尢骨。骨亦聲。

榾　戶骨切　匣母古讀匣母　沒部

骨　古忽切　見母古讀見母　沒部

此為三本皆有之亦聲字，與所從之亦聲骨字，一為喉音匣母、一為牙音見母，聲母不相近，然韻母同屬沒部，彼此之間屬疊韻關係。

榾之意為骭病，即膝蓋部位的病，構形上由「尢」、「骨」兩部份組成。尢，《說文》云：「跛也。曲脛人也。」此則專指膝部。骨，《說文》云：「肉之覈也。」即骨頭，膝處有一大塊膝蓋骨。此字需由尢、骨兩者合成方能見其意，缺一不可。

177. 壹【壹】　十下壹部　（十篇下十二）

專壹也。从壺。吉聲。（大徐）

專壹也。從壺。吉聲。（小徐）

嫥壹也。从壺吉。吉亦聲。（段注）

壹　於悉切　影母古讀影母　質部

吉　居質切　見母古讀見母　質部

此為段注獨有，大徐、小徐作形聲解之亦聲字，與所從之亦聲吉字，一為喉音影母、一為牙音見母，聲母不相近，然韻母同屬質部，彼此之間屬疊韻關係。

壹之意為嫥壹，即今俗用之專一，構形上由「壺」、「吉」兩部份組成。壺，《說文》云：「昆吾圜器也。」為器物之象形，《繫傳》云：「從壺，取其不泄也。」（頁205）不泄，故專一。吉，《說文》云：「善也。」饒炯《說文解字部首訂》云：「壹從吉聲者，自天地秉性言之意，貞於一，以其義主固結，而從吉得音。」〔註70〕《段注》於「壹」字下云：「許釋之曰：『不得渫也』者，謂元氣渾然，吉凶未分，故其字從吉凶在壺中。會意。合二字為雙聲疊韻，實合二字為一字。〈文言〉傳曰：『與鬼神合其吉凶。』然則吉凶即鬼神也。殽辭曰：『三人行則損一人，一人行則得其友。』言致一也。壹壺構精皆釋致一之意，其轉語為抑鬱。」（頁500）以壹壺吉凶相對釋之，此字需由壺、吉兩者合成方能見其意，缺一不可。

〔註70〕引自《說文解字詁林》，頁989。

178. 𡘊【執】　十下㚔部　（十篇下十三）

　　大徐：捕罪人也。从丮。从㚔。㚔亦聲。

　　小徐：捕罪人也。從丮㚔。㚔亦聲。

　　段注：捕辠人也。从丮㚔。㚔亦聲。

　　執　之入切　照母古讀端母　緝部

　　㚔　尼輒切　娘母古讀泥母　緝部

　　此為三本皆有之亦聲字，與所從之亦聲㚔字，一為舌音端母、一為舌音泥母，屬旁紐雙聲，且韻母同為緝部，彼此之間屬旁紐雙聲且疊韻關係。

　　執之意為捕罪人，即拘捕有罪之人，構形上由「丮」、「㚔」兩部份組成。丮，《說文》云：「持也。」持之而有捕取之意。㚔，《說文》云：「所㠯驚人也。」謂使罪人驚，《義證》云：「《釋名》：『執，懾也。使畏懾己也。』」（頁887）此字需由丮、㚔兩者合成方能見其意，缺一不可。

179. 𡨄【䡅】　十下兀部　（十篇下十五）

　　大徐：直項莽䡅兒。从兀。从夋。夋。倨也。兀亦聲。

　　小徐：直項莽䡅兒。從兀。從夋。夋。倨也。兀亦聲。

　　段注：直項莽䡅兒。从兀。从夋。夋。倨也。兀亦聲。

　　䡅　胡朗切　匣母古讀匣母　陽部

　　兀　古郎切　見母古讀見母　陽部

　　此為三本皆有之亦聲字，與所從之亦聲兀字，一為喉音匣母、一為牙音見母，聲母不相近，然韻母同屬陽部，彼此之間屬疊韻關係。

　　䡅之意為直項莽䡅兒，即倨強倨傲之貌，構形上由「兀」、「夋」兩部份組成。兀，《說文》云：「人頸也。」即項、脖子，俗以臉紅脖子粗形容倨強。夋，《說文》云：「行夋夋也。一曰倨也。」此取一曰之倨傲意。此字需由兀、夋兩者合成方能見其意，缺一不可。

180. 䀠【䀠】　十下夰部　（十篇下十七）

　　大徐：舉目驚䀠然也。从夰。从昍。昍亦聲。

　　小徐：舉目驚䀠然也。從昍。從夰。

　　段注：舉目驚䀠然也。从夵。从昍。昍亦聲。

　　䀠　九遇切　見母古讀見母　魚部

　　眲　九遇切　見母古讀見母　魚部

　　此為大徐、段注皆有，小徐作會意解之亦聲字，與所从之亦聲眲字，彼此之間屬雙聲疊韻關係。

　　界之意為舉目驚界然，即驚訝恐懼的樣子，構形上由「介」、「眲」兩部份組成。介，《說文》云：「放也。」構形從大而八分，《繫傳》云：「大，人也。分，施散也。」（頁206）此單取人之意。眲，《說文》云：「左右視也。」《釋例》云：「茍非有所驚思，何為左右視哉？」（頁164）此字需由介、眲兩者合成方能見人驚懼而左顧右盼之意，缺一不可。[註71]

181. 㒵【㒵】　十下介部　（十篇下十七）

　　大徐：嫚也。从百。从介。介亦聲。虞書曰。若丹朱㒵。讀若傲。論語。㒵盪舟。

　　小徐：嫚也。從百。從介。介亦聲。虞書曰。若丹朱㒵。讀若傲。論語。㒵盪舟。

　　段注：嫚也。从百。从夰。夰亦聲。虞書曰。若丹朱㒵。讀若傲。論語。㒵盪舟。

　　㒵　古到切　見母古讀見母　幽部
　　介　古老切　見母古讀見母　幽部

　　此為三本皆有之亦聲字，與所从之亦聲介字，彼此之間屬雙聲疊韻關係。

　　㒵之意為嫚也，即傲慢之意，構形上由「介」、「百」兩部份組成。介，構形從大而八分，大為人之象形，八為臂之象形，故此亦取人之意[註72]。百，《說文》云：「頭也。」即人首之象形，《段注》云：「傲者昂頭，故从首。」（頁503）此字需由介、百兩者合成方能見人昂頭傲慢之意，缺一不可。[註73]

182. 昦【昦】　十下介部　（十篇下十七）

　　大徐：春為昦天。元气昦昦。从日介。介亦聲。

　　小徐：春為昦天。元气昦昦。從日介。介亦聲。

[註71] 有以為此字經典多作瞿字者，《句讀》云：「經典借瞿字。」（頁397）《段注》云：「《詩·齊風》：『狂夫瞿瞿。』傳曰：『無守之皃。』〈唐風〉：『良士瞿瞿。』箋曰：『瞿瞿然顧禮義也。』亦當作㒵㒵。」（頁502）

[註72] 見蔡信發《六書釋例》，頁148～149。

[註73] 各家皆以為此即「傲」字。《繫傳》云：「今文《尚書》作『傲』。」（頁206）《釋例》云：「㒵與人部傲同。」（頁165）

段注：春為昦天。元气昦昦也。从日夰。夰亦聲。

　昦　胡老切　匣母古讀匣母　幽部

　夰　古老切　見母古讀見母　幽部

此為三本皆有之亦聲字，與所从之亦聲夰字，一為喉音匣母、一為牙音見母，聲母不相近，然韻母同屬幽部，彼此之間屬疊韻關係。

許慎釋昦云春為昦天，元气昦昦，《繫傳》云：「舒和廣大皃。」（頁206）《義證》云：「春為昦天者，《九經字樣》：『昦，春天也。』《尚書考靈曜》：『東方昦天，其星房心。』〈高彪碑〉：『恩如皓春。』《楚詞・九思》：『惟昦天兮昭靈，陽氣發兮清明，風習習兮和煖，百草萌兮華榮。』注云：『昦天，夏天也。』馥案，既曰陽氣發，又曰和煖，又曰百草萌，則春天明矣。」（頁890）構形上由「夰」、「日」兩部份組成。日，《說文》云：「實也。」表陽氣、和煖。夰，《說文》云：「放也。」《徐箋》云：「夰者，放縱輕脫之貌。」（十下三十）引申有輕之意。以四季影響人之生息視之，冬為厚重，春為輕脫，且春繼冬而來，其對比更強。此字需由夰、日兩者合成方能見其意，缺一不可。

183. 奘【奘】　十下大部　（十篇下十八）

大徐：駔大也。从大。从壯。壯亦聲。

小徐：駔大也。從大。壯聲。

段注：駔大也。从巾壯。壯亦聲。

　奘　徂朗切　從母古讀從母　陽部

　壯　側亮切　莊母古讀精母　陽部

此為大徐、段注皆有，小徐作形聲解之亦聲字，與所从之亦聲壯字，一為齒音從母、一為齒音精母，屬旁紐雙聲，且韻母同為陽部，彼此之間屬旁紐雙聲且疊韻關係。

奘之意為駔大，即粗大、壯大之意，《徐箋》云：「《爾雅》郭注曰：『今江東呼大為駔，駔猶麤也。』」（十下三十二）構形上由「大」、「壯」兩部份組成。大，《說文》云：「天大地大人亦大。」[註74]此取大小之大意。壯，《說文》云：「大也。」此字單以「大」或「壯」一體實足以表粗大之意。駔、壯、大意可互通，《句讀》云：「駔、奘皆名目，大則其義也。《釋言》：『奘，駔也。』《方

〔註74〕奘字从籀文大，此處逕以篆文說釋之。

言》:『奘,大也。秦晉之間,凡人之大謂之奘。』……《易‧大壯》:『大者,壯也。』」(頁397)故以單一壯或大表之即可,另一部份可省。

184. 竦【竦】 十下立部 (十篇下二十)

　　大徐:敬也。从立。从束。束。自申束也。

　　小徐:敬也。從立束。束。自申束也。亦聲。

　　段注:敬也。从立。从束。束。自申束也。

　　竦　息拱切　心母古讀心母　東部

　　束　書玉切　審母古讀透母　屋部

　　此為小徐本獨有,大徐、段注作會意解之亦聲字,與所从之亦聲束字,一為齒音心母、一為舌音透母,聲母不相近,然韻部對轉,彼此之間屬對轉關係。

　　竦之意為敬,構形上由「立」、「束」兩部份組成。立,《說文》云:「立,侸也。从大立一之上。」《大徐本》以為:「大,人也。一,地也。」(頁十下八)即人站立的樣子,《繫傳》云:「立自竦也。」(頁207)束,下云:自申束也,《段注》云:「申之使舒,束之使促,常相因互用也。」(頁504)此取束意。王師《釋例》云:「見人而立,又自申束其行,敬意立顯。」(頁331)此字需由立、束兩者合成方能見其意,缺一不可。

185. 息【息】 十下心部 (十篇下二十四)

　　喘也。从心。从自。自亦聲。(大徐)

　　喘也。從心自。自亦聲。(小徐)

　　喘也。从心自。(段注)

　　息　相即切　心母古讀心母　職部

　　自　疾二切　從母古讀從母　質部

　　此為大徐、小徐皆有,段注作會意解之亦聲字,與所从之亦聲自字,一為齒音精母、一為齒音從母,屬旁紐雙聲,韻母為質職旁轉,彼此之間屬旁紐雙聲且旁轉關係。

　　息之意為喘,《義證》云:「喘也者,本書喘,疾息也。」(頁896)構形上由「自」、「心」兩部份組成。自,《說文》云:「鼻也。」《繫傳》云:「气息從鼻出。」(頁208)心,《說文》云:「人心,土臟也。」然不知從何取義,雖《段注》云:「心气必從鼻出,故从心自。」(頁506)但其說過於迂曲,《句

讀》亦云：「與心絕無干，不知何以從心？」（頁400）本字無法判斷字形組成結構。〔註75〕

186. 志【志】　十下心部　（十篇下二十四）

大徐：意也。从心。之聲。

小徐：意也。從心。之聲。

段注：意也。从心屮。屮亦聲。

志　職吏切　照母古讀端母　之部

之　止而切　照母古讀端母　之部

此為段注獨有，大徐、小徐作形聲解之亦聲字〔註76〕，與所從之亦聲之字，彼此之間屬雙聲疊韻關係。

志之意為意也，構形上由「心」、「之」兩部份組成。从心，表示和思想、情感有關。之，《說文》云：「出也。」表示有所往之意。《繫傳‧通論》云：「心者，直心而已，心有所之為志。」（頁316）心有所之，即心有所往，心中有意見，此字需由心、之兩者合成方能見其意，缺一不可。〔註77〕

187. 憼【憼】　十下心部　（十篇下二十八）

大徐：敬也。从心。从敬。敬亦聲。

小徐：敬也。從心敬。敬亦聲。

段注：敬也。从心敬。敬亦聲。

憼　居影切　見母古讀見母　耕部

敬　居慶切　見母古讀見母　耕部

此為三本皆有之亦聲字，與所从之亦聲敬字，彼此之間屬雙聲疊韻關係。

憼之意為敬，《段注》云：「敬之在心者也。」（頁508）構形上由「心」、「敬」兩部份組成。从心，表示和思想、情感有關。敬，《說文》云：「肅也。」

〔註75〕王筠於《句讀》補正云：「抑或息者氣也，氣壹則動志，若安神定息，則心亦循其常矣，息之從心，殆以是乎。」（頁412）然此說為引申之止息、安息意，非許叔重所謂之喘息意。又林義光《文源》以為：「《說文》云：「息，喘也。从心自。」按，噓氣也，从自〔象鼻〕，凸象氣出鼻形，非心字。」其說似可從。林說引自《說文解字詁林》，頁8～1104。

〔註76〕《段注》云：「原作从心之聲，今又增二字。」（頁506）

〔註77〕各家以為此乃大徐所增十九字之一，《段注》云：「大徐以『意』下曰志也，補此為十九文之一。」（頁506）《通訓定聲》云：「此字大徐補入《說文》為十九文之一。」（頁139）

然則，此字單以「敬」即可表意，敬必由心生，故不必再加心旁可也。

188. 恩【恩】 十下心部 （十篇下二十八）

　　大徐：惠也。从心。因聲。

　　小徐：惠也。從心。因聲。

　　段注：惠也。从心因。因亦聲。

　　恩　烏痕切　影母古讀影母　真部

　　因　於真切　影母古讀影母　真部

此為段注本獨有，大徐、小徐作形聲解之亦聲字〔註78〕，與所从之亦聲因字，彼此之間屬雙聲疊韻關係。

　　恩之意為惠也，為仁也，為愛也，《通訓定聲》：「《禮記・喪服四制》：『恩者，仁也。』《詩・鴟鴞》：『恩斯勤斯。』傳：『恩，愛也。』」（頁754）構形上由「心」、「因」兩部份組成。从心，表示和思想、情感有關。因，《說文》云：「就也。」有所依之意，《繫傳・通論》云：「恩者，因也，有所因也，故於文心因為恩。」（頁318）此字需由心、因兩者合成方能見其意，缺一不可。

189. 廣【廣】 十下心部 （十篇下二十九）

　　大徐：闊也。一曰廣也。大也。一曰寬也。从心。从廣。廣亦聲。

　　小徐：闊也。一曰廣也。大也。從心廣。廣亦聲。一曰寬也。

　　段注：闊也。廣大也。从心廣。廣亦聲。一曰寬也。詩曰。廣彼淮夷。

　　廣　苦謗切　溪母古讀溪母　陽部

　　廣　古晃切　見母古讀見母　陽部

此為三本皆有之亦聲字，與所从之亦聲廣字，一為牙音溪母、一為牙音見母，屬旁紐雙聲，且韻母同為陽部，彼此之間屬旁紐雙聲且疊韻關係。

　　廣之意為闊也，為廣大也，《徐箋》云：「闊即廣大也，寬亦廣也。」（十下五十四）構形上由「心」、「廣」兩部份組成。廣，《說文》云：「殿之大屋也。」後有廣大之意，《段注》：「蓋其所通者宏遠矣，是曰廣，引伸之為凡大之偁。」（頁448）从心，表示和思想、情感有關，然此處不知從何取意，又此字單以「廣」實足以見廣大遼闊之意，不必再加「心」，心可省。

〔註78〕《段注》云：「依《韻會》訂。」（頁508）

190. 𢖩【慈】　十下心部　（十篇下三十七）

大徐：急也。从心。从弦。弦亦聲。河南密縣有慈亭。

小徐：急也。從心。弦聲。河南密縣有慈亭。

段注：忞也。从心弦。弦亦聲。河南密縣有慈亭。

慈　胡田切　匣母古讀匣母　真部

弦　胡田切　匣母古讀匣母　真部

此為大徐、段注皆有，小徐作形聲解之亦聲字，與所从之亦聲弦字，彼此之間屬雙聲疊韻關係。

慈之意為急，《段注》云：「謂人性急也。」（頁513）構形上由「心」、「弦」兩部份組成。从心，表示和思想、情感有關。弦，《說文》云：「弓弦也。」弦有急意，《句讀》云：「走部趆，急走也。是其例。《史記・倉公傳》：『脈長而弦。』亦近此意。」（頁405）雖本字單一弦已可見急之意，然此處似專指心急之意，故此字需由心、因兩者合成方能見其意，缺一不可。

191. 𢤱【懝】　十下心部　（十篇下三十九）

大徐：騃也。从心。从疑。疑亦聲。一曰惶也。

小徐：騃也。從心疑。疑亦聲。一曰惶。

段注：騃也。从心疑。疑亦聲。一曰惶也。

懝　五溉切　疑母古讀疑母　之部

疑　語其切　疑母古讀疑母　之部

此為三本皆有之亦聲字，與所从之亦聲疑字，彼此之間屬雙聲疊韻關係。

懝之意為騃，《段注》云：「騃本訓馬行仡仡，引申為疑立之狀，又引申之，則《方言》曰：『癡騃也。』懝騃即《方言》之癡騃。疒部曰：癡，不慧也。」（頁514）故懝之意為疑懼不前、為癡呆。構形上由「心」、「疑」兩部份組成。从心，表示和思想、情感有關。疑，《說文》云：「惑也。」心有所惑，故會疑懼不前，而癡呆亦此故也。此字需由心、疑兩者合成方能見其意，缺一不可。

192. 𣛩【忘】　十下心部　（十篇下四十）

大徐：不識也。从心。从亾。亾亦聲。

小徐：不識也。從心。亾聲。

段注：不識也。从心。亡聲。

忘　武方切　微母古讀明母　陽部

亡　武方切　微母古讀明母　陽部

此為大徐獨有，小徐、段注作形聲解之亦聲字，與所從之亦聲亡字，彼此之間屬雙聲疊韻關係。

忘之意為不識，《段注》云：「識者，意也。今所謂知識，所謂記憶也。」（頁515）構形上由「心」、「疑」兩部份組成。從心，表示和思想、情感有關。亡，《說文》云：「逃也。」有亡失之意。心有所亡，故謂之忘，此字需由心、亡兩者合成方能見其意，缺一不可。

193. 㦅【慨】　十下心部　（十篇下四十四）

大徐：太息也。從心。從氣。氣亦聲。詩曰。慨我寤歎。

小徐：太息也。從心氣。氣亦聲。詩曰。慨我寤歎。

段注：大息兒。從心。氣聲。詩曰。慨我寤歎。

慨　許既切　曉母古讀曉母　沒部

氣　許既切　曉母古讀曉母　沒部

此為大徐、小徐皆有，段注作形聲解之亦聲字，與所從之亦聲氣字，彼此之間屬雙聲疊韻關係。

慨之意為太息，即嘆息，《句讀》云：「《釋名》：『氣，慨也。慨然有聲而無形也。』〈祭義〉：『出戶而聽，慨然必有聞乎其嘆息之聲。』」（頁408）構形上由「心」、「氣」兩部份組成。從心，表示和思想、情感有關。氣，《說文》云：「饋客之芻米也。」後用以為氣流之氣，王師《釋例》云：「其後『氣』字為雲气之意所專。」（頁475）此字需由心、氣兩者合成方能見其意，缺一不可。

194. 患【患】　十下心部　（十篇下四十八）

大徐：憂也。從心。上貫吅。吅亦聲。

小徐：憂也。從心。上貫吅。吅亦聲。

段注：惡也。從心。上貫吅。吅亦聲。

患　胡丱切　匣母古讀匣母　元部

吅　況袁切　曉母古讀曉母　元部

此為三本皆有之亦聲字，與所從之亦聲吅字，一為喉音匣母、一為喉音曉母，屬旁紐雙聲，且韻母同為元部，彼此之間屬旁紐雙聲且疊韻關係。

患之意為憂，構形上由「心」及貫叩之「串」兩部份組成。從心，表示和思想、情感有關。至於「串」，各家均以為乃「毌」之誤，《段注》云：「此八字乃淺人所改竄，古本當作『从心毌聲』四字。」（頁518）《義證》云：「從心上貫叩者，當為從心上毌。串，古文毌。」（頁919）《通訓定聲》云：「按串即毌字。」（頁660）叩，《說文》云：「驚嘑也。」於義確無所取，而毌，《說文》云：「穿物持之也。」有貫穿之意。《繫傳‧通論》云：「患之言貫也，貫於心也。」（頁317）此字需由心、串兩者合成方能見其意，缺一不可。〔註79〕

195. 恇【恇】　十下心部　（十篇下四十九）

　　大徐：怯也。从心匡。匡亦聲。

　　小徐：怯也。從心匡。匡亦聲。

　　段注：怯也。从心匡。匡亦聲。

　　恇　去王切　溪母古讀溪母　陽部

　　匡　去王切　溪母古讀溪母　陽部

此為三本皆有之亦聲字，與所从之亦聲匡字，彼此之間屬雙聲疊韻關係。

恇之意為怯，為懼，構形上由「心」、「匡」兩部份組成。從心，表示和思想、情感有關。匡，《說文》云：「飯器，筥也。」後有作為匡正之意，《段注》云：「引申叚借為匡正。」（頁642）然从匡無所取義，雖《義證》云：「或通作匡，〈禮器〉：『眾不匡懼。』注云：『匡猶恐也。』」（920）然亦無從得知何以如此，故《釋例》云：「恇下云：『從心匡，匡亦聲。』匡為筐之正文，引伸為匡正，假借為不正，豈有怯意？〈禮器〉：『眾不匡懼，乃省借耳。』此人即据記文率然增之。印林曰：『禮器釋文，匡本作恇。』瀚曰：『匡恇通皇惶。』《詩》：『四國是皇。』傳：『皇，匡也。』讀詩記引齊詩作匡。《楚詞》：『征夫皇皇，其孰依兮？』注：『皇皇，惶懼貌。』《廣雅‧釋訓》：『惶惶，懼也。』記之匡懼，猶言惶恐耳，非匡字本義。」（頁56）《馬疏》亦云：「恇蓋惶之異文。」（卷廿頁115）可知匡為假借之文顯矣，今雖難考匡為何字之假借，然就其構形之理而言，此字需由心、匡兩者合成方能見其意，缺一不可。

〔註79〕毌為見母、元部，與患字為疊韻關係。

十一、《說文解字》第十一篇之亦聲字

196. 𣲴【汭】 十一上二水部 （十一篇上二頁二）

> 大徐：水相入也。从水。从內。內亦聲。

> 小徐：水相入也。從水。內聲。

> 段注：水相入皃。从水內。內亦聲。

> 汭　而銳切　日母古讀泥母　沒部

> 內　奴對切　泥母古讀泥母　沒部

　　此為大徐、段注皆有，小徐作形聲解之亦聲字，與所從之亦聲內字，彼此之間屬雙聲疊韻關係。

　　汭之意為水相入，即水會流至一處，《義證》云：「異源同歸即水相入也。」（頁964）構形上由「水」、「內」兩部份組成。水，《說文》云：「準也，北方之行。」從水之字多與河流或水的樣貌有關。內，《說文》云：「入也。」《段注》云：「今人謂所入之処為內。」（頁226）此字需由水、內兩者合成方能見其意，缺一不可。

197. 𣲖【沄】 十一上二水部 （十一篇上二頁五）

> 大徐：水從孔穴疾出也。從水。從穴。穴亦聲。

> 小徐：水從孔疾出也。從水穴。

> 段注：水從孔穴疾出也。从水穴。穴亦聲。

> 沄　呼穴切　曉母古讀曉母　質部

> 穴　胡決切　匣母古讀匣母　質部

　　此為大徐、段注皆有，小徐作會意解之亦聲字，與所從之亦聲穴字，一為喉音曉母、一為喉音匣母，屬旁紐雙聲，且韻母同為質部，彼此之間屬旁紐雙聲且疊韻關係。

　　沄之意為水從孔穴疾出，構形上由「水」、「穴」兩部份組成。從水之字多與水有關。穴，《說文》云：「土室也。」後凡空洞皆謂之穴。此字需由水、穴兩者合成方能見其意，缺一不可。

198. 𣵀【洸】 十一上二水部 （十一篇上二頁六）

> 大徐：水涌光也。从水。从光。光亦聲。詩曰。有洸有潰。

> 小徐：水涌光也。從水光。光亦聲。詩曰。有洸有潰。

段注：水涌光也。从水光。光亦聲。詩曰。有洸有潰。

洸　古黃切　見母古讀見母　陽部

光　古皇切　見母古讀見母　陽部

此為三本皆有之亦聲字，與所从之亦聲光字，彼此之間屬雙聲疊韻關係。

洸之意為水涌光，即水涌出而有光也，《句讀》云：「水涌生光，即〈岳陽樓記〉浮光躍金也。」（頁 430）構形上由「水」、「光」兩部份組成。从水之字多與水有關。光，《說文》云：「明也。」即光亮之意。此字需由水、光兩者合成方能見其意，缺一不可。

199. 【派】　十一上二水部　（十一篇上二頁十五）

　　大徐：別水也。从水。从辰。辰亦聲。

　　小徐：別水也。從水辰。辰亦聲。

　　段注：別水也。从水辰。辰亦聲。

派　匹賣切　滂母古讀滂母　錫部

辰　匹卦切　滂母古讀滂母　錫部

此為三本皆有之亦聲字，與所从之亦聲辰字，彼此之間屬雙聲疊韻關係。

派之意為別水，《段注》云：「〈吳都賦〉：『百水派別。』劉逵注引《字說》曰：『水別流曰派。』」（頁 558）構形上由「水」、「辰」兩部份組成。从水之字多與水有關。辰，《說文》云：「水之衺流別也。」可知此字單以「辰」即足以見水別流之意，不必再加「水」旁以表與水有關，故可省。[註80]

200. 【汲】　十一上二水部　（十一篇上二頁三十七）

　　大徐：引水於井也。从水。从及。及亦聲。

　　小徐：引水於井也。從水。及聲。

　　段注：引水也。从及水。及亦聲。

汲　居立切　見母古讀見母　緝部

及　巨立切　羣母古讀匣母　緝部

此為大徐、段注皆有，小徐作形聲解之亦聲字，與所从之亦聲及字，一為

〔註80〕各家以為派字乃辰字之累增字，《段注》云：「《韻會》曰：『派本作辰，从反永。』引鍇云：『今人又增水作派。』據此則《說文》本有辰無派，今鍇鉉本水部派字當刪。」（頁 558）《句讀》曰：「派即辰之絫增字也。」（頁 434）《馬疏》云：「此辰之後起字。」（卷廿一頁 82）

牙音見母、一為喉音匣母，聲母不相近，且韻母同屬緝部，彼此之間屬疊韻關係。

汲之意為引水，取水也，構形上由「水」、「及」兩部份組成。从水之字多與水有關。及，《說文》云：「逮也。」有至也之意，又及之構形為从手持人，即有所持之意。持水、水至，故有取水之意，此字需由水、及兩者合成方能見其意，缺一不可。

201. 懲【懲】 十一上二水部 （十一篇上二頁四十）

大徐：腹中有水气也。从水。从愁。愁亦聲。

小徐：腹中有水气也。從水。愁聲。

段注：腹中有水气也。从水。愁聲。

懲 士尤切 牀母古讀從母 幽部

愁 士尤切 牀母古讀從母 幽部

此為大徐獨有，小徐、段注作形聲解之亦聲字，與所从之亦聲愁字，彼此之間屬雙聲疊韻關係。

懲之意為腹中有水气，即腹疾之一種，《斠詮》云：「今人腹漲急有此語。」（卷十一頁三十四）構形上由「水」、「愁」兩部份組成。从水之字多與水有關，此處指水氣。愁，《說文》云：「憂也。」腹中有水故憂苦之。此字需由水、愁兩者合成方能見其意，缺一不可。

202. 泮【泮】 十一上二水部 （十一篇上二頁四十二）

大徐：諸侯鄉射之宮。西南為水。東北為牆。从水。从半。半亦聲。

小徐：諸侯饗射之宮也。西南為水。東北為牆。從水半。半亦聲。

段注：諸侯饗射之宮也。西南為水。東北為牆。从水半。半亦聲。

泮 普半切 滂母古讀滂母 元部

半 博幔切 幫母古讀幫母 元部

此為三本皆有之亦聲字，與所从之亦聲半字，一為脣音滂母、一為脣音幫母，屬旁紐雙聲，且韻母同為元部，彼此之間屬旁紐雙聲且疊韻關係。

泮之意為西南為水，東北為牆的諸侯饗射之宮，《段注》引〈魯頌〉箋云：「泮之言半也，蓋東西門以南通水，北無也。」（頁571）構形上由「水」、「半」兩部份組成。从水之字多與水有關，此指圍繞的河流。半，《說文》云：「物中

分也。」即一半的意思。《繫傳》云：「天子辟廱，水周之；諸侯泮宮，水繞其半。」（頁 225）此字需由水、半兩者合成方能見其意，缺一不可。

203. 漏【漏】　十一上二水部　（十一篇上二頁四十二）

大徐：以銅受水。刻節。晝夜百刻。从水。扁聲。

小徐：㠯銅受水。刻節。晝夜百刻。從水。扁聲。

段注：㠯銅受水。刻節。晝夜百節。从水扁。取扁下之義。扁亦聲。

漏　盧戶切　來母古讀來母　侯部

扁　盧戶切　來母古讀來母　侯部

此為段注獨有，大徐、小徐作形聲解之亦聲字[註81]，與所从之亦聲扁字，彼此之間屬雙聲疊韻關係。

漏之意為晝夜百刻之銅製受水器，用以計時用。構形上由「水」、「扁」兩部份組成。从水之字多與水有關，此指以水作為計量之用。扁，《說文》云：「屋穿水入也。」形容水在漏中計時，如屋穿水入一般，由上往下慢慢滴。此字看似可單以「扁」表義，然扁僅是在形容水滴落的樣子，並不能表示計時用的刻漏，故仍需加「水」表以水為之，此字需由水、扁兩者合成方能見其意，缺一不可。

204. 萍【萍】　十一上二水部　（十一篇上二四十三）

大徐：苹也。水艸也。从水苹。苹亦聲。

小徐：苹水艸也。從水苹。苹亦聲。

段注：苹也。水艸也。从水苹。苹亦聲。

萍　薄經切　並母古讀並母　耕部

苹　符兵切　奉母古讀並母　耕部

此為三本皆有之亦聲字，與所从之亦聲苹字，彼此之間屬雙聲疊韻關係。

萍之意為水草，構形上由「水」、「苹」兩部份組成。从水之字多與水有關，此指植物生長的環境。苹，《說文》云：「萍也。無根，浮水而生者。」此字單一「苹」字，已足表水草之意，實不必再加水旁以表義，故可省。[註82]

[註81]《段注》：「此依韻會而更考定之如此。」（頁 571）

[註82] 有以為此字為後人所增者，如《句讀》云：「增此字者，可謂不學矣。」（頁 466）《徐箋》云：「萍字在艸部大篆五十三之列，自非後人增之。鈕云『此萍字為後人加，故附在部末也。』」（十一上二頁七十一）

十二、《說文解字》第十二篇之亦聲字

205. 否【否】 十二上不部 （十二篇上二）

大徐：不也。从口。从不。不亦聲。

小徐：不也。從口不。不亦聲。

段注：不也。从口不。不亦聲。

否　方久切　非母古讀幫母　之部

不　甫鳩切　非母古讀幫母　之部

此為三本皆有之亦聲字，與所从之亦聲不字，彼此之間屬雙聲疊韻關係。

否之意為不，構形上由「不」、「口」兩部份組成。不，《說文》云：「鳥飛上翔不下來也。」有否定之義，《段注》云：「凡云不然者，皆於此義引申叚借。」（頁590）从口之字，多與說話有關。雖然此字有解為以言語否定者，如《繫傳》云：「否者，不可之意見於言也。」（頁232）然而，若據說解，則單以「不」已足見否定之意，實不必再加「口」，此字可省。

206. 閨【閨】 十二上門部 （十二篇上八）

大徐：特立之戶。上圓下方。有似圭。从門。圭聲。

小徐：特立之戶也。上員下方。有似圭。從門圭。圭亦聲。

段注：特立之戶。上圓下方。有侣圭。从門圭。圭亦聲。

閨　古攜切　見母古讀見母　支部

圭　古畦切　見母古讀見母　支部

此為小徐、段注皆有，大徐作形聲解之亦聲字，與所从之亦聲圭字，彼此之間屬雙聲疊韻關係。

閨之意為上圓下方之門，《句讀》云：「云特立者，門之上必有屋覆之，此則洞房連閣，有牆以區其院落，有門以通其往來，上無屋覆，故特立也。〈釋宮〉：『宮中之門謂之闈，其小者謂之閨。』」（頁468）構形上由「門」、「圭」兩部份組成。門，《說文》云：「聞也，从二戶，象形。」从門之字多與門戶有關。圭，《說文》云：「瑞玉也，上圓下方。」此指門之形如圭一般。此字需由門、圭兩者合成方能見其意，缺一不可。

207. 閽【閽】 十二上門部 （十二篇上十四）

大徐：常以昏閉門隸也。从門。从昏。昏亦聲。

小徐：常吕昏閉門隸也。從門。昏聲。

段注：常吕昏閉門隸也。从門昏。昏亦聲。

閽　呼昆切　曉母古讀曉母　諄部

昏　呼昆切　曉母古讀曉母　諄部

　　此為大徐、段注皆有，小徐作形聲解之亦聲字，與所从之亦聲昏字，彼此之間屬雙聲疊韻關係。

　　閽之意為常以昏閉門隸，負責在黃昏時分關門的差役，《段注》云：「《周禮・閽人》：『王宮每門四人，囿游亦如之。』注云：『閽人司昏晨，以啟閉者。』」（頁 596）構形上由「門」、「昏」兩部份組成。从門之字多與門戶有關。昏，《說文》云：「日冥也。」即黃昏之時。此字需由門、昏兩者合成方能見其意，缺一不可。

208. 挺【挺】　十二上手部　（十二篇上三十二）

大徐：長也。從手。從延。延亦聲。

小徐：長也。從手。延聲。

段注：長也。从手延。延亦聲。

挺　丑延切　徹母古讀透母　元部

延　以然切　喻母古讀定母　元部

　　此為大徐、段注皆有，小徐作形聲解之亦聲字，與所从之亦聲延字，一為舌音透母、一為舌音定母，屬旁紐雙聲，且韻母同為元部，彼此之間屬旁紐雙聲且疊韻關係。

　　挺之意為長，構形上由「手」、「延」兩部份組成。手，《說文》云：「拳也。」从手之字多與人手或手之動作有關。延，《說文》云：「長行也。」有長短之長意，《段注》云：「引伸則專訓長。」（頁78）此字單以「延」即可見長之意，且从手不知何以取義？或如《通訓定聲》云：「凡柔和之物，引之使長，搏之使短，可析可合，可方可圓謂之挺。」（頁687）然挺不必定以手為之，故不必再加「手」旁，可省。

209. 授【授】　十二上手部　（十二篇上三十四）

大徐：予也。從手。從受。受亦聲。

小徐：予也。從手。受聲。

段注：予也。从手受。受亦聲。

授　殖酉切　禪母古讀定母　幽部

受　殖酉切　禪母古讀定母　幽部

此為大徐、段注皆有，小徐作形聲解之亦聲字，與所從之亦聲受字，彼此之間屬雙聲疊韻關係。

授之意為予也，即給予之意，構形上由「手」、「受」兩部份組成。从手之字多與人手或手之動作有關。受，《說文》云：「相付也。」《徐箋》云：「相付者，此付而彼受之也。」（四下十一～十二）合手、受，以見以手相付之意，《段注》云：「手付之令其受也。」（頁606）此字需由手、受兩者合成方能見其意，缺一不可。

210. 𣪠【擊】　十二上手部　（十二篇上五十一）

大徐：傷擊也。从手。从毀。毀亦聲。

小徐：傷擊也。從手。毀聲。

段注：傷擊也。从手毀。毀亦聲。

擊　許委切　曉母古讀曉母　微部

毀　許委切　曉母古讀曉母　微部

此為大徐、段注皆有，小徐作形聲解之亦聲字，與所從之亦聲毀字，彼此之間屬雙聲疊韻關係。

擊之意為傷擊，《段注》云：「擊之而傷也。」（頁615）構形上由「手」、「毀」兩部份組成。从手之字多與人手或手之動作有關，此指以手擊之。毀，《說文》云：「缺也。」《句讀》：「〈釋詁〉：『虧、壞、圮、垝，毀也。』」（頁551）有毀壞、傷害之意。此字需由手、毀兩者合成方能見其意，缺一不可。

211. 𢏿【拲】　十二上手部　（十二篇上五十四）

大徐：兩手同械也。从手。从共。共亦聲。周禮。上辠桔拲而桎。

小徐：兩手同械也。從手。共聲。周禮。上罪桔拲而桎。

段注：网手共同械也。从手。共聲。周禮。上辠桔拲而桎。

拲　居竦切　見母古讀見母　東部

共　渠用切　羣母古讀匣母　東部

此為大徐獨有，小徐、段注作形聲解之亦聲字，與所從之亦聲共字，一為

牙音見母、一為喉音匣母，聲母不相近，然韻母同為東部，彼此之間屬疊韻關係。

　　拲之意為兩手同械，即兩隻手銬在一個刑具上，構形上由「手」、「共」兩部份組成。從手之字多與人手或手之動作有關。共，《說文》云：「同也。」此字需由手、共兩者合成方能見其意，缺一不可。

212. 扣【扣】　十二上手部　（十二篇上五十五）

　　大徐：牽馬也。从手。口聲。

　　小徐：牽馬也。從手口。口亦聲。

　　段注：牽馬也。从手。口聲。

　　扣　苦后切　溪母古讀溪母　侯部

　　口　苦厚切　溪母古讀溪母　侯部

　　此為小徐獨有，大徐、段注作形聲解之亦聲字，與所从之亦聲口字，彼此之間屬雙聲疊韻關係。

　　扣之意為牽馬，《段注》：「《周禮・田僕》：『凡田，王提馬而走，諸侯晉，大夫馳。』注曰：『提猶舉也，晉猶抑也，使人扣而舉之、抑之，皆止奔也，馳，放不扣。』《史記》：『伯夷叔齊扣馬而諫。』」（頁617）構形上由「手」、「口」兩部份組成。從手之字多與人手或手之動作有關，此指以手牽馬也。至於口，非指人所以言食之口，而是象馬轡頭之環扣形。此字需由手、口兩者合成方能見以手拉轡頭牽馬意，缺一不可。

213. 姓【姓】　十二下女部　十二篇下一

　　大徐：人所生也。古之神聖。母感天而生子。故稱天子。从女。从生。生亦聲。春秋傳曰。天子因生以賜姓。

　　小徐：人所生也。古之神聖人。母感天而生子。故稱天子。因生以為姓。從女生。生亦聲。

　　段注：人所生也。古之神聖人。母感天而生子。故成天子。因生目為姓。從女生。生亦聲。春秋傳曰。天子因生目賜姓。

　　姓　息正切　心母古讀心母　耕部

　　生　所庚切　疏母古讀心母　耕部

　　此為三本皆有之亦聲字，與所从之亦聲生字，彼此之間屬雙聲疊韻關係。

姓之意為人所生，即出生的那個家族，《徐箋》云：「姓之本義謂生，故古通作生，其後因生以賜姓，遂為姓氏字耳。」（十二下一）構形上由「女」、「生」兩部份組成。女，《說文》云：「婦人也。」从女之字多與女性有關，此指母親。生，《說文》云：「進也。象艸木生出土上。」為出生之意。《段注》云：「感天而生者，母也。故姓从女生會意。」（頁618）此字需由女、生兩者合成方能見其意，缺一不可。

214. 娶【娶】　十二下女部　（十二篇下四）

　　大徐：取婦也。从女。从取。取亦聲。

　　小徐：取婦也。從女。取聲。

　　段注：取婦也。从女。取聲。

　　娶　七句切　清母古讀清母　侯部

　　取　七庾切　清母古讀清母　侯部

此為大徐獨有，小徐、段注作形聲解之亦聲字，與所从之亦聲取字，彼此之間屬雙聲疊韻關係。

　　娶之意為取婦，娶妻，構形上由「女」、「取」兩部份組成。从女之字多與女性有關。取，《說文》云：「捕取也。」有獲得之意，《段注》云：「取彼之女為我婦也。」（頁619）此字需由女、取兩者合成方能見其意，缺一不可。

215. 婚【婚】　十二下女部　（十二篇下五）

　　大徐：婦家也。禮娶婦以昏時。婦人陰也。故曰婚。从女。从昏。昏亦聲。

　　小徐：婦家也。從女昏。禮娶婦以昏時。婦人陰。故曰婚。

　　段注：婦家也。禮娶婦吕昏時。婦人会也。故曰婚。从女昏。昏亦聲。

　　婚　呼昆切　曉母古讀曉母　諄部

　　昏　呼昆切　曉母古讀曉母　諄部

此為大徐、段注皆有，小徐作會意解之亦聲字，與所从之亦聲昏字，彼此之間屬雙聲疊韻關係。

　　許云婚之意為婦家，又云娶婦以昏時，當以後者為本義，王師《釋例》云：「許書釋婚為『婦家』，本於《爾雅‧釋親》，當為婚之引申義。」（頁422）構形上由「女」、「昏」兩部份組成。从女之字多與女性有關。昏，《說文》云：「日

冥也。」即黃昏之時，《句讀》云：「案士昏禮：『婦至即行三飯三酳之禮，禮畢而燭出。』足知其入為昏時。」（頁492）此字需由女、昏兩者合成方能見昏時娶婦之意，缺一不可。

216. 姻【姻】 十二下女部 十二篇下五

大徐：壻家也。女之所因。故曰姻。从女。从因。因亦聲。

小徐：壻家也。女之所因。故曰姻。從女。因聲。

段注：壻家也。女之所因。故曰姻。从女因。因亦聲。

姻 於真切 影母古讀影母 真部

因 於真切 影母古讀影母 真部

此為大徐、段注皆有，小徐作形聲解之亦聲字，與所从之亦聲因字，彼此之間屬雙聲疊韻關係。

姻之意為壻家，為女之所因，即女子所嫁之處也。構形上由「女」、「昏」兩部份組成。從女之字多與女性有關。因，《說文》云：「就也。」有即也，歸也之意。《通訓定聲》云：「《釋名》：『姻，因也。女往因媒也。』《白虎通》：『姻者，婦人因父而成，故曰姻。』」（頁754）此字需由女、因兩者合成方能見其意，缺一不可。

217. 妊【妊】 十二下女部 （十二篇下五）

大徐：孕也。从女。从壬。壬亦聲。

小徐：孕也。從女壬。壬亦聲。

段注：孕也。从女壬。壬亦聲。

妊 如甚切 日母古讀泥母 侵（耕）部

壬 如林切 日母古讀泥母 侵（耕）部 [註83]

此為三本皆有之亦聲字，與所从之亦聲壬字，彼此之間屬雙聲疊韻關係。

妊之意為孕也，即女子有身，《段注》云：「孕者，裹子也。」（頁620）構形上由「女」、「壬」兩部份組成。從女之字多與女性有關。壬，《說文》云：「象

〔註83〕壬聲於陳新雄先生古韻三十二部諧聲表中重出，一在12耕部，一在28侵部，詳見陳新雄，《古音研究》（台北：五南圖書，民國89年），頁344～368。然壬聲於段玉裁十七部中，屬第七部，於黃季剛廿八部在覃部，且陳新雄先生於《古音學發微》耕部壬聲下云「壬聲有呈、廷、聽、堊、聖」，於侵部壬聲下不注。故「妊」字於古韻分部應在28侵部。

人裹妊之形。」此字單一「壬」字已足表懷孕之意，實不必再加「女」旁以表女子懷孕，故可省。

218. 娣【娣】 十二下女部 （十二篇下八）

大徐：女弟也。从女。从弟。弟亦聲。

小徐：女弟也。從女。弟聲。

段注：同夫之女弟也。从女。弟聲。

娣 徒禮切 定母古讀定母 脂部

弟 特計切 定母古讀定母 脂部

此為大徐獨有，小徐、段注作形聲解之亦聲字，與所從之亦聲弟字，彼此之間屬雙聲疊韻關係。

娣之意為女弟，《段注》云：「同夫者，女子同事一夫也。《釋親》曰：『女子同出謂先生為姒，後生為娣。』孫、郭皆云：『同出謂俱嫁事一夫。』」（頁621）《徐箋》云：「同出謂同一翁姑，非謂同事一夫也。下文云：『長婦謂稚婦為娣婦，娣婦為長婦為姒婦。』即其明證。」（十二下十）兩說不同。構形上由「女」、「弟」兩部份組成。從女之字多與女性有關。弟，《說文》云：「韋束之次弟也。」後作為兄弟之弟，即年幼者。此字需由女、弟兩者合成方能見其意，缺一不可。

219. 婢【婢】 十二下女部 （十二篇下十）

大徐：女之卑者也。从女。从卑。卑亦聲。

小徐：女之卑者。從女卑。卑亦聲。

段注：女之卑者也。从女卑。卑亦聲。

婢 便俾切 並母古讀並母 支部

卑 補移切 幫母古讀幫母 支部

此為三本皆有之亦聲字，與所從之亦聲卑字，一為脣音並母、一為脣音幫母，屬旁紐雙聲，且韻母同為支部，彼此之間屬旁紐雙聲且疊韻關係。

婢之意為女之卑者，即婢女、婢妾，構形上由「女」、「卑」兩部份組成。從女之字多與女性有關。卑，《說文》云：「賤也。執事者。」此字需由女、卑兩者合成方能見其意，缺一不可。

220. 媄【媄】　十二下女部　（十二篇下十三）

　　大徐：色好也。从女。从美。美亦聲。

　　小徐：色好也。從女。美聲。

　　段注：色好也。从女。美聲。

　　媄　無鄙切　徹母古讀明母　脂部

　　美　無鄙切　徹母古讀明母　脂部

　　此為大徐獨有，小徐、段注作形聲解之亦聲字，與所从之亦聲美字，彼此之間屬雙聲疊韻關係。

　　媄之意為色好，即容色美好之意，《義證》云：「色好也者，《顏氏字樣》：『媄，顏色姝好也。』」（頁1087）構形上由「女」、「美」兩部份組成。從女之字多與女性有關。美，《說文》云：「甘也。」《段注》云：「引伸之凡好皆謂之美。」（頁148）故此字單以「美」已足見顏色美好之意，不必再加「女」旁以表義，且色好者未必為女子也，故可省。

221. 奸【奸】　十二下女部　（十二篇下二十八）

　　大徐：犯婬也。从女。从干。干亦聲。

　　小徐：犯淫。從女干。干亦聲。

　　段注：犯婬也。从女。干聲。

　　奸　古寒切　見母古讀見母　元部

　　干　古寒切　見母古讀見母　元部

　　此為大徐、小徐皆有，段注作形聲解之亦聲字，與所从之亦聲干字，彼此之間屬雙聲疊韻關係。

　　奸之意為犯淫，《段注》：「此字謂犯姦淫之罪，非即姦字也。」（頁631）構形上由「女」、「干」兩部份組成。從女之字多與女性有關。干，《說文》云：「犯也。」侵犯女子為姦淫之罪，此字需由女、干兩者合成方能見其意，缺一不可。

222. 也【也】　十二下乁部　（十二篇下三十二）

　　大徐：女陰也。象形。

　　小徐：女陰也。象形。乁聲。

　　段注：女侌也。从乁。象形。乁亦聲。

也　余者切　喻母古讀定母　歌部

へ　弋支切　喻母古讀定母　支部

此為段注獨有，大徐作象形解，小徐作形聲解之亦聲字〔註84〕，與所从之亦聲へ字，聲母相同，韻部旁轉，彼此之間屬雙聲且旁轉關係。

也之意為女陰，即女性陰部之象形，構形上，大徐以為乃獨體象形，小徐、段注以為乃象形與「へ」兩部份所組成。へ，《說文》云：「流也。」原指水之流，即移動之意，於義無所取，且構形亦不可從，《繫傳》云：「語之餘，凡言也，則氣出口而盡，此象气出口而下斂而盡也。」（頁246）疑似小徐用語詞增之。本字之「へ」不應有。

223. 医【医】　十二下匚部　（十二篇下四十八）

大徐：盛弓弩矢器也。从匚。从矢。國語。兵不解医。

小徐：盛弓弩矢器。從匚矢。矢亦聲。春秋國語曰。兵不解医。

段注：臧弓弩矢器也。从匚矢。矢亦聲。春秋國語曰。兵不解医。

医　於計切　影母古讀影母　脂部

矢　式視切　審母古讀透母　脂部

此為小徐、段注皆有，大徐作會意解之亦聲字，與所从之亦聲矢字，一為喉音影母、一為舌音透母，聲母不相近，然韻母同為脂部，彼此之間屬疊韻關係。

医之意為盛弓弩矢器，即用來收藏箭矢的器具，構形上由「匚」、「矢」兩部份組成。匚，《說文》云：「裹徯有所夾臧也。」此取有所夾藏之意，《句讀》云：「是医字取俠藏之義，故从匚。」（頁508）矢，《說文》云：「弓弩矢也。」即弓弩之箭。此字需由匚、矢兩者合成方能見其意，缺一不可。

224. 匹【匹】　十二下匚部　（十二篇下四十八）

大徐：四丈也。从八匚。八揲一匹。八亦聲。

小徐：四丈也。從匚八。八牒一匹。八亦聲。

段注：四丈也。从匚八。八揲一匹。八亦聲。

匹　普吉切　滂母古讀滂母　質部

〔註84〕《段注》：「按小徐有へ聲二字，無从へ二字。依例則當云从へ，故又補三字。」（頁634）

八　博拔切　幫母古讀幫母　質部

此為三本皆有之亦聲字，與所從之亦聲八字，一為脣音滂母、一為脣音幫母，屬旁紐雙聲，且韻母同為質部，彼此之間屬旁紐雙聲且疊韻關係。

匹之意為四丈，為度量單位，構形上由「匸」、「八」兩部份組成。匸，《說文》云：「裏匸有所夾藏也。」此取捲而可藏之意，《釋例》云：「以其捲之似藏。」（頁216）八，《說文》云：「別也。」下云「八揲一匹」，《段注》云：「此揲之以八，八尺者五，而得四丈，故其字从八。所以揲之以八者，度人之兩臂為尋，今人於布帛猶展兩臂度之也。」（頁641）《句讀》云：「許君則謂自兩頭摺之，每摺五尺，一頭四摺，蓋為从八而云然也。勿泥。」（頁508）然段、王二人所云過於迂曲，不若《通訓定聲》云：「从匸者，捲而可藏也。八者，分也，分四丈為二卷也。」（頁574）似較為可取。此字需由匸、八兩者合成方能見其意，缺一不可。

十三、《說文解字》第十三篇之亦聲字

225. 絑【絑】　十三上糸部　（十三篇上十三）

大徐：繡文如聚細米也。从糸。从米。米亦聲。

小徐：繡文如聚細米也。從糸。從米。米亦聲。

段注：繡文如聚細米也。从糸米。米亦聲。

絑　莫禮切　明母古讀明母　脂部

米　莫禮切　明母古讀明母　脂部

此為三本皆有之亦聲字，與所從之亦聲米字，彼此之間屬雙聲疊韻關係。

絑之意為繡文如聚細米，即紋路如同細米聚集的繡畫，構形上由「糸」、「米」兩部份組成。糸，《說文》云：「細絲也。」从糸之字多與織品、布帛有關，繡畫需以絲線為之。米，《說文》云：「粟實也。」此但取紋路如聚細米之形。此字需由糸、米兩者合成方能見其意，缺一不可。

226. 絢【絢】　十三上糸部　（十三篇上三十七）

大徐：履兩枚也。一曰絞也。从糸。从兩。兩亦聲。

小徐：履兩枚也。一曰絞也。從糸。從兩。兩亦聲。

段注：履兩枚也。一曰絞也。从糸兩。兩亦聲。

緉　力讓切　來母古讀來母　陽部

兩　良獎切　來母古讀來母　陽部

网　良獎切　來母古讀來母　陽部

此為三本皆有之亦聲字，大徐、小徐所從之亦聲為兩字，段注所從之亦聲為网字，無論是兩字或网字，與緉字彼此之間皆為雙聲疊韻關係。

緉之意為履兩枚，即一雙鞋子，《段注》云：「履必网而後成用也。」（頁668）構形上由「糸」、「兩／网」兩部份組成。糸，《說文》云：「細絲也。」從糸之字多與織品、布帛有關，無論草履、布履，皆須編織而成。至於從兩／网，則取一雙、一對之意。此字需由糸、兩／网二者合成方能見其意，缺一不可。〔註85〕

227. 𧕾【螟】　十三上虫部　（十三篇上四十三）

大徐：蟲食穀葉者。吏冥冥犯法即生螟。從虫。冥聲。又螟蛉。

小徐：蟲食穀葉者。吏冥冥犯法即生螟。從虫。從冥。冥亦聲。

段注：蟲食穀心者。吏冥冥犯法即生螟。從虫冥。冥亦聲。

螟　莫經切　明母古讀明母　耕部

冥　莫經切　明母古讀明母　耕部

此為小徐、段注皆有，大徐作形聲解之亦聲字，與所從之亦聲冥字，彼此之間屬雙聲疊韻關係。

螟之意大小徐以為蟲食穀葉者，段注以為蟲食穀心者，《段注》云：「〈釋蟲〉、《毛傳》皆曰：『食心曰螟，食葉曰蟘，食根曰蟊，食節曰賊。』」（頁671）《義證》云：「蟲食鼓葉者，《藝文類聚》引作『蟲食穀心。』」（頁1160）構形上由「虫」、「冥」兩部份組成。虫，《說文》云：「一名蝮，博三寸，首大如擘指，象其臥形。物之散細，或行或飛，或毛或羸，或介或鱗，呂虫為象。」從虫之字多與微細之動物有關。冥，《說文》云：「窈也。」有幽暗之意，《徐箋》云：「《爾雅》注云：『食心苗者名螟，言冥冥然難知也。』郝氏懿行曰：『今食苗心小青蟲，長僅半寸，與禾同色，尋之不見，故言冥冥難知。』」（十三上七

〔註85〕有以為當從《玉篇》作「履緉頭也。」如《釋例》云：「緉下云：履兩枚也。又云：從兩，兩亦聲。抑此說解，蓋盡經改易矣……《玉篇》：『緉，絞也，履緉頭也。』云緉頭而不云兩枚，且與《說文》一曰絞也在下不同，恐本是一義。而顧氏所據者，《說文》真本也。」（頁56）《通訓定聲・補遺》云：「《玉篇》：『履緉頭也。』謂作履者絞其履之頭。按凡物絞之皆曰緉。」（〈補遺〉壯部）

十五）此字需由虫、冥兩者合成方能見其意，缺一不可。

228. 𧎶【蟘】　十三上虫部　（十三篇上四十三）

　　大徐：蟲食苗葉者。吏乞貸則生蟘。从虫。从貸。貸亦聲。詩曰。去其
　　　　　螟蟘。（大徐本作「蟘」）

　　小徐：蟲食苗葉者。吏乞貸則生蟘。從虫。從貸。貸亦聲。詩曰。去其
　　　　　螟蟘。（小徐本作「蟘」）

　　段注：蟲食苗葉者。吏气貸則生蟘。从虫貣。貣亦聲。詩曰。去其螟蟘。

　　蟘　徒得切　定母古讀定母　職部

　　貸　他代切　透母古讀透母　職部

　　貣　他得切　透母古讀透母　職部

　　此為三本皆有之亦聲字，大徐、小徐作貸亦聲，段注作貣亦聲，然貸、貣
二字聲母、韻母皆相同，與蟘字一為舌音透母、一為舌音定母，屬旁紐雙聲，
且韻部相同，彼此之間屬旁紐雙聲且疊韻關係。

　　蟘之意為蟲食苗葉者，大小徐本作蟘，段注本作蟘，構形上由「虫」、「貣
／貸」兩部份組成。从虫之字多與微細之動物有關，此表示為蟲之一種。貣，
《說文》云：「從人求物也。」即向人求物。貸，《說文》云：「施也。」即借
于人之意。兩者一為向人求之，一為借于人。《徐箋》云：「李巡注《爾雅》曰：
『食禾葉者，言其假貸無厭，故曰蟘也。』郝氏懿行曰：『蟘似槐樹上小青蟲，
長一寸。許既食苗葉，又吐絲纏裹餘葉，令穗不得展。』」（十三上七十五～七
十六）準此，似從貣，取其求得無厭之意為是。此字需由虫、貣兩者合成方見
其意，缺一不可。

229. 𧎵【蝕】　十三上虫部　（十三篇上五十四）

　　大徐：敗創也。从虫人食。食亦聲。

　　小徐：敗創也。從虫人食。食亦聲。

　　段注：敗創也。从虫人食。食亦聲。

　　蝕　乘力切　神母古讀定母　職部

　　食　乘力切　神母古讀定母　職部

　　此為三本皆有之亦聲字，與所從之亦聲食字，彼此之間屬雙聲疊韻關係。

　　蝕之意為敗創，即潰爛的傷口，《句讀》云：「言皮肉敗壞而成瘡痏也。」

（頁535）構形上由「虫」、「人」、「食」三部份組成。从虫之字多與微細之動物有關，此表示傷口敗壞而有蟲，《段注》云：「毀壞之傷，有蟲食之，故从虫。」（頁676）

然从食尚可理解，从人食，殊不可解，故《義證》云：「從虫人食，食亦聲者，當云從虫飤聲。」（頁1173）《釋例》云：「概當合併之曰飤聲。」（頁312）《通訓定聲》云：「按从虫飤聲字亦作蝕。」（頁179）今从之，飤，《說文》云：「糧也。」蟲以為糧，即蟲食之也。此字需由虫、飤兩者合成方能見其意，缺一不可。〔註86〕

230. 🌀【颮】　十三下風部　（十三篇下八）

大徐：疾風也。从風。从忽。忽亦聲。

小徐：疾風也。從風。從忽。忽亦聲。

段注：疾風也。从風忽。忽亦聲。

颮　呼骨切　曉母古讀曉母　沒部

忽　呼骨切　曉母古讀曉母　沒部

此為三本皆有之亦聲字，與所从之亦聲忽字，彼此之間屬雙聲疊韻關係。

颮之意為疾風，構形上由「風」、「忽」兩部份組成。風，《說文》云：「八風也。」即空氣流動所產生的氣流。忽，《說文》云：「忘也。」此取忽然之意，忽然則為疾。此字需由風、忽兩者合成方能見其意，缺一不可。

231. 𪓮【鼀】　十三下黽部　（十三篇下十）

大徐：詹鼀。詹諸也。其鳴詹諸。其皮鼀鼀。其行𪓷𪓷。从黽。从㑛。㑛亦聲。

小徐：詹鼀。詹諸也。其鳴詹諸。其皮鼀鼀。其行𪓷𪓷。從黽。從㑛。㑛亦聲。

段注：詹鼀。詹諸也。其鳴詹諸。其皮鼀鼀。其行𪓷𪓷。从黽㑛。㑛亦聲。

鼀　七宿切　清母古讀清母　覺部

㑛　力竹切　來母古讀來母　覺部

此為三本皆有之亦聲字，與所从之亦聲㑛字，一為齒音清母，一為舌音來

母，聲母不相近，然韻母同屬覺部，彼此之間為疊韻關係。

　　黿之意為先黿、詹諸，即今日之蟾蜍。構形上由「黽」、「先」兩部份組成。黽，《說文》云：「黿黽也。」即蛙屬。先，《說文》云：「菌先，地蕈。」下云其行先先，《通訓定聲》云：「行先先者，不能跳挺也。」（頁318）此謂蟾蜍之性質，《段注》云：「先先，舉足不能前之兒。蟾蜍不能跳。菌先、園上椎鈍，非銳物也。故以狀其行，此言所以名先黿也。」（頁686）此字需由先、黽兩者合成方能見不能跳之蛙意，缺一不可。

232. 坪【坪】　十三下土部　（十三篇下十八）

　　大徐：地平也。从土。从平。平亦聲。

　　小徐：地平也。從土。平聲。

　　段注：地平也。从土平。平亦聲。

　　坪　皮命切　並母古讀並母　耕部

　　平　符兵切　奉母古讀並母　耕部

　　此為大徐、段注皆有，小徐作形聲解之亦聲字，與所從之亦聲平字，彼此之間屬雙聲疊韻關係。

　　坪之意為地平，構形上由「土」、「平」兩部份組成。土，《說文》云：「地之吐生萬物者也。」即土地，從土之字多與土地有關。平，《說文》云：「語平舒也。」此作為平整之意，《徐箋》云：「平之本義為气之平舒，引申為凡平和、平正、平易、平均之偁。」（五上六十一）此字需由土、平兩者合成方見其意，缺一不可。

233. 均【均】　十三下土部　（十三篇下十八）

　　大徐：平徧也。从土。从匀。匀亦聲。

　　小徐：平徧也。從土。匀聲。

　　段注：平徧也。从土匀。匀亦聲。

　　均　居匀切　見母古讀見母　真部

　　匀　羊倫切　喻母古讀定母　真部

　　此為大徐、段注皆有，小徐作形聲解之亦聲字，與所從之亦聲匀字，一為牙音見母、一為舌音定母，聲母不相近，然韻母同為真部，彼此之間屬疊韻關係。

均之意為平徧，即廣大平均也，《段注》云：「平者，語平舒也，引申為凡平舒之偁。徧者，帀也。平徧者，平而帀也，言無所不平也。」（頁689）構形上由「土」、「勻」兩部份組成。从土之字多與土地有關，此取土地廣大之意。勻，《說文》云：「少也。」後有作為平分、平均之意，《徐箋》云：「勻與均音義相近，从二者，均平之義。」（九上五十）此字需由土、勻兩者合成方能見其意，缺一不可。

234. 墨【墨】 十三下土部 （十三篇下二十八）

大徐：書墨也。从土。从黑。黑亦聲。

小徐：書墨也。從土黑。

段注：書墨也。从土黑。

墨　莫北切　明母古讀明母　職部

黑　呼北切　曉母古讀曉母　職部

此為大徐獨有，小徐、段注作會意解之亦聲字，與所从之亦聲黑字，一為脣音明母、一為喉音曉母，聲母不相近，然韻母同為職部，彼此之間屬疊韻關係。

墨之意為書墨，即用以書寫之墨，《句讀》云：「言書者以別於臘也。」（頁549）構形上由「土」、「黑」兩部份組成。从土之字多與土地有關，此指石墨。黑，《說文》云：「北方色也，火所熏之色也。」即顏色之黑色。《義證》云：「從土從黑者，蘇易簡《文房四譜》：『墨者，黑土也。字從黑土。』」（頁1206）此字需由土、黑兩者合成方能見其意，缺一不可。

235. 城【城】 十三下土部 （十三篇下二十九）

大徐：以盛民也。从土。从成。成亦聲。

小徐：㠯盛民也。從土成。成亦聲。

段注：㠯盛民也。从土成。成亦聲。

城　氏征切　禪母古讀定母　耕部

成　氏征切　禪母古讀定母　耕部

此為三本皆有之亦聲字，與所从之亦聲成字，彼此之間屬雙聲疊韻關係。

城之意為以盛民也，即用以容納人民的地方，《段注》云：「言盛者，如黍稷之在器中也。」（頁695）構形上由「土」、「黑」兩部份組成。从土之字多與

土地有關，古之城郭以土石為之。成，《說文》云：「就也。」無從取義，故《句讀》以為：「盛亦省作成。」（頁 550）盛，《說文》云：「黍稷在器中。」此說似可從。此字需由土、成兩者合成方能見其意，缺一不可。

236. 𡎰【塋】　十三下土部　（十三篇下三十七）

　　大徐：墓也。从土。熒省聲。

　　小徐：墓也。從土。營省。亦聲。

　　段注：墓地。从土。營省。亦聲。

　　塋　余傾切　喻母古讀定母　耕部

　　營　余傾切　喻母古讀定母　耕部

　　此為小徐、段注皆有，大徐作形聲解之亦聲字，與所從之亦聲營字，彼此之間屬雙聲疊韻關係。

　　塋之意為墓，為墓地，構形上由「土」、「炏」兩部份組成。从土之字多與土地有關。炏，大徐作熒省，小徐、段注作營省，熒，《說文》云：「屋下鐙燭之廣也。」營，《說文》云：「帀居也。」段注云：「經營其地而葬之，故其字從營。」（頁 699）似從營為是。此字需由土、炏兩者合成方能見其意，缺一不可。

237. 𤱻【輮】　十三下田部　（十三篇下四十三）

　　大徐：和田也。从田。柔聲。

　　小徐：和田也。從田柔。柔亦聲也。鄭有輮。地名也。

　　段注：穌田也。从田柔。柔亦聲。鄭有輮。地名也。

　　輮　耳由切　日母古讀泥母　幽部

　　柔　耳由切　日母古讀泥母　幽部

　　此為小徐、段注皆有，大徐作形聲解之亦聲字，與所從之亦聲柔字，彼此之間屬雙聲疊韻關係。

　　輮之意為和田，《句讀》云：「《考工記》：『車人為耒，柔地欲句庇。』此土性本柔和者也。孫叔然《爾雅》注：『新田，新成柔田也。』此謂耕熟之田為柔田也。輮字從田，當主後說。」（頁 555）構形上由「田」、「柔」兩部份組成。田，《說文》云：「陳也。樹穀曰田。」即種穀的地方。柔，《說文》云：「木曲直也。」此取柔和之意，《段注》：「引伸為凡耎弱之偁。」（頁 254）此字需由田、柔兩者合成方能見其意，缺一不可。

238. 黅【黃】 十三下黃部 （十三篇下四十八）

大徐：地之色也。从田。从炗。炗亦聲。炗。古文光。

小徐：地之色也。從田。炗聲。炗。古文光也。

段注：地之色也。从田。炗聲。炗。古文光。

黃　乎光切　匣母古讀匣母　陽部

光　古皇切　見母古讀見母　陽部

此為大徐獨有，小徐、段注作形聲解之亦聲字，與所從之亦聲光字，一為喉音匣母，一為牙音見母，聲母不相近，然韻母同屬陽部，彼此之間屬疊韻關係。

黃之意為地之色，土地的顏色，構形上由「田」、「炗」兩部份組成。田，《說文》云：「陳也。樹穀曰田。」此泛指大地，《徐箋》云：「鄭注易乾卦曰：『地上即田，故从田。』」（十三下七十二）炗為古文光，光，《說文》云：「明也。」此用以表示顏色，《句讀》：「《釋名》：『黃，晃也。象日光色也。』」（頁556）此字需由田、炗兩者合成方能見其意，缺一不可。

239. 玚【功】 十三下力部 （十三篇下五十）

大徐：以勞定國也。从力。从工。工亦聲。

小徐：𠯑勞定國也。從力。工聲。

段注：𠯑勞定國也。从力。工聲。

功　古紅切　見母古讀見母　東部

工　古紅切　見母古讀見母　東部

此為大徐獨有，小徐、段注作形聲解之亦聲字，與所從之亦聲工字，彼此之間屬雙聲疊韻關係。

功之意為以勞定國，《句讀》云：「〈司勳〉：『國功曰功。』」注：『保全國家若伊尹。』又注『事功曰勞』云：『以勞定國若禹。』」（頁557）構形上由「力」、「工」兩部份組成。力，《說文》云：「筋也，象人筋之形。治功曰力，能圉大災。」本以人筋象徵力量，《繫傳》：「象人筋，竦其身，作力勁健之形。」（頁265）後用以作治功之意，與「功」之說解合，工，《說文》云：「巧飾也。」《段注》云：「凡善其事曰工。」（頁203）此字需由力、工兩者合成方能見其意，缺一不可。

240. 𤲃【𠠹】　十三下力部　（十三篇下五十二）

大徐：發也。从力。从徹。徹亦聲。

小徐：發也。從力徹。徹亦聲。

段注：發也。从力徹。徹亦聲。

𠠹　丑列切　徹母古讀透母　質部

徹　丑列切　徹母古讀透母　質部

此為三本皆有之亦聲字，與所从之亦聲徹字，彼此之間屬雙聲疊韻關係。

𠠹之意為發，為發射，《段注》:「發者，躲發也，引申為凡發去之偁。」（頁706）發射則去之，故又作為除去，《通訓定聲》云:「字亦作『撤』，《論語》:『不撤薑食。』孔注:『去也。』皇疏:『除去也。』」（頁554）構形上由「力」、「徹」兩部份組成。从力，表示以力量為之。徹，《說文》云:「通也。」此作為去除之意，《徐箋》:「徹去之義即通徹之引申。」（十三下七十八）此字單以「徹」即可知發去、除去之意，不必加「力」表以力為之也，可省。

十四、《說文解字》第十四篇之亦聲字

241. 釦【釦】　十四上金部　（十四篇上八）

大徐：金飾器口。从金。从口。口亦聲。

小徐：金飾器口。從金口。口亦聲。

段注：金飾器口。从金口。口亦聲。

釦　苦厚切　溪母古讀溪母　侯部

口　苦厚切　溪母古讀溪母　侯部

此為三本皆有之亦聲字，與所从之亦聲口字，彼此之間屬雙聲疊韻關係。

釦之意為金飾器口，即用金屬裝飾器物之口，《段注》云:「謂以金涂器口，許所謂錯金，今俗謂鍍金也。」（頁712）構形上由「金」、「口」兩部份組成。金，《說文》云:「五色金也。」从金之字多與金屬有關，以金飾器口者，多以金、銀為之。口，《說文》云:「人所以言食也。」此指器物之口。此字需由金、口兩者合成方能見其意，缺一不可。

242. 鐵【鏨】　十四上金部　（十四篇上九）

大徐：小鑿也。从金。从斬。斬亦聲。

小徐：小鑿也。從金斬。斬亦聲。

段注：小鑿也。从金斬。斬亦聲。

鏨　藏濫切　從母古讀從母　談部

斬　側減切　莊母古讀精母　談部

此為三本皆有之亦聲字，與所從之亦聲斬字，一為齒音從母、一為齒音精母，屬旁紐雙聲，且韻母同為談部，彼此之間屬旁紐雙聲且疊韻關係。

鏨之意為小鑿，《通訓定聲》云：「《通俗文》曰：『石鑿曰鏨。』《廣雅・釋器》：『鐫謂之鏨。』」（頁104）構形上由「金」、「斬」兩部份組成。從金之字多與金屬有關，此指金屬器。斬，《說文》云：「戮也。」本作為截斷，鏨穿亦為斷之一種。此字需由金、斬兩者合成方能見用以鏨穿之金屬器意，缺一不可。

243. 鈴【鈴】　十四上金部　（十四篇上十四）

大徐：令丁也。從金。從令。令亦聲。

小徐：鈴釘也。從金。令聲。

段注：令丁也。从金。令聲。

鈴　郎丁切　來母古讀來母　真部

令　力正切　來母古讀來母　真部

此為大徐獨有，小徐、段注作形聲解之亦聲字，與所從之亦聲令字，彼此之間屬雙聲疊韻關係。

鈴之意為令丁，即今所謂鈴鐺，《徐箋》云：「蓋形如小鐘而有舌，行動則鳴，與和鸞相應也。」（十四上三十四）構形上由「金」、「令」兩部份組成。從金之字多與金屬有關，此指鈴由金屬製成。令，《說文》云：「發號也。」於義無所取，此單作為識音之用，即鈴所發出的聲音。此字需由金、令兩者合成方能見金屬製成，會發出「令令」聲之物品意，缺一不可。

244. 鍒【鍒】　十四上金部　（十四篇上二十六）

大徐：鐵之耎也。從金。從柔。柔亦聲。

小徐：鐵之耎也。從金。柔聲。

段注：鐵之耎也。从金柔。柔亦聲。

鍒　耳由切　日母古讀泥母　幽部

柔　耳由切　日母古讀泥母　幽部

此為大徐、段注皆有，小徐作形聲解之亦聲字，與所从之亦聲柔字，彼此之間屬雙聲疊韻關係。

鍒之意為鐵之耎，《句讀》云：「謂鐵中之柔耎者也。」（頁 571）構形上由「金」、「柔」兩部份組成。从金之字多與金屬有關，此指鐵。柔，《說文》云：「木曲直也。」此取柔軟之意，《段注》：「引伸為凡耎弱之偁。」（頁 254）此字需由金、柔兩者合成方能見其意，缺一不可。

245. 𣁬【斞】　十四上斗部　（十四篇上三十四）

大徐：量物分半也。从斗。从半。半亦聲。

小徐：量物分半也。從斗半。亦聲。

段注：量物分半也。从斗半。半亦聲。

斞　博幔切　幫母古讀幫母　元部

半　博幔切　幫母古讀幫母　元部

此為三本皆有之亦聲字，與所从之亦聲半字，彼此之間屬雙聲疊韻關係。

斞之意為量物分半，《段注》云：「量之而分其半。」（頁 725）構形上由「斗」、「半」兩部份組成。斗，《說文》云：「十升也。」為單位名，後又作為量物之器名，《馬疏》云：「斗是器名。」（頁廿七之 82）半，《說文》云：「物中分也。」即一分為二，分半之意。此字需由斗、半兩者合成方能見其意，缺一不可。

246. 軵【軵】　十四上車部　（十四篇上四十二）

大徐：車耳反出也。从車。从反。反亦聲。

小徐：車耳反出也。從車。反聲。

段注：車耳反出也。从車反。反亦聲。

軵　府遠切　非母古讀幫母　元部

反　府遠切　非母古讀幫母　元部

此為大徐、段注皆有，小徐作形聲解之亦聲字，與所从之亦聲反字，彼此之間屬雙聲疊韻關係。

軵之意為車耳反出，《段注》云：「車耳即較也，其反出者謂之軵。反出謂圜角有邪倚向外者也。」（頁 729）構形上由「車」、「反」兩部份組成。車，《說文》云：「輿輪之總名也。」反，《說文》云：「覆也。」即相反之意，此指車耳

反出。此字需由車、反兩者合成方能見其意，缺一不可。

247. 𨏷【轚】　十四上車部　（十四篇上五十五）

　　大徐：車轄相擊也。从車。从轂。轂亦聲。周禮曰。舟輿擊互者。

　　小徐：車轄相擊也。從車轂。轂亦聲。周禮曰。舟輿轚互者也。

　　段注：車轄相擊也。从車轂。轂亦聲。周禮曰。舟輿轚互者。

　　轚　古歷切　見母古讀見母　錫部

　　轂　古歷切　見母古讀見母　錫部

　　此為三本皆有之亦聲字，與所从之亦聲轂字，彼此之間屬雙聲疊韻關係。

　　轚之意為車轄相擊，《段注》云：「轄者，鍵也。鍵在書頭，謂車書相擊也。諸書亦言車轂相擊。」（頁736）即車軸端互相碰撞。構形上由「車」、「轂」兩部份組成。从車之字多與輿輪有關。轂，《說文》云：「相擊中也。如車相轚。」此字需由車、轂兩者合成方能見其意，缺一不可。

248. 𨏷【輀】　十四上車部　（十四篇上五十八）

　　大徐：喪車也。从車。而聲。（大徐本作「輀」）

　　小徐：喪車也。從車。而聲。（小徐本作「輀」）

　　段注：喪車也。从車。重而。而亦聲。

　　輀　如之切　日母古讀泥母　之部

　　而　如之切　日母古讀泥母　之部

　　此為段注獨有，大徐、小徐作形聲解之亦聲字〔註87〕，與所从之亦聲而字，彼此之間屬雙聲疊韻關係。

　　輀之意為喪車，構形上由「車」、「而」兩部份組成。从車之字多與輿輪有關。而，《說文》云：「須也，象形。」本像人鬚鬐下垂之形，此用以作喪車之飾下垂，《段注》云：「而者，須也，多飾如須之下垂。」（頁737）段以為需作重而，方能見多飾之意，然即單以而字，亦可表飾之下垂。此字需由車、而兩者合成方能見多飾下垂之車意，缺一不可。

249. 𨽥【陸】　十四下𨸏部　（十四篇下一）

　　大徐：高平地。从𨸏。从坴。坴亦聲。

〔註87〕《段注》：「各本篆作輀，解作从車而聲，今更正。」（頁737）

小徐：高平地。從𨸏。坴聲。

段注：高平地。从𨸏。坴聲。

陸　力竹切　來母古讀來母　　覺部

坴　力竹切　來母古讀來母　　覺部

此為大徐獨有，小徐、段注作形聲解之亦聲字，與所从之亦聲坴字，彼此之間屬雙聲疊韻關係。

陸之意為高平地，高且平之土地，構形上由「𨸏」、「坴」兩部份組成。𨸏，《說文》云：「大陸也。」从𨸏之字多與土地或建築有關。坴，《說文》云：「土出坴坴也。」土塊很大的意思，《句讀》：「《廣韻》：『坴，大塊。』」（頁547）然則單「𨸏」已是大陸之意，雖《段注》云：「从坴者，謂其有土無石也。」（頁738）但此為茂堂之解，許書未明言，故此字「坴」實可省。

250. 𨼄【陷】　十四下𨸏部　（十四篇下四）

大徐：高下也。一曰陊也。从𨸏。从臽。臽亦聲。

小徐：高下也。從𨸏。臽聲。一曰陊。

段注：高下也。从𨸏。臽聲。一曰陊也。

陷　戶猲切　匣母古讀匣母　　添部

臽　戶猲切　匣母古讀匣母　　添部

此為大徐獨有，小徐、段注作形聲解之亦聲字，與所从之亦聲臽字，彼此之間屬雙聲疊韻關係。

陷之意為高下，《段注》云：「高下者，高與下有懸絕之勢也。高下之形曰陷，故自高入於下亦曰陷。」（頁739）構形上由「𨸏」、「臽」兩部份組成。从𨸏之字多與土地或建築有關。臽，《說文》云：「小阱也。」即小坑洞，坑洞有高下之勢，故因而取義。然此字單一「臽」以足見高下之意，不必再加「𨸏」，故可省。

251. 𨽍【頃】　十四下𨸏部　（十四篇下六）

大徐：仄也。从𨸏。从頃。頃亦聲。

小徐：仄也。從𨸏。頃聲。

段注：仄也。从𨸏。頃聲。

頃　去營切　溪母古讀溪母　　耕部

頃　去營切　溪母古讀溪母　耕部

此為大徐獨有，小徐、段注作形聲解之亦聲字，與所从之亦聲頃字，彼此之間屬雙聲疊韻關係。

隤之意為仄，即側傾之意，構形上由「𨸏」、「頃」兩部份組成。从𨸏之字多與土地或建築有關。頃，《說文》云：「頭不正也。」頭不正故有仄意。雖《段注》云：「傾者，人之仄也，故从人。隤者，山阜之仄也，故从𨸏。」（頁 740）然此但言仄也，故單以「頃」即足以表義，「𨸏」可省。

252. 𨽡【阢】　十四下阜部　（十四篇下八）

大徐：石山戴土也。从𨸏。从兀。兀亦聲。

小徐：石山戴土也。從𨸏。兀聲。

段注：石山戴土也。从𨸏。兀聲。

阢　五忽切　疑母古讀疑母　沒部

兀　丑忽切　徹母古讀透母　沒部

此為大徐獨有，小徐、段注作形聲解之亦聲字，與所从之亦聲兀字，一為牙音疑母、一為舌音透母，聲母不相近，然韻母同為沒部，彼此之間屬疊韻關係。

阢之意為石山戴土，《段注》云：「〈釋山〉：『石戴土謂之崔嵬。』然崔嵬一名阢也。」（頁 741）構形上由「𨸏」、「兀」兩部份組成。从𨸏之字多與土地或建築有關，此取石山上之土意。兀，《說文》云：「高而上平也。」《句讀》云：「兀部云：『兀者，高遠意也。』」（頁 322）此以高遠、孤高喻石山。此字需由𨸏、兀兩者合成方能見多飾下垂之車意，缺一不可。

253. 𨻭【隙】　十四下阜部　（十四篇下十一）

大徐：壁際孔也。从𨸏。从𡭜。𡭜亦聲。

小徐：壁際孔也。從𨸏。𡭜聲。

段注：壁際也。從𨸏𡭜。𡭜亦聲。

隙　綺戟切　溪母古讀溪母　鐸部

𡭜　起戟切　溪母古讀溪母　鐸部

此為大徐、段注皆有，小徐作形聲解之亦聲字，與所从之亦聲𡭜字，彼此之間屬雙聲疊韻關係。

隙之意為壁際孔，即牆壁交會之處裂開的洞，《釋例》云：「且江文通、郭宏農詩，又引作『壁縫』也。」（頁494）構形上由「𨸏」、「𡭐」兩部份組成。从𨸏之字多與土地或建築有關，此指牆壁。𡭐，《說文》云：「際見之白也。」即牆上的縫隙，《句讀》云：「言壁之際會之處，或上或下，小露白光，則是有孔𡭐也。」（頁289）故可知單一「𡭐」字實已是壁際孔之意，不必再加「𨸏」以表示在牆壁處，故可省。

254. 䅏【䉛】　十四下䳜部　（十四篇下十三）

大徐：塞上亭。守燧火者。从䳜。从火。遂聲。

小徐：塞上亭。守燧火者。從䳜。從火。從遂。遂亦聲。

段注：塞上亭。守燧火者也。从䳜。从火。遂聲。

䉛　徐醉切　邪母古讀定母　沒部

遂　徐醉切　邪母古讀定母　沒部

此為小徐獨有，大徐、段注作形聲解之亦聲字，與所从之亦聲遂字，彼此之間屬雙聲疊韻關係。

䉛之意為塞上亭，守燧火者，《段注》：「謂邊塞之上，守望燧火之亭。」（頁744）構形上由「䳜」、「火」、「遂」三部份組成。䳜，《說文》云：「网𨸏之間也。」此指關隘在兩山之間。火，《說文》云：「焜也。南方之行。」此指烽火。遂，《說文》云：「亡也。」《義證》云：「《釋訓》：『遂，遂作也。』郭注：『物盛興作之貌。』《廣韻》：『遂，達也，進也，往也。』」（頁159）此字需由䳜、火、遂三者合成方能見烽火成於關隘之間意，缺一不可。

255. 䌷【絫】　十四下厽部　（十四篇下十三）

大徐：增也。从厽。从糸。絫。十黍之重也。

小徐：增也。從糸厽。厽亦聲。絫。十黍之重也。

段注：增也。从厽糸。厽亦聲。一曰絫。十黍之重也。

絫　力軌切　來母古讀來母　支部

厽　力詭切　來母古讀來母　支部 [註88]

〔註88〕厽聲三十二部諧聲表不見，段注在厽、絫均入十六部，且厽下注名言晶、厽分屬於十五、十六兩部，劉煜輝《說文亦聲考》將之列在齊部。故本文入10支韻，下「垒」字同。

此為小徐、段注皆有，大徐作會意解之亦聲字，與所从之亦聲厽字，彼此之間屬雙聲疊韻關係。

絫之意為增，即累增之意，構形上由「厽」、「糸」兩部份組成。厽，《說文》云：「絫坺土為牆壁。」王師《釋例》云：「乃以積疊之土塊表示積壘之意。」（頁517）糸，《說文》云：「細絲也。」《段注》云：「積細絲成繒，積坺土成牆，其理一也。」（頁744）然單以「厽」字，已可見累增之意，實不必再加「糸」，故此字可省。

256. 坴【坴】　十四下厽部　（十四篇下十四）

大徐：絫墼也。从厽。从土。

小徐：絫墼也。從厽。從土。

段注：絫墼也。从厽土。厽亦聲。

　　坴　力軌切　來母古讀來母　支部

　　厽　力詭切　來母古讀來母　支部

此為段注獨有，大徐、小徐皆以會意解之亦聲字〔註89〕，與所从之亦聲厽字，彼此之間屬雙聲疊韻關係。

坴之意為絫墼，即堆積土塊，《段注》：「墼者，令適未燒者也。已燒者為令適，今俗謂之塼，古作專。未燒者謂之墼，今俗謂之土墼。」（頁744）構形上由「厽」、「土」兩部份組成。厽，《說文》云：「絫坺土為牆壁。」土，《說文》云：「地之吐生萬物者也。」此指土塊。然「厽」已是累土為牆之意，實不必再加「土」以表土塊，故此字可省。

257. 甯【甯】　十四下宁部　（十四篇下十五）

大徐：幡也。所以載盛米。从宁。从甾。甾。缶也。

小徐：幡也。所以載盛米。從甾。甾。缶也。從宁。宁亦聲。

段注：幡也。所以載盛米也。从宁甾。甾缶也。甾亦聲。

　　甯　陟呂切　知母古讀端母　魚部

　　宁　直侶切　澄母古讀定母　魚部

此為小徐、段注皆有，大徐作會意解之亦聲字，與所从之亦聲宁字，一為舌音端母、一為舌音定母，屬旁紐雙聲，且韻母同為魚部，彼此之間屬旁紐雙

〔註89〕《段注》：「各本無此三字，今依上篆補。」（頁744）

聲且疊韻關係。

　　籲之意為幏，用以盛米的器物，構形上由「由」、「宁」兩部份組成。由，《說文》云：「東楚名缶曰由。」此取用以盛物之器物意。宁，《說文》云：「辨積物也。」《句讀》云：「此積貯之正字也，積物必有器，所以辨其種族也。」（頁588）盛米亦積貯也。此字需由由、宁兩者合成方能見其意，缺一不可。

258. 綴【綴】　十四下叕部　（十四篇下十五）

　　大徐：合箸也。从叕。从糸。

　　小徐：合箸也。從糸。從叕。亦聲。

　　段注：合箸也。从叕糸。叕亦聲。

　　綴　陟衛切　知母古讀端母　月部

　　叕　陟劣切　知母古讀端母　月部

　　此為小徐、段注皆有，大徐作會意解之亦聲字，與所从之亦聲叕字，彼此之間屬雙聲疊韻關係。

　　綴之意為合箸，即綴合使相連之意，《徐箋》云：「合箸猶綴聯也。」（十四下二十三）構形上由「糸」、「叕」兩部份組成。糸，《說文》云：「細絲也。」《段注》云：「聯之以絲也。」（頁745）叕，《說文》云：「綴聯也。」此字單以「叕」即可表綴合相連之意，不必再加「糸」表示為聯細絲，故此字可省。

259. 獸【獸】　十四下嘼部　（十四篇下十八）

　　大徐：守備者。从嘼。从犬。

　　小徐：守備也。從犬嘼。亦聲。

　　段注：守備也。一曰兩足曰禽。四足曰獸。从嘼。从犬。

　　獸　舒救切　審母古讀透母　幽部

　　嘼　許救切　曉母古讀曉母　覺部〔註90〕

　　此為小徐獨有，大徐、段注作會意解之亦聲字，與所从之亦聲嘼字，一為舌音透母，一為喉音曉母，聲母不相近，然韻部為幽覺對轉，彼此之間為韻部對轉關係。

　　獸之意為守備、守備者，《繫傳》云：「獸守山也。」（頁278）構形上由「嘼」、「犬」兩部份組成。嘼，《說文》云：「獸牲也。」即四足之獸。犬，《說

〔註90〕嘼聲三十二部諧聲表不見，然各家皆以為嘼即畜字，畜在22覺，故今定於覺部。

文》云：「狗之有縣蹏者也。」此即指狗。雖然單「畾」已是野獸，然而，許於此下云守備，故仍需加「犬」以表意，《段注》云：「〈少儀〉有守犬、守禦、守舍者也。」（頁747）《義證》云：「從犬者，本書：狗叩氣吠以守。」（頁1295）此字需畾、犬兩者合成方能見其意，缺一不可。

260. 字【字】　十四下子部　（十四篇下二十五）

　　大徐：乳也。从子在宀下。子亦聲。

　　小徐：乳也。愛也。從宀子。子亦聲。

　　段注：乳也。从子在宀下。子亦聲。

　　字　疾置切　從母古讀從母　之部

　　子　即里切　精母古讀精母　之部

　　此為三本皆有之亦聲字，與所從之亦聲子字，一為齒音從母、一為齒音精母，屬旁紐雙聲，且韻母同為之部，彼此之間屬旁紐雙聲且疊韻關係。

　　字之意為乳也，即孳乳之意，《義證》云：「本書：人及鳥生子曰乳。」（頁1302）構形上由「子」、「宀」兩部份組成。子，《說文》云：「十一月易气動，萬物滋，人㠯為稱。」此用以指幼子之意，《大徐本》云：「李陽冰曰：『子在襁褓中足併也。』」（頁十四下十二）宀，《說文》云：「交覆突屋也。」指房子，下云從子在屋下是也。此字需宀、子兩者合成方能見子在屋下之乳子意，缺一不可。

261. 季【季】　十四下子部　（十四篇下二十五）

　　大徐：少稱也。從子。從稺省。稺亦聲。

　　小徐：少稱。從子。稺省。稺亦聲。

　　段注：少稱也。从子。稺省。稺亦聲。

　　季　居悸切　見母古讀見母　沒部

　　稺　直利切　澄母古讀定母　脂部

　　稺　直利切　澄母古讀定母　脂部

　　此字為三本皆有之亦聲字，與所從之亦聲稺字 [註91]，一為牙音見母、一為

_____

〔註91〕《說文》無「稺」字，據各家說，此字應為「稺」省，《義證》云：「稺亦聲者，當為稺聲。」（頁1303）《釋例》云：「《說文》有稺無稺，禾部稙下引《詩》『稙稺未麥』，今本猶作稺。」（頁312）

舌音定母，聲母不相近，韻母為脂、沒旁對轉，彼此之間屬韻母旁對轉關係。

季之意為少稱，即年少者之稱，《句讀》云：「武王母弟八人，管叔以下皆偁叔，唯冄季載一人偁季，以其最少也。」（頁593）構形上由「子」與稑省之「禾」兩部份組成。子字下云：「人目為稱」，後用以作為男子之稱，稑，《說文》云：「幼禾也。」此取幼小之意。此字需兩者合成方能見其意，缺一不可。

262. 疏【疏】　十四下厶部　（十四篇下二十八）

　　大徐：通也。从㐬。从疋。疋亦聲。

　　小徐：通也。從㐬。從疋。疋亦聲。

　　段注：通也。从㐬。从疋。疋亦聲。

　　疏　所葅切　疏母古讀心母　魚部

　　疋　所葅切　疏母古讀心母　魚部

此為三本皆有之亦聲字，與所从之亦聲疋字，彼此之間屬雙聲疊韻關係。

疏之意為通，《句讀》云：「實則禹疏九河，是疏之正義，通之則其物通矣。」（頁594）構形上由「疋」、「㐬」兩部份組成。疋，《說文》云：「足也。」此處用作通行意，《段注》云：「从疋者，疋所以通也。」（頁751）㐬乃厶之古文，厶，《說文》云：「不順忽出也。」《通訓定聲》云：「㐬者，子生也。」（頁352）《徐箋》云：「戴氏侗曰：『厶，子生順如脫也。子生必先首下，許氏以順為逆。』灝按，戴說是也。育从厶，正取生長之義。疏从古文㐬，疏者，通也，順勢而導之也。流从㐬亦取順流，必非謂逆流耳。」（十四下四十五～四十六）此字需疋、㐬兩者合成方能見通之使通之意，缺一不可。

263. 肚【肚】　十四下丑部　（十四篇下二十八）

　　大徐：食肉也。从丑。从肉。

　　小徐：食肉也。從肉丑。丑亦聲。

　　段注：食肉也。从丑肉。丑亦聲。

　　肚　女久切　娘母古讀泥母　幽部

　　丑　敕九切　徹母古讀透母　幽部

此為小徐、段注皆有，大徐作會意解之亦聲字，與所从之亦聲丑字，一為舌音泥母、一為舌音透母，屬旁紐雙聲，且韻母同為幽部，彼此之間屬旁紐雙聲且疊韻關係。

朒之意為食肉，構形上由「丑」、「肉」兩部份組成。丑，《說文》云：「紐也。十二月萬物動用事。象手之形。」此但取手之意。肉，《說文》云：「胾肉。」即大塊肉。《段注》云：「食肉必用手，故从丑肉。」（頁751）此字需丑、肉兩者合成方能見以手取肉而食之意，缺一不可。

264. 羞【羞】 十四下丑部 （十四篇下二十九）

大徐：進獻也。从羊。羊。所進也。从丑。丑亦聲。

小徐：進獻也。從羊。羊。所進也。從丑。丑亦聲。

段注：進獻也。从羊丑。羊。所進也。丑亦聲。

羞 息流切 心母古讀心母 幽部

丑 敕九切 徹母古讀透母 幽部

此為三本皆有之亦聲字，與所从之亦聲丑字，一為齒音精母、一為舌音透母，聲母不相近，且韻母同為幽部，彼此之間屬疊韻關係。

羞之意為進獻，構形上由「丑」、「肉」兩部份組成。丑即手也，《繫傳》云：「丑，手，進也。」（頁281）羊，《說文》云：「祥也。从丷，象四足尾之形。」即牛羊之羊，下文云：羊，所進也。此字需丑、羊兩者合成方能見以手持羊而進之意，缺一不可。

265. 酒【酒】 十四下酉部 （十四篇下三十三）

大徐：就也。所以就人性之善惡。从水。从酉。酉亦聲。一曰造也。吉凶所造也。古者儀狄作酒醪。禹嘗之而美。遂疏儀狄。杜康作秫酒。

小徐：就也。所以就人性之善惡。從水。從酉。酉亦聲。一曰造也。吉凶所造起也。古者儀狄作酒醪。禹嘗之而美。遂疏儀狄。杜康作秫酒。

段注：就也。所㠯就人性之善惡。从水酉。酉亦聲。一曰造也。吉凶所造起也。古者儀狄作酒醪。禹嘗之而美。遂疏儀狄。杜康作秫酒。

酒 子酉切 精母古讀精母 幽部

酉 與久切 喻母古讀定母 幽部

此為三本皆有之亦聲字，與所从之亦聲酉字，一為齒音精母、一為舌音定母，聲母不相近，然韻母同為幽部，彼此之間屬疊韻關係。

酒之意為就也，所巳就人性之善惡，實則今日所云水酒之酒，《段注》云：
「賓主百拜者，酒也；淫酗者，亦酒也。」（頁 754）構形上由「水」、「酉」兩
部份組成。水，《說文》云：「準也，北方之行。」此指液體。酉，《說文》云：
「就也，八月黍成，可為酎酒。」實像酒缸之形，魯先生《文字析義》云：「當
以酒尊為本義。」（頁 328）然則，此字單以「酉」即可知酒意，《徐箋》云：
「戴氏侗曰：『酉，醴之通名也。象酒在缸甕中。』」（十四下五十四）實不必
再加「水」表示其為液體，此字可省。

266. 酣【酣】　十四下酉部　（十四篇下三十七）

大徐：酒樂也。從酉。從甘。甘亦聲。

小徐：酒樂也。從酉。甘聲。

段注：酒樂也。從酉。甘聲。

酣　胡甘切　匣母古讀匣母　談部

甘　古三切　見母古讀見母　談部

此為大徐獨有，小徐、段注作形聲解之亦聲字，與所從之亦聲甘字，一為
喉音匣母、一為牙音見母，聲母不相近，然韻母同為談部，彼此之間屬疊韻關
係。

酣之意為酒樂，《繫傳》云：「飲洽也。」（頁 283）構形上由「酉」、「甘」
兩部份組成。酉為酒罈，此用以指酒。甘，《說文》云：「美也。」本指五味之
一，又用以指味道之美，此則單取美好之意，《義證》云：「《淮南‧繆稱訓》：
『故人之甘甘，非正為蹠也。』高注：『人之甘甘猶樂，樂而為之。』」（頁 1316）
此字需酉、甘兩者合成方能見其意，缺一不可。

267. 戌【戌】　十四下戌部　（十四篇下四十三）

大徐：滅也。九月陽气微。萬物畢成。陽下入地也。五行土生於戊。盛
　　　於戌。從戊含一。

小徐：威也。九月陽气微。萬物畢成。陽下入地。戊含一也。五行土生
　　　於戊。盛於戌。從戊一。亦聲。

段注：威也。九月易气微。萬物畢成。易下於地也。五行土生於戊。盛
　　　於戌。從戊一。一亦聲。

戌　辛律切　心母古讀心母　月部

一　於悉切　影母古讀影母　質部

此為小徐、段注皆有，大徐作會意解之亦聲字，與所从之亦聲一字，一為齒音心母、一為喉音影母，聲母不相近，韻部月質旁轉，彼此之間屬旁轉關係。

戌之意為威，為滅，《義證》云：「滅也者，當為威。本書：威，陽氣至戌而盡。戌威聲相近，通作滅。〈釋詁〉：『滅，絕也。』」（頁1320）構形上由「戊」、「一」兩部份組成。戊，《說文》云：「中宮也，象六甲五龍相拘絞也。戊承丁，象人脅。」一，《說文》云：「惟初太極，道立於一。造分天地，化成萬物。」下云：五行生於戊而盛於戌，《段注》云：「戊者，中宮，亦土也。一者，一陽也。」（頁759）此許慎用陰陽五行觀念釋戌字，一表陽，戊表土，恰為下云：陽下入地。此字需戊、一兩者合成方能見其意，缺一不可。〔註92〕

小　結

以上為三傳本從其分不重其合之結果，計二百六十七字，以說文載「某亦聲」之字為主。其他若「世」字下云「从卅而曳長之。亦取其聲」，禿字下云「从儿。上象禾栗之形。取其聲」者，皆非討論之列。

一、就各本所載的亦聲字分合的情形如下：

（一）三本皆有之亦聲字為：吏、禮、祜、瑂、珥、玲、扵、茉、莽、胖、牭、犓、堅、單、遴、返、選、犄、延、舌、拘、笱、鉤、芽、詵、警、誼、訊、美、僕、鎣、樊、晨、爨、整、敊、敦、甫、趙、貜、爽、雛、莫、羌、瞿、幽、叓、敊、殯、瘐、腥、劃、刺、筑、籑、辺、曆、可、吁、憙、憎、盬、主、音、阱、刞、饗、餽、醫、齏、枱、耀、鄁、睨、南、柬、窨、窺、瘋、冠、取、兩、環、敝、仲、傾、化、從、袒、襦、覽、歆、歐、吹、頏、覘、髣、唟、屵、夨、馼、猾、燦、恩、熗、執、欹、幂、昪、愸、廮、嬔、患、恇、洸、派、泮、萍、否、姓、妊、婢、匹、絑、綑、蠖、餔、颮、鼀、城、劈、釦、鑒、斛、聲、字、季、疏、羞、酒。共一百四十字。

（二）三本中有兩本相同的亦聲字。

　　①大徐、小徐皆有之亦聲字為：岜、仌、徠、詔、鞕、瞑、眇、雁、樊、憮、奸。共十一字。

　　②大徐、段注皆有之亦聲字為：必、喪、齟、齲、䟓、鞍、政、攼、敉、

〔註92〕至於戊之義，魯先生《文字析義》云：「乃大斧之象形，而為戚之古文。」（頁330）

剝、曶、杕、枰、貧、罶、傿、彰、匌、奘、畀、奬、慈、汭、沈、汲、閽、挺、授、擎、婚、姻、坪、均、銕、軵、隙。共三十六字。

③徐、段注皆有之亦聲字為：薗、春、莫、葬、羉、博、系、奴、彤、欙、毗、頛、肜、息、閨、医、螟、塋、緓、糸、斷、綴、肶、戍。共二十四字。

（三）僅一本有之亦聲字。

①大徐獨有之亦聲字為：禬、琥、瓏、馭、敝、舒、劑、柵、旎、係、像、忘、懞、挬、娶、娣、媄、墨、黃、功、鈴、陸、陷、陙、阢、酖。共二十六字。

②小徐獨有之亦聲字為：艣、晝、晃、昌、歾、偕、儀、孝、竦、扣、齺、獸。共十二字。其中「昌」字之下，小徐注曰：「此會意字，言亦聲，後人妄加之，非許慎本言也。」（頁134）

③段注獨有之亦聲字為：叛、糾、扐、懇、鳧、橞、冥、鼏、磑、駜、駇、壹、志、恩、漏、也、轜、坌。共十八字。其中，除「壹」字外，段玉裁皆注所更之由，可視為茂堂所改。

二、就所从亦聲與該字間之聲韻關係言，情形如下：

（一）雙聲疊韻者為：禮、祜、琥、瓏、瑁、珥、玲、茉、莽、公、必[註93]、牭、犗、𡢃、羉、艣、遷、選、徯、齺、齼、延、拘、笱、鉤、芇、糾、扐、誂、警、誼、懇、訓、僕、䜌、樊、晨、鞔、鞅、整、政、敊、敷、敝、瞑、雛、莫、瞿、幽、殯、腥、劑、刺、筑、篡、迂、曆、曶、憙、愷、艣、晝、主、饗、餒、鬶、鬻、杕、柵、欙、枰、杅、橞、耀、鄯、旎、南、束、鼏、瘴、兩、罶、敝、偕、傾、儀、係、像、化、從、毗、祖、禰、歐、頛、髺、彰、匌、医、肜、駜、駇、猜、燦、樊、恩、畀、羃、志、憨、恩、慈、懝、忘、懞、恈、汭、洸、派、懞、漏、萍、否、閨、閽、授、擎、扣、姓、娶、婚、姻、妊、娣、媄、奸、絑、綗、螟、餇、飀、坪、城、塋、緓、功、努、鈤、鈴、銕、斜、軵、聲、轜、陸、陷、陙、隙、齺、糸、坌、綴、疏。共一百六十三字。

（二）雙聲且韻近者。

---

①雙聲且韻部旁轉者為：也。共一字。

②雙聲且韻部對轉者為：莫、冥。共二字。

（三）韻同聲近者。

①旁紐雙聲且疊韻者為：岁、春、胖、采、舒〔註94〕、痲、劃、吁、覤、
冣、呟、廲、患、沇、泮、挻、匹、蠶。共十八字。

②旁紐雙聲且疊韻者為：叛、返、詔、甫、叔、阰、貧、冠、仲、倦、
碬〔註95〕、奘、執、奘、婢、鑿、斷、字、胅。共十九字。

③同位雙聲且疊韻者為：敳。共一字。

（四）聲近且韻近者。

①旁紐雙聲且韻部旁轉者為：音〔註96〕、息。共二字。

②旁紐雙聲且韻部對轉者為：博、叓。共二字。

（五）韻同聲異者為：吏、襘、夰、崕、葬、單、喪、鬻、琦、爨、叙、
梟、敆、媾、眇、鸒、爽、羌、剞、可、刅、晃、睍、窅、纗、叞、孝、覽、
猷、吹、頌、覎、尸、馭、槌、壹、羑、弄、汲、摯、医、黿、均、墨、黃、
阢、羞、酒、酣。共四十九字。

（六）韻部相近者。

①旁轉者為：彤、戍。共二字。

②對轉者為：舌、羮、奴、竦、獸。共五字。

③旁對轉者為：昌、季。共二字。

（七）無聲韻關係者為：雁〔註97〕。共一字。

三、就《說文》說解中，文字構形來看，情況如下：

（一）需要構成文字所有部件結合方能見其義者為：吏、祏、襘、琥、瓏、
瑠、珥、玲、夰、岁、崕、茉、莫、莽、葬、必、胖、叛、牝、犢、犖、㪔、
喪、㿀、遷、徠、齟、鬻、琦、延、舌、拘、笥、鉤、茸、糾、博、劦、詵、

〔註94〕此字若從大小徐，為旁紐雙聲且疊韻；若從段注，則為雙聲疊韻。因段注本不作亦
聲解，今從大徐說。

〔註95〕此字若從大小徐，為同位雙聲；若從段注，則為旁紐雙聲且疊韻。因僅有段注本作
亦聲解，今從段注。

〔註96〕此為三本皆有之亦聲字，若從大小徐則為疊韻，從段注則為旁紐雙聲且旁轉，今姑
從段注。

〔註97〕此字若從大小徐，彼此無聲韻關係，若從段注則為雙聲且旁轉。然而段注本不作亦
聲解，今從大小徐。

詔、警、訆、羙、僕、夒、樊、晨、爨、鞁、釆、叡、梟、整、政、敃、敫、

敳、趖、瞑、眇、顥、爽、雒、雁、莫、羌、瞿、幽、奴、叔、殯、瘷、腥、

刺、筑、籆、迀、曆、晉、可、吁、晝、彤、刱、饗、餽、醫、羼、杊、柵、

楄、枠、椁、糶、貧、部、晛、昌、旐、柬、霝、窅、瘑、冠、取、兩、畱、

傾、儀、傿、化、從、毗、衵、孝、覽、欪、歐、吹、頌、頼、覝、髯、彰、

唔、匋、屵、厎、磇、杉、馻、駮、駁、猜、奘、燦、樊、恩、揰、壹、執、

䡉、罘、奡、昂、竦、志、恩、慈、懝、忘、愭、患、恇、汭、沵、洸、汲、

淼、泮、漏、閨、闔、授、擎、挙、扣、姓、娶、婚、姻、娣、婢、奸、医、

匹、絑、綱、螟、蟓、飿、飀、竈、坪、均、墨、城、塋、睤、黃、功、釦、

鏊、鈴、鍒、斜、報、聲、轠、阫、鑭、斷、獸、字、季、疏、胚、羞、醋、

戌。共二百一十字。

（二）構成文字各部件中，省略其中之一仍可見義者為：禮、春、匁、返、
選、岯、誼、諰、鞣、敆、敿、甫、舒、剢、劃、劑、薹、憘、虪、主、音、
阱、枰、晃、卤、窺、纆、敝、仲、係、像、襷、奘、慼、廳、派、萍、否、
挺、妊、媄、雩、陸、陷、頤、隙、紊、坐、綴、酒。共五十字。

（三）難以判斷，無法判定者為：單、叓、冥、呒、偕、息、也，共七字。

第三章　《說文》亦聲字的歸類

　　本文第一章〈諸家亦聲說述評〉中，已將各家對《說文》亦聲字之主張作一略述，大抵而言，可歸結為：（一）主張亦聲說不能存在者，（二）從文字孳乳現象來探解釋亦聲現象者，（三）在六書的「四體」中尋求一歸屬者，（四）對亦聲字提出另一套新標準者四種。本章預備以本文第二章〈說文亦聲字試析〉中分析所得之結果，先對這四種看法作一探討，其次，再以目前台灣地區流傳較廣的林尹和魯實先兩個系統的六書理論作比較，論述亦聲字的歸屬與各家六書理論之間的關係。

一、對「亦聲說不能存在」之討論

　　馬敘倫、弓英德、李國英、施人豪諸位，主張亦聲不應存在，逕以形聲解釋即可。馬敘倫云「雖謂無亦聲之字可也」〔註1〕，李國英以為「不必別出此『亦聲』之特例」〔註2〕，施人豪也說「凡『亦聲』之說，皆不足取」〔註3〕。個人以為，將亦聲字全部歸到形聲當中，是可以被接受的，不過，若說亦聲說不應存在，則恐怕需要再商榷，誠如馬偉成所言：

〔註1〕馬敘倫，《說文解字六書疏證・卷一》（上海：上海書店，1985年），頁10。
〔註2〕李國英，〈亦聲字綜論〉。收入《第二屆中國文字學國際學術研討會論文集》（高雄：國立高學雄師範大學國文系，1991年3月），頁92。
〔註3〕施人豪，〈說文所載形聲字誤為會意考〉，女師專學報，2期（民國61年8月），頁266。

這樣說法基本上否定「亦聲字」現象，但是如果亦聲字等同形聲字，

許慎又何必製造二百多個「錯誤」呢？〔註4〕

既然許慎在《說文》當中提出了「亦聲」這樣的說法，代表一定有其特殊意義存在，否則，逕以「從某、某聲」解釋即可的字，又何必增一「亦」字，另立一個新的體例來說明？且「亦聲」之記載，於《說文》中不可謂少，即便從其三傳本之合，亦有一百四十字，不大可能完全沒有意義。

不過，尚有學者以為，許慎根本沒有提出亦聲現象，清人王元穉在〈說文亦聲省聲考〉中就說：

二徐為許氏功臣，然音韻均非所長，故其所定亦聲省聲，尤多可議，

是亦聲省聲者，本非許書之舊，為後人以今音疑古音，今義疑古義

所竄改者半，為二徐之所肊改者亦半也。〔註5〕

照王氏的說法，所謂的亦聲字，都是後人及大小徐所改，並非許書之舊，也就是說，在原本的《說文》當中，其實並沒有「亦聲」、「省聲」這樣的記載，全都是後人竄改的結果。然而，這種說法缺乏有力的證據來支持，只能說是臆測而已。何況，王氏在該文的校識當中又云：

近見《一切經音義》慧琳書一百卷，所引《說文》不下五六千條，亦

聲、省聲多與今二徐本不同，蓋不勝枚舉。又見莫刻唐寫本《說文》

木部殘字，如「柵」下「刪省聲」，「楃」下「屋亦聲」之類，亦與二

徐本不同。始悟今所傳二徐本亦聲、省聲者，必非浻長原文。〔註6〕

雖否定大、小徐本為《說文》原本的可能性，但確也提供了一個新的訊息。的確，今日所傳之《說文》，無論是大徐、小徐、或是段注，均已非許氏之舊。考清人莫友芝所整理之《唐寫本說文解字木部箋異》一書，「柵」字作「從木、刪省聲」（大徐作從木、冊亦聲，小徐段注作從木、冊聲），「楃」字作「從木屋、屋亦聲」（三本俱作從木、屋聲），「櫺」字作「從木晶、晶亦聲」（大徐作從木、晶聲，小徐作從木晶、亦聲，段注作從木從晶、晶亦聲），「枰」字作「從

〔註4〕馬偉成，《王筠《說文解字句讀》「聲符兼義」探析》，逢甲大學中國文學研究所碩士論文，頁72。

〔註5〕王元穉，〈說文亦聲省聲考〉。引自楊家駱編，《說文解字詁林正補合編》（台北：鼎文書局，民國89年，四版）頁1之1224。

〔註6〕王元穉，〈說文亦聲省聲考〉。引自楊家駱編，《說文解字詁林正補合編》頁1228。

木、平聲」（大徐作从木从平、平亦聲，小徐作從木、平聲，段注作從木平、平亦聲），「杼」字作「從木手、手亦聲」（大徐作从木从手、手亦聲，小徐段注作从木手、手亦聲）〔註7〕，與今傳本之亦聲記載頗有不同，不知何者為是。然而，可以肯定的卻是，至少唐時《說文》已有「亦聲」的記載。

是以雖說可以肯定今日所見之《說文》，早已非許書之原貌，但不可因此便云亦聲說不能存在，至多能說今日已難以考求亦聲字之原本樣貌。然而，或許有人會質疑，既然考求原本面貌已不可得，那麼如何探求真正之亦聲說？的確，除非再有可信的文獻資料出現，否則，要知曉許慎《說文解字》原本的面貌，實際上已經是一件不可能的事情。不過，個人以為，並不能因此就放棄考求，甚至說不存在。不然，對照大徐、小徐、段注三本，會發現不僅是亦聲有其參差之處，即會意、形聲，亦頗有出入，如「社」字，大徐、段注作「从示土」，小徐作「從示、土聲」；「桑」字，大徐、段注作「从叒木」，小徐作「从叒、木聲」；「嵬」字，大徐、段注作「从山、鬼聲」，小徐作「從山鬼」；「沖」字，大徐作「从水中」，小徐、段注作「从水、中聲」；「委」字，大徐作「从女从禾」，小徐、段注作「从女、禾聲」，此僅為隨手摭拾，若一一比對，必定更多，但能否便說《說文》會意或形聲並不存在？因此，恐怕不能用版本不同，作為否定《說文》亦聲說之理由。

雖然說個人不贊同「亦聲不存在」這種說法，也認為《說文》亦聲均為後人所改，僅是臆解，並沒有確實證據可以支持這樣的立論。不過，在今日《說文》傳本當中，的確有校者所增改的情形。在大徐本《說文》內有所謂「新附」字，當中就有十二個亦聲字〔註8〕。又在段注本《說文》中，有十八個大、小徐本無而段注獨有的亦聲字，除了「壹」字之外，段玉裁在注中說明為今補，因此，也可以視為段玉裁所改。另外，還有些是段玉裁更改所從之亦聲部份，例如八部「必」字，大徐作「从八弋，弋亦聲」，小徐作「从八，弋聲」，然而，「必」字和「弋」字彼此聲母韻母均不相近，故段玉裁云：「八各本誤弋，今正，古八與必同讀也」〔註9〕，用自己的古音觀念，將之改為「从八弋，八亦聲」，如此一來便成了雙聲疊韻關係；又丨部「音」字，大徐作「从丨，从否，

〔註7〕以上詳見莫友芝，唐寫本說文解字木部箋異（台北：藝文印書館，民國54年）。
〔註8〕詳見本文《附錄》。
〔註9〕許慎著、段玉裁注，《說文解字注》（台北：洪葉文化，1998年），頁50。

否亦聲」，小徐作「從否，從丨，否亦聲」，兩者之間為疊韻關係，而段玉裁卻以「丨各本作否，非，今正。杏韻書皆入庚部，或字從豆聲。豆與丨同部。《周易》蔀、斗、主為韻，蔀正杏聲也。」〔註10〕將之改為「从丨，从否，丨亦聲」，彼此聲韻關係成為旁紐雙聲且韻部旁轉。所以弓英德會說：

> 徐鍇《說文繫傳》，先於徐鉉《說文校錄》，《繫傳》亦聲字為一百八
> 十七字，《校錄》二百二十二字，段注本則為二百五十字，是後來居
> 上，逐漸增加；其增加之亦聲字，必無所本，各以己意為之。〔註11〕

雖然弓氏的數字與事實有些出入〔註12〕，且徐鉉、段玉裁所增加的部份，是否真無所本，也值得再研究。不過，大徐、段注二本，明顯有增加、更改亦聲字，是實際存在的一個現象。

二、對以「文字孳乳現象來解釋亦聲現象」之討論

　　王力和龍宇純兩人都認為亦聲現象和文字的孳乳現象有關，王力以為「亦聲字都是同源字」〔註13〕，龍宇純說「轉注字中因語言孳生形成的專字，實際便是亦聲字」〔註14〕至於王初慶先生雖然主張應將亦聲字歸到會意當中，亦云：

> 然就《說文》重文及一字二收之字加以考察，亦聲字皆為晚出之孳
> 乳字自當無可疑；是以此類字聲義間之關係緊密，《說文》中之亦聲
> 字有時類聚於同一部首中，往往可以尋源找出字之源頭，亦可據以
> 檢視與之同源之形聲字。〔註15〕

並在其著當中，以語源及孳乳字並舉之方式作亦聲字例，在亦聲字「吏」下列「史」、「事」，亦聲字「暮」、「莽」、「葬」下列「蟒」，亦聲字「警」下列「敬、茍」，亦聲字「誼」下列「宜」，亦聲字「整」、「政」下列「正」，亦聲字「剝」下列「彔」，亦聲字「吁」下列「于」，亦聲字「愷」下列「豈」，亦聲字「阱」下列「井」，亦聲字「饗」下列「鄉、卿」、亦聲字「貧」下列「分」，亦聲字「覽」

〔註10〕許慎著、段玉裁注，《說文解字注》，頁217。

〔註11〕弓英德，〈段注說文亦聲字探究〉。收入：弓英德，《六書辨正》（台北：臺灣商務印書館，1995年，二版），頁187。

〔註12〕正確數字是：《說文繫傳》亦聲字共一百八十八字，大徐本《說文》連新附字總計為二百二十四字，段玉裁《說文解字注》中正文亦聲字為二百一十七字。

〔註13〕王力，《同源字典》（北京：商務印書館，1982年），頁10。

〔註14〕龍宇純，《中國文字學》（台北：五四書店，民國85年，定本再版），頁311。

〔註15〕王初慶先生，《中國文字結構──六書釋例》（台北：洪葉文化，2003年），頁392。

下列「監」，亦聲字「執」下列「卒」，亦聲字「泮」下列「半」，亦聲字「婚」下列「昏」，亦聲字「姻」下列「因」。條理井然分明，充分呈現了這些亦聲字與語源之間的孳乳關係。

此外，王英明在〈對「聲符兼義」問題的再認識〉一文中，將「亦聲」和「右文」並舉，認為：

> 用「右文說」理論及所舉的例字與「亦聲」字相對照，就會發現亦聲和右文的性質其實是相同的……首先，對「聲符兼義」的總結當首推亦聲，但亦聲只是進行了歸納、整理，指出漢字中有這樣一種現象。右文說卻從理論上進行了闡述。〔註16〕

所謂右文說，是宋時王聖美所提出的一個理論，用來解釋形聲字聲符表義現象，在王氏的理論中，字之左文表形表類，右文表音表義，例如凡從「戔」之字多有小意，故水小曰淺、金小曰錢、價小曰賤；凡從「叚」之字多有赤色之意，故雲赤曰霞、馬赤曰騢、玉小赤曰瑕；凡從「農」之字多有厚義，故衣厚曰襛、露多曰濃、酒厚曰醲。雖然說，形聲字未必都是左形右聲，不過，卻以左形右聲為多，而後右文說則發展成為聲義同源的概念，成為同源字的研究。

如果用語言的抽象層次來解說，抽象層次愈高，所代表的共同意涵也愈相同；抽象層次愈低，條件愈多，當然也就愈清楚、愈明析。右文說也是一樣，在單以聲符「戔」、「叚」、「農」存在時，是抽象層次高的階段，表示大概念的小、赤、厚；加上形符之後，則是抽象層次低的階段，表示分別概念的錢小、水小，雲赤、馬赤，衣厚、酒厚。

確實，若以同一語源的文字孳乳概念來看，在《說文》所列的亦聲字當中，有許多都是這樣的情況。除了一再被引用的標準例證的「句」字與亦聲字「拘」、「鉤」、「笱」、「雊」，「丩」字與亦聲字「茻」、「糾」、「枓」兩組之外，尚有「柔」字與亦聲字「鞣」、「煣」、「渘」、「鍒」，「平」字與亦聲字「枰」、「坪」，「臽」字與亦聲字「窞」、「陷」等，以上是以一組文字為單位，如果再從個別文字來看，那麼，在本文第二章中分析形構以為「可省」的文字，有許多都是因為孳乳的關係而產生的後起字，例如「禮」、「返」、「選」、「誼」、「諰」、「厰」、「甫」、「剝」、「劃」、「劑」、「主」、「阰」、「圅」、「仲」、「係」、「像」、「奬」、「憨」、

〔註16〕王英明，〈對「聲符兼義」問題的再認識〉，語言文字學，1990 年 3 期，頁 28〜29。

「廡」、「萍」、「挺」、「妊」、「媄」、「奰」、「隙」、「絫」、「酒」等字，都屬於此類。若是再將標準放得寬一些，從語言現象，而非《說文》說解來探討，則會有更多這類的字，像「吏」、「祐」、「翠」、「詔」、「訂」、「僕」、「羹」、「晨」、「叔」、「整」、「政」、「敵」、「敔」、「瞑」、「眇」、「羌」、「幽」、「腥」、「刺」、「晉」、「可」、「吁」、「憙」、「愷」、「彤」、「初」、「耀」、「晃」、「瘧」、「纕」、「敝」、「儀」、「化」、「覽」、「賴」、「髯」、「彰」、「竦」、「慈」、「凝」、「忘」、「愫」、「洸」、「閣」、「授」、「擎」、「娶」、「婚」、「姻」、「娣」、「婢」、「絲」、「颰」、「蠶」、「均」、「墨」、「釦」、「陸」、「綴」、「獸」、「疏」等字，雖然就許慎的說解來說，都是需會合其部件方可知其意的字，不過，從語言文字的發展規律來看，這些亦聲字都可以說是孳乳字。

　　不過，雖然說在亦聲字當中有許多是後起的孳乳字，但是並不能說亦聲字通通都是孳乳字，因為在《說文》的亦聲字當中，還有不少字是不能用孳乳現象來說明的，例如「羴」、「匹」這種大部份象形之字，像「覞」、「桮」、「樊」這種即形見意之字，以及像「舌」、「單」、「吏」這類恐怕是《說文》本身有問題的字，所以張達雅認為：

> 這種由語言孳生關係來說明亦聲的理論，在實際材料中，只能適用
> 於部份如拘、鉤，如菣、糾、杽之類的亦聲字，至於象珥、葬、葬、
> 貧、閨、罶等類的字，則難以為說。更何況還有亦聲字是不知其構
> 意的，如也、必、舌、吏、胆、唔、羞等字便是。〔註17〕

也就是說，孳乳現象的確可以用來說明大部份的亦聲字，但並不是全部的亦聲字都屬於這一類。此外，也不是所有後起的孳乳字，在《說文》當中都被標作亦聲字，例如上述的「戔」、「叚」、「農」三組字，在許書中都不是亦聲字，所以王初慶先生在認為亦聲和孳乳有關時也說：「但是許書並未將所有分化出來的字都用亦聲字的方式處理，解析苟、翑諸字之際，又指為『從艸羽聲』、『從羽句聲』，用形聲的術語為說」〔註18〕。因此，亦聲與孳乳之間兩者之間非但不是等於，而且也不是包含於的關係，只是彼此有些交集罷了。〔註19〕

〔註17〕張達雅，《說文諧聲字研究》，東海大學中文研究所碩士論文，頁105。
〔註18〕王初慶先生，〈形聲探微〉，收入《形聲專題研討會論文集》（台北：輔仁大學中國文學系，民國93年12月），頁63。
〔註19〕金鐘讚亦云「可見『右文說』與『亦聲』有相同之處，也有不同之處。故『右文說』

此外，前文也曾敘及，用文字孳乳現象來解釋亦聲，是從語言文字發展的角度來切入，和用六書來分析是兩回事。六書理論，雖因各家體系之不同而有所爭議，不過，單獨一個字的歸類，必定會屬於象形、指事、會意、形聲四者之一，以標準例證「令」、「長」、「考」、「老」而言，前二者是許慎所說的假借字，後二者是《說文》所言的轉注字，然而若考查說解，「令」字「從亼卩」是會意字，「長」字「從兀從匕、亡聲」是形聲字，「老」字「從人毛匕」是會意字，「考」字「從老省、丂聲」是形聲字。因此，這個說法和接下來要討論的「在六書『四體』中尋求亦聲字歸屬」，是可以並存的兩個說法，因為他們是從不同的立場來探討亦聲現象。

三、對「在六書的『四體』〔註20〕中尋求亦聲字歸屬」之討論

除了一部份否定亦聲說存在，以及從語言文字發展規律來探討亦聲現象者之外，絕大部份的學者，都是嘗試從《說文》六書四體中去尋求歸屬。且就大範圍來說，都是在會意、形聲二者之間試圖規範，如劉雅芬所言「我們知道學者曾將亦聲字分為有許多類，但嚴格說來，有關亦聲字的六書歸屬其實只有兩種可能，一是會意字，一是形聲字」〔註21〕。因為亦聲字絕大多數都是由兩個以上的「文」所組成，因此，除了極少部份之外，都是兩個以上的「文」所合成的「字」，再撇開認為亦聲字無法歸到任何一類以及兼類的說法之外，剩下的就只有會意、形聲者，而這也是一直以來在研究《說文》亦聲字上爭論不休的問題。

之所以會產生這樣的爭議，乃是由於亦聲字的特殊性，如緒論所言，在《說文解字》當中，一般認為以「從某從某」這類的術語解說的字，屬於會意字；以「從某某聲」這類術語解說的字，屬於形聲字。然而，亦聲字卻是兼採兩者的解說術語，而以「從某某，某亦聲」或「從某從某，某亦聲」的樣貌出現，據金鐘讚的研究，在《說文》當中的亦聲字，是採「會意字的歸部方式」及「形

不能包括『亦聲』，正如同『亦聲』不能包括『右文說』一樣。」見金鐘讚，《許慎說文會意字與形聲字歸類之研究》，國立臺灣師範大學國文研究所博士論文，頁192。

〔註20〕所謂「四體」指象形、指事、會意、形聲。

〔註21〕劉雅芬，《《說文》形聲字構造理論研究》，國立成功大學中國文學研究所碩士論文，頁257。

聲字的解說次序」混合的一種現象。〔註 22〕這也是主張亦聲字兼入形聲、會意兩類，或形聲字無法歸屬於會意、形聲兩者學者的很大的理由之一，因為亦聲字看起來，的確同時兼有會意、形聲兩類的特色。所以鄭樵在《通志‧六書略》中就立了「兼類」之例，認為有「形兼聲」、有「聲兼義」，而蔣伯潛進一步認為，這些字是「會意形聲兩類之間底字」，無論歸會意或歸形聲都可以。〔註 23〕

　　不過，在面對這樣的說法時，不禁讓人想到一個問題，那就是在許慎《說文》當中，有沒有無法用象形、指事、會意、形聲四者來歸範的文字呢？雖說各家的六書體系不同，有人主張六書可以兼類，象形、指事、會意可以兼聲，有人主張六書必需分得清清楚楚，有聲字與無聲字不能混淆，然而無論如何，就理論而言，實在沒有一個字既是會意字，又是形聲字的道理，雖然有人用兼類的觀點，說某個字是會意兼聲字，或是形聲兼義字，但是，在大類的分別上，還是屬於會意或形聲，不會是橫跨兩者。若真要將亦聲字用無法歸於任何一類來處理〔註 24〕，那麼就必需對《說文》六書做一個通盤性的檢討，亦即在觀念上，象形、指事、會意、形聲的四體分類已經不夠用，必需另外再成立一個分類來處理亦聲字。

　　這種超越六書之外的做法，並非不能被接受，例如唐蘭就以「六書沒有明確界說」、「用六書歸類文字常常找不出歸屬」兩個理由，認為應該在六書之外另外尋求解決之道，而創造了「象形文字」、「象意文字」、「形聲文字」三分法的「三書說」，以為足以範圍一切中國文字。〔註 25〕其後，裘錫圭也在《文字學概要》中，引用陳夢家的「象形」、「假借」、「形聲」三書說，並修正為「表意字」、「假借字」、「形聲字」。〔註 26〕不過，就分類理論上來說，無論採用的是六書說還是三書說，都應該要能夠完整的歸納整理文字，不能夠有橫跨兩類或是不屬於任何一類的情況，若發生了這樣的情形，則是標準不夠嚴謹而有重新檢討的必要。

　　既然亦聲字不宜跨足兩類，也不應該不屬於任何一類，那麼，如果用六書

〔註 22〕金鐘讚，《許慎說文會意字與形聲字歸類之研究》，頁 286。
〔註 23〕蔣伯潛，《文字學纂要》（台北：正中書局，民國 41 年），頁 66。
〔註 24〕主張亦聲字兼入兩書者和主張無法歸於任何一類，雖然有些許的差別，然而在「不歸入任何一種」這個觀念上則是相同。
〔註 25〕唐蘭，《中國文字學》（台北：台灣開明書局，民國 82 年，臺九版），頁 75～79。
〔註 26〕裘錫圭，《文字學概要》（台北：萬卷樓，民國 88 年，再版），頁 129～130。

來規範的話，絕大多數的亦聲字應該歸屬在會意或是形聲呢？若是從《說文》記載「從 A 從 B，B 亦聲」這樣術語來看，如果把亦聲部份去除，並不會對該字的字形結構有任何損害，且「亦聲」這樣的說法，似乎表示聲符只是一個附加的東西，一個「亦取」的成份，而不是主要的構成部份，所以徐鍇以為「凡言亦聲，備言之耳，義不主於聲」〔註 27〕。況且在表意功能上，絕大多數的亦聲字都是各體兼表義，這與許慎在〈說文敘〉中所提出的標準例證「江」、「河」以形符表義、聲符表音，有相當的差異，所以林尹認為這些聲符「以義為重」的字，應該是會意。〔註 28〕再以本文第二章的統計來看，在 267 個亦聲字當中，有 211 個字是需要構成文字所有部件結合方能見其義者的字，佔了將近八成，因此朱宗萊認為亦聲字和會意字一樣，是「各體悉成字」，只不過其中有一個部份是既取其義、又取其聲〔註 29〕；白川靜也認為很多形聲字如草、木、魚、鳥這些部首的字「聲符只是單純表音，其和字義相關處並不多」，所以亦聲字應該建立在會意的基礎上面。〔註 30〕從這個角度來看，將亦聲字列於會意似乎是相當正確的做法。

不過，也有學者持反對的看法，以為亦聲字既然帶有聲符，就應該將之列入形聲當中，像廖平就主張形、事、聲、意四門不能相兼，因此「凡有聲者，皆當入象聲」〔註 31〕；蔡信發也說「若一個合體的字和其構成的『文』或『字』之間有聲音關係，就該是形聲而不是會意」〔註 32〕，這是基於「有聲字」、「無聲字」分立的觀念，將所有的有聲字全部歸到形聲。此外在聲符表義這點上面，主亦聲字應入形聲者也認為，亦聲字的聲符的確有很強的表義功能，不過，並不能因此就說它們不是形聲字，像章炳麟就認為，形聲字分為三種，第一種是聲符純粹表音，第二種形符、聲符均表義而以形為重者，第三種是形符、聲符均表義而以聲為重者，亦聲字就是屬於第三種。〔註 33〕魯實先也認為，所謂亦

〔註 27〕徐鍇，《說文解字繫傳》（北京：中華書局，1998 年），頁 1。

〔註 28〕林尹，《文字學概說》（台北：正中書局，1998 年），頁 111。

〔註 29〕錢玄同・朱宗萊，《文字學音篇・文字學形義篇》（台北：臺灣學生書局，民國 58 年，三版），頁 111～112。

〔註 30〕白川靜，《說文新義・1》（東京：平凡社，2002 年），頁 20～21。

〔註 31〕廖平，《六書舊義》，頁二十三。收入《續修四庫全書》，第 228 冊（上海：上海古籍出版社，1995 年）。

〔註 32〕蔡信發，《六書釋例》（台北：萬卷樓，民國 90 年），頁 124。

〔註 33〕章炳麟，《國學略說》（台北：學藝出版社，民國 60 年），頁 9。

聲字就是聲符帶義的字,而形聲字的聲符本來就可以表義,亦即形聲字有聲示義者,也有聲不示義者。〔註34〕的確,如果我們檢視《說文》當中的形聲字,會發現固然有很多像江、河、松、柏、鳩、鴉、鮐、魵這一類主要以形符表義的字,但也有很多像枸、佝、淺、賤、粉、霄、眇、秒這一類主要表義部份不在形符,反而是在聲符的字。因此,從這個角度來說,亦聲字列於形聲也有其道理存在。不過,在亦聲字應該列於形聲或會意的背後,影響最大的其實是自身所持的六書系統,因為六書系統的不同,對會意、形聲的標準也會不一樣,自然也隨之影響了亦聲字的歸屬。關於這方面的問題,將於本章第五節再做詳細的討論。

四、對「為亦聲字提出另一套新標準者」之討論

尚有學者在探討亦聲的時候,是自行訂出一套規則,而用這套規範來檢視《說文》當中的亦聲字,如桂馥就以「本部部首得聲」同時所從的亦聲部份和該字必須有「聲韻關係」兩個條件作為亦聲的要素,所以只要是不符合這兩個條件者,一律不認為他們是亦聲字。例如「吏」、「禮」、「珥」、「玲」這些字,雖然在《義證》的正文中以「亦聲」來記載,不過在注中,桂氏都否認他們是亦聲字。〔註35〕同樣的,在龍宇純的亦聲說當中,雖然主張亦聲字應該是文字孳乳的轉注,不過將亦聲分為:甲、音近義切;乙、聲母遠隔、不合孳生語條件;丙、合於孳生語條件,但不具語義引申的密切關係;丁、衡之音義似合而實不然者;戊、語義相同,只是累增寫法;己、未能判定,等六類的作法,個人以為也是屬於定立一套新標準,龍氏以為:

> 觀上文所作分析,可見許君所說亦聲字缺失甚多,其中乙、丙、戊
> 三類例,尤其顯示此種缺失的形成,乃是基於其亦聲說只是文字的
> 觀點,並為真切認識亦聲字的本質。〔註36〕

然而,像桂馥、龍宇純這種為亦聲下一套自己的定義時,會產生一個很大的問題,若是我們用桂馥的標準來審定本文第二章所列出的亦聲字,在二百六十七

〔註34〕魯實先,《假借遡源》(台北:文史哲出版,民國 62 年),頁 36。
〔註35〕桂氏於「吏」字下注「吏不從部首得聲,何言亦聲」,於「禮」字下注「從豐、豐亦聲者,當云豐聲,後人加亦字」,「珥」字下注「耳亦聲者,當為耳聲」,「玲」字下注「從含、含亦聲者,當云含聲」。
〔註36〕龍宇純,《中國文字學》(台北:五四書店,民國 85 年,定本再版),頁 325。

個亦聲字當中，僅有「莫」、「莽」、「葬」、「公」、「必」、「胖」、「單」、「崼」、「埏」、「拘」、「笱」、「鉤」、「芽」、「糾」、「僕」、「奭」、「莫」、「幽」、「舒」、「筑」、「迊」、「曆」、「吁」、「憲」、「愷」、「主」、「音」、「阱」、「刱」、「醫」、「圅」、「兩」、「敝」、「化」、「從」、「咭」、「恩」、「铳」、「幂」、「畀」、「否」、「也」、「絭」、「坓」、「鄑」、「獸」、「字」、「朏」、「羞」、「酒」〔註37〕等五十字而已，不到五分之一，也就是《說文》所載的亦聲字，錯誤率居然高達有五分之四之多。若依照龍宇純所定的標準，亦會有類似情形產生，徐士賢嘗以龍氏的標準來檢視大、小徐本中記載不同的亦聲字，結論是：

> 其中大徐言亦聲，小徐異之者五十九字。小徐言亦聲，大徐異之者四十一字。二徐合計凡六十字合乎音近義切條件，三十五字不合，因認識不足難以判定其得失者五字。分別計之，則大徐五十九字中，正確者四十三，小徐四十一字，僅得十七。〔註38〕

此處僅對二徐所載有異之亦聲字以龍氏的標準來檢視，就發現有這麼多不合標準之處，若再考察記載相同的部份，恐怕也能夠再發現不少。因此，金鐘讚就說：「如果龍先生對《說文》亦聲之觀點正確的話，許慎的亦聲字中錯誤之比例反而比正確的多。許慎怎麼會犯那麼多錯誤呢？」〔註39〕是以，用這種自己所訂的標準，而不是由《說文》所載之亦聲字做一歸納整理所得出的結果，恐怕是不大合乎許慎原本的意思。

　　事實上，不僅是桂馥，段玉裁在注解《說文》之時，也有類似的情況。在段注本《說文》中，大小徐本皆無而段注本獨有之亦聲字有十八字，其中除了「壹」字之外，在注中皆有所明所更改之由。又段氏不改正文，於注中載明「亦聲」、「當言亦聲」者，共一百零八字。如果沒有一套標準的話，如何能夠判定這些其他版本的《說文》未載為亦聲字的字為亦聲字呢？

五、亦聲字歸類與六書系統的關係

　　當我們在探討亦聲字的六書歸屬之前，必需先確認一件事，那就是所持的六書系統為何？如果不先將自身所使用的六書體系做一個交待，那麼，討論亦

〔註37〕「必」、「音」、「醫」等字，需從段注本所改定聲符方為本部得聲。
〔註38〕徐士賢，《說文亦聲字二徐異辭考》，157。
〔註39〕金鐘讚，《許慎說文會意字與形聲字歸類之研究》，頁184。

聲字是屬於會意或形聲，將會落得各說各話，毫無意義。試想，甲用甲的六書理論，說亦聲字必定是形聲，不會是會意；乙用乙的六書系統，言亦聲字必是會意，不可能是形聲。彼此之間立足點已經不同，標準也不一樣，那麼，得出不同的答案，也沒有什麼好意外了。

以魯實先而言，他主張亦聲字是形聲字，而其弟子如李國英、施人豪、蔡信發、許錟輝等人，也多沿用師說，在為亦聲字做六書歸屬時，將之列在「形聲」一類當中。而魯先生的六書體系是這樣的：

> 象形：體物肖形，文皆寫實。其類凡四：一曰獨體象形，二曰合體象形，三曰省體象形，四曰變體象形。
>
> 指事：義有實名，形俱臆構。其類凡三：一曰獨體指事，二曰合體指事，三曰變體指事。
>
> 會意：合文達意，虛實兼包。其類凡四：一曰異文會意，二曰同文會意，三曰會意兼形，四曰變體會意。
>
> 形聲：形幖共義，聲示專名。其類凡七：一曰一形一聲，二曰多形多聲，三曰省形省聲，四曰同文亦聲，五曰形不成文，六曰益體象形，七曰變體形聲。〔註 40〕

從這樣的體系中，我們可以發現，在魯氏的六書理論中，象形、指事、會意、形聲四者當中，帶聲的只有形聲字，其他的四者都是不帶聲的字，亦即形聲字是有聲字，其他三者屬無聲字，簡單來說，就是有聲者皆是形聲。因此，帶有聲符的亦聲字，被歸到形聲，當然是再正當不過的分類。

不過，有些亦聲字的形符明顯不成文，如「主」由聲符「丶」加上一個表燭台的圖形「𡈼」，「舜」由聲符「舛」加上一個表蕣花的圖形「匸」，「圅」由聲符「㔾」加上一個表舌頭的圖形「囷」。一般的認定，在《說文》四體當中，象形是表具象的文，指事是表抽象的文，會意是文字的形與形相益，形聲是文字的形與聲相益，前二者是獨體的文，後兩者是合體的字。這些形符不成文的字，看似不能歸到「字」中。然而，在魯實先的體系當中，是用「形符不成文」來處理，因為帶有聲符的關係，故亦將之歸到形聲當中。

〔註 40〕魯實先，《珍本文字析義真蹟》（台北：魯實先全集編輯委員會，1993 年），頁 1271～1272。此處僅為說明體系，故逕省文中本有之例字。又魯之轉注假借說與亦聲無涉，故今亦不引。

此外，他又提出了「形聲必兼會意」的說法，來處理形聲字聲符表義的問題。如果就許慎在《說文》敘中所舉的例證「江」、「河」來看，所謂的形聲字是形符表義，聲符僅表聲。不過，在形聲字當中，尚有許多聲符表義的文字，魯氏認為，許慎因為用形聲字聲符表義的概念，所以才將一些聲符帶義的字都列在會意的變例，魯實先說：

> 許氏未知形聲必兼會意，因有亦聲之說。其意以為凡形聲字聲文有
> 義者，則置於會意而兼諧聲，是為會意之變例。凡聲不兼意者，則
> 為形聲之正例。斯乃為能諦析形聲字聲不示義之恉，是以會意垠鄂
> 不明，於假借之義，益幽隱未悉也。蓋嘗遠覽遐輈，博稽隊緒，而
> 後知形聲之字必以會意為歸。其或非然，厥有四類：一曰狀聲之字
> 聲不示義……二曰識音之字聲不示義……三曰方國之名聲不示
> 義……四曰假借之文聲不示義……〔註41〕

也就是說，形聲字不但可以用形符表義，也可以用聲符表義，形聲字的聲符不僅具有表音功能，也有表義功能。即形聲字依照構成可以有聲符表義、形符表義、聲符形符均表義三種。〔註42〕如此一來，依本文第二章分析，絕大多數形符、聲符皆表義的亦聲字，就可以將之歸納到形聲字當中，絕無問題，如蔡信發所言「只是亦聲字的聲符表義作用較為顯明罷了」〔註43〕。

然而，雖然依照魯實先的理論，可以將所有屬於「有聲字」的亦聲字歸到形聲當中，不過，並不是所有的亦聲字的亦聲部份和該字都有那麼緊密的聲韻關係，如本文第二章所分析，在二百六十七個亦聲字當中，以雙聲疊韻者佔絕大多數，共一百六十五字，將這些字依魯氏的六書理論劃入形聲字中，當無疑義；至於聲同韻近、韻同聲近、聲近韻近這三類，爭議性也不大；而四十六個只有韻部相同而聲紐相異者，尚可以「同聲必同部」的理論，將之視為形聲。不過，那些聲紐無涉，只有韻部相近的字，像韻部旁轉的「彤」、「戌」，韻部對轉的「舌」、「羑」、「奴」、「竦」、「獸」，韻部旁對轉的「昌」、「季」，甚至如

〔註41〕魯實先，《假借遡源》（台北：文史哲出版，民國62年），頁36～65。

〔註42〕依照許錟輝的說明，形聲字形符主要功能在表義，分成：①表類別義、②表助成義、③表全義三種；聲符功能則有表音表義兩種，聲符表義則分：①表類別義、②表全義兩種。詳見許錟輝，《文字學簡編‧基礎篇》（台北：萬卷樓，民國88年），頁183～186。

〔註43〕蔡信發，〈段注會意形聲之商兌〉，收入《說文商兌》，頁181。

果依照說解，則完全沒有聲韻關係的「雁」字〔註44〕，這些彼此間聲韻關係那麼遠的字，是否可以視為形聲呢？要解決這個問題，就必需先探討，魯氏理論中形聲字聲符與全字之間的關係。

魯實先在《文字析義》一書中，論及會意時，曾舉出「元」、「天」作為標準例證，元从一兀，元字屬疑母元部，兀字屬透母沒部，彼此關係為韻部元沒旁對轉；天从一大，天字屬透母真部，大字屬端母月部，彼此關係為旁紐雙聲且韻部真月旁對轉。從這裡可以發現，雖然元和兀、天和大之間有聲韻關係，然而因為聲韻關係太遠，因此，魯氏不將之列在形聲當中。又施人豪〈《說文》所載形聲字誤以為會意字續考〉當中，用聲韻關係將聲韻關係相近，應為形聲字，但《說文》當中卻載為會意字的文字一一分析，在這篇文章中，施氏僅列到韻部旁轉、對轉，而沒有列韻部旁對轉，也就是說，聲子與聲母間只有韻部旁對轉的字，不能列入形聲字當中。所以，在魯實先的理論當中，雖然認為「有聲字」就是形聲，不過，在聲子聲母關係上，還是有限制，並非漫無準則。因此，可以判定，韻部旁轉的「肜」、「戍」，韻部對轉的「舌」、「羑」、「奴」、「疎」、「獸」等字，依魯氏的理論，都可以視為形聲字。但是韻部旁對轉的「昌」、「季」，和若依照大小徐本，沒有聲韻關係的「雁」字，則是不能夠當作形聲字。

不過，這裡還有一個問題，就是許慎作《說文》時的古音，是否等同於今日聲韻學家所整理規納出的古音？自明末以來，學者開始了古音研究的工作，以宋代鄭庠六部為基礎，從顧炎武的十部到陳新雄三十二部，所根據的大多是周秦韻文，其中又以《詩經》為主。不過，《說文》一書的著成時代卻在東漢，離《詩經》所整理出來的年代，尚有一段時間，在這段期間，語音有沒有改變呢？如果有的話，改變又有多大？如果將亦聲字認定為聲字聲母應該有聲韻關係，是否該用東漢的聲韻系統會來得更為準確？例如余迺永曾經以彝器銘文出土資料的押韻現象，析上古諧聲時代韻部為四十一部〔註45〕。如果日後能夠以東漢時期的韻文分析出該時期的聲韻系統，則或許能對《說文》文字聲子

〔註44〕「肜」字為小徐、段注有之亦聲字，「戍」字為小徐、段注有之亦聲字，「舌」字為為三本皆有之亦聲字，「羑」字為三本皆有之亦聲字，「疎」字為小徐獨有之亦聲字，「獸」字為小徐獨有之亦聲字，「昌」字為小徐獨有之亦聲字，「季」字為三本皆有之亦聲字，「雁」字為大小徐有之亦聲字。

〔註45〕余迺永，《上古音系研究》（香港：香港中文大學出版社，1985 年）。

聲母之間的關係有更精準的判定。

以上是使用魯實先的系統，如果使用林尹的六書系統，那麼，亦聲字歸屬就不會歸到形聲，而是大部份歸到會意，極小部份字歸到象形當中。林尹的體系是這樣的：

> 象形：正例：純體象形。變例：①增體象形，②省體象形，③加聲象形。

> 指事：正例：純體指事。變例：①增體指事，②變體指事，③省體指事。

> 會意：正例：①異體會意，②同體會意。變例：①省體會意，②兼聲會意。

> 形聲：正例：①聲韻畢同，②四聲之異，③聲同韻異，④韻同聲異，⑤聲韻畢異。變例：①簡體形聲，②繁體形聲。〔註46〕

從這樣的架構，不難看出，在他的理論當中，不只有形聲字可以帶聲符，其他三者除了指事沒有兼聲之外，象形中有加聲象形一類，會意中有兼聲會意一類，也就是說，林尹不是單純以有聲字無聲字來判斷，而是側重在文字構造及《說文》釋義方面。因此，像「函」、「羈」這兩個一個不成文的符號，加一個成文的聲符的亦聲字，在魯實先的分類中是「形符不成文」的形聲字，在林尹的分類中，卻將之分到「加聲象形」當中，因為「『增聲象形』只有『一體』是成『文』的；而『形聲』必有『二個』或兩個以上成『文』的形體。」〔註47〕重視象形、指事是獨體的「文」，會意、形聲是合體的「字」，因此將不是兩個成文的部件所組成的亦聲字，也歸到象形當中。

而在林尹的六書體系當中，絕大多數的亦聲字，是將之歸類到會意變例中的「兼聲會意」中，事實上，如果以其的形聲分類來看，是可以將所有的亦聲字都包括在形聲字當中，不論是雙聲疊韻的亦聲字，或是聲同韻近、韻同聲近、聲近韻近，甚至連聲韻畢異的亦聲字，都可以用形聲來概括。但是，他卻沒有這樣做，理由是在其的理論中，會意、形聲最大的考量在於部件的表義功能，他認為：「會意是形和形相益；形聲是形和聲相益。可是會意字中，說

〔註46〕詳見林尹，《文字學概說》（台北：正中書局，民國87年）。在林的六書體系當中，亦聲亦與轉注、假借無涉，故不具列。

〔註47〕林尹，《文字學概說》，頁65。

解作『从 A，从 B，B 亦聲』形式的字，以義為重，就只能說時『兼聲會意』。〔註48〕」對此，李添富先生更詳細的闡述道：

> 我們知道，許書「會意」的定義為「比類合誼，以見指撝」；至於「形聲」的意義則為「以事為名，取譬相成」；雖然二者都是會合兩個以上的形體構成一個新字，但是，不論主張形聲是義符加聲符或是聲符加形符，表達義象的部件都只有一個，因此形聲字多兼會意的『會』字，只能是「體會」而已；至於會意因必須「比類合誼」，全數部件都得具備表義功能，因此，他的『會』字，除了「體會」之外，還必須要有「會合」的意思。〔註49〕

也就是說，形聲和兼聲會意，雖然同樣都是由形符和聲符所組成，都是會合兩個以上的「文」成為一個字，但是就形聲字來說，無論是重在形符表意如「江」、「河」、「松」、「柏」這樣的字，或是重在聲符表義像「賤」、「淺」、「襛」、「醲」這樣的字，原則上，表達義象的部件都只有一個，「江」、「河」、「松」、「柏」去掉聲符「工」、「可」、「公」、「白」，依然可以知曉為水、為木；「賤」、「淺」、「襛」、「醲」去掉形符「貝」、「水」、「衣」、「酉」，依然可以明瞭為少、為厚。但是會意字不同，必須會合所有的部件，方可看出新義，如人言為信，止戈為武，艸生於田曰苗，十口所識之前言曰古，均不能少掉任何一個部份，否則就不能看出意思來。依照這樣的原則，劉雅芬做了如下的結論：

> 當我們檢視亦聲字的字義時，發現亦聲字在字義結構上，多屬必須並合兩個部件方可呈現完整字義的情形。也就是說，以「字義辨識」為標準來檢視亦聲字，則亦聲字並不具形聲字，單憑聲符即可同時表音義的特色，而是必須會合全部部件，方能表達完整字義，就這一點而言，亦聲字正符合了會意字「比類合誼，以見指撝」的原則。因此，從字義辨識而言，我們沒有理由不把亦聲字當作會意字而非要將它說解成形聲字不可。〔註50〕

確實，如果依照本文第二章的分析，在《說文》亦聲字中，大部份都是屬於「並

〔註48〕林尹，《文字學概說》，頁 111。

〔註49〕李添富先生，〈段玉裁形聲說商兌〉，收入《紀念陳伯元教授榮譽退休學術研討會論文集》（台北：洪葉文化，2000 年），頁 90。

〔註50〕劉雅芬，《《說文》形聲字構造理論研究》，頁 272。

合兩個部件方可呈現完整字義的情形」，當然，這是以《說文》說解為主的理解方式。不過，從這樣的敘述中我們可以發現魯實先系統與林尹系統對於形聲理解的一個極大差異處，即魯實先體系的形聲，是可以形符、聲符兩者同時表義，但林尹體系的形聲，則是只有一個部件用來表義，加上在魯氏的觀念當中，形符不成文也可以是形聲的一種，而在林氏的觀念裡，形聲字必需由兩個以上成文的部件所組成。因此，亦聲字在魯實先的系統中，理所當然是形聲，而在林尹的系統中，就只能是會意。

不過，在本文第二章分析亦聲字的形義結構時也發現，並不是所有的亦聲字都是形符、聲符兼表義，依照《說文》的說解，某些亦聲字如「禮」、「返」、「選」、「誼」、「鞣」、「敊」、「敵」、「甫」、「舒」、「剝」、「劃」、「憙」、「主」、「音」、「阱」、「羅」、「仲」、「係」、「像」、「褵」、「敬」、「廳」、「否」、「妊」、「媧」、「勞」、「陸」、「隓」、「絫」、「綴」、「酒」等，只需單體即可表義，而且正如李添富先生所云，絕大多數為聲符表義，不必經過「會合」這個過程，就可以完整的表達字義。且如果依照形聲字「聲義同源」的概念來說，尚有不少亦聲字，恐怕也會歸到形聲當中。譬如林尹在說解形聲字聲符表義時，就曾經以從「句」得聲的字來舉例，認為從「句」得聲之字如「笱」、「鉤」、「跔」、「朐」、「翎」、「痀」、「耇」、「絢」、「軥」、「枸」、「刞」、「苟」、「雊」、「姁」等字，多有「曲」意〔註51〕。當然，他有特別說明「笱」、「鉤」屬亦聲字，其他屬形聲字〔註52〕，不過，就構形上來看，這些字的構形其實相當類似，如果依觀念來說，是不是有可能全都列入形聲當中呢？

此外，如果用王初慶先生的六書體系來看，則在四體的分類上，會和林尹相同，將大部份的亦聲字歸到「會意兼聲」，少部份的亦聲字歸到「兼聲象形」當中。不過，同時卻又可以分到因文字孳乳所產生的轉注當中，這是因為王先生對形聲字的理解與林尹有所不同之故。王先生的理論架構是這樣：

象形：正例：純象形。變例：①增體象形，②省體象形，③兼聲象形。

指事：正例：純體指事。變例：①增體指事，②變體指事，③省體指事。

〔註51〕詳見林尹，《文字學概說》，頁133～135。
〔註52〕其實「雊」也是亦聲字，可能是林氏引文筆誤。

會意：正例：①異文比類，②同文比類。變例：①省體會意，②增
體會意，③會意兼聲。

形聲：正例：①象形加聲，②由語言孳乳而加形，③因文字假借而
加形，④本字為引申、假借義所專，加聲以明本義。⑤从某
某聲。變例：①繁體形聲，②省形省聲。

轉注：①為避免形之混淆所衍生之轉注字，②為避免聲之混淆所衍
生之轉注字，③為避免義之混淆所衍生之轉注字。

假借：①叚借始於本無其字，②叚借在先造字在後之假借，③本字
為假借義所專另造新字以誌本義，④譌字自冒於假借。〔註53〕

從這個架構可以發現，王先生在象形、指事、會意三者，與林尹的架構是類
似的，觀念也相近。在王先生的理論當中，象形、指事是獨體的文，會意、形
聲是合體的字，所以，在他的想法中「代表實物本身的那一半，並不成文，還
達不到字的條件」〔註54〕的亦聲字「舞」、「函」，當然不會是形聲，而只能是
「兼聲象形」。至於將大部份亦聲字歸會意而不歸形聲的原因是「其聲主義之
特色」〔註55〕，在王先生的想法當中，同樣認為會意字需要有「會合」與「會
悟」兩種特色，而形聲字則否，僅需一體表義即可，且王先生對形聲字的想
法是：

在形聲正例之中，真正的形聲只有象形加聲中之「區別同類異形之
物而加聲符」與「从某某聲」兩類；在以形符與聲符造字以前，其
字根本不存在。其他各類在衍為形聲，往往與引申、叚借、轉注有
關。〔註56〕

真正的形聲，是形體為主，聲符只是兼識其音的輔助功能。因此，在形義的構
成上，絕大多數屬需會合兩者方能見其義，且為聲符表義的亦聲字，自然就被
歸到了會意當中。

不過，和林尹不同的是，王初慶先生還將亦聲字歸到因文字孳乳所產生的
「轉注」一類當中，他認為「這些會意兼聲字都是兼義又兼聲的那一部份的轉

〔註53〕詳見王初慶先生，《中國文字結構——六書釋例》（台北：洪葉文化，2003年）。
〔註54〕王初慶先生，《中國文字結構析論》，四版（台北：文史哲出版，民國86年），頁93。
〔註55〕王初慶先生，《中國文字結構——六書釋例》，頁396。
〔註56〕王初慶先生，《中國文字結構——六書釋例》，頁432～433。

注字」〔註57〕。因為王先生和龍宇純類似,認為在文字發展的過程中,因為孳乳而加形、加聲所產生的新字,應該屬於轉注字。前已提及,在亦聲字當中,的確有相當多這樣的現象。

綜上所述,可以知道,在論述亦聲字的歸屬之前,其實首先必需要將六書系統做一個釐清,這樣的討論方有意義,否則,如〈齊物論〉所云:「民濕寢則腰疾偏死,鰍然乎哉?木處則惴慄恂懼,猿猴然乎哉?」〔註58〕在不同的立足點上做討論,是不會有交集的。

例如在魯實先的體系中,既抱持著會意字是無聲字,形聲字是有聲字,又有「形符不成文」的形聲,那麼亦聲字當然只會歸到形聲,不會歸到會意;在林尹的理論裡,是用文、字來區別象形、指事和會意、形聲,又認為會意字需各體俱表意,形聲字則可省其一,如此亦聲字理應大部份歸到會意、小部份歸到象形;在王初慶先生的說法裡,雖然與林尹類似,不過又認為凡是後起所產生的新字都是轉注,那麼與孳乳有密切關係的亦聲,同時劃為象形、會意與轉注也毫無問題。誠如李添富先生所云:

> 有關六書體用問所產生爭辯的根本原因,除了各家對文字構造和起
> 源的觀點互異之外,學者對許慎《說文》六書名義的認知不同,並
> 各依自己師弟相傳的理論加以闡揚,終至相去日遠。〔註59〕

亦聲的歸類之所以一直爭論不休,背後所牽涉的其實是各家的六書體系,由於各家都用自身的理論來探求,以致產生不同的結論。事實上,若用同一個角度來看,則亦聲字的歸類,應會得出相同的結論才是。

小 結

上述諸說,本文除主張亦聲字不能存在,因尊重文獻而不表贊同;以及建立新的「亦聲說」,由於無法規範大部份亦聲字,而認為非許慎之原意外。各家對亦聲字的處理,大體上都能夠言之成理,接觸到亦聲字的某些特色,不過,也都有一些無法含蓋的例外部份。舉出這些例外的情況,並非想要否定前輩學者的研究成果,而是想指出,《說文》當中以「亦聲」記載的這些亦聲字,是一

〔註57〕王初慶先生,《中國文字結構析論》,頁139。
〔註58〕郭慶藩輯,《莊子集釋》(台北:華正書局,民國86年),頁93。
〔註59〕李添富先生,〈段玉裁形聲說商兌〉,頁87。

種很難用一、兩項準則就能概括的現象，前輩們已經做了相當大的努力，讓絕大部份的亦聲字都有所歸屬，而剩下的特殊情況，則是尚待解決的部份。因此，本文所提出的只是一些「意見」，一些「例外部份」，這些意見只能對於「系統」做一些補充的功能，並無意動搖或是推翻原有的理論架構。

　　此外，除了是因為版本流傳之今，已無從得見《說文》之原樣之外，亦聲字本身就存在著矛盾與不精準的地方。例如以構形的理論上來看，既然彎曲的手「拘」、曲竹捕魚的「笱」、彎曲的金屬「鉤」、彎著脖子的鳴鳥「雊」都是亦聲字，那麼曲木的「枸」、天寒足曲的「跔」、彎曲的肉「胊」為什麼不是亦聲字？蔡信發就曾經提出這個質疑：

> 如《說文》訓「三歲牛」的「犙」字，釋語作「从牛參聲」，而「四歲牛」的「牭」字，作「从牛四，四亦聲」，「馬八歲」的「馰」字，作「从馬八，八亦聲」，不是形構相同而釋語不一嗎？〔註60〕

此外，在《說文》當中，有一字兩收的情況，理論上，即便是因為錯簡而一字重出，解釋應該相同，但是有些重出的亦聲字，卻是一為亦聲一則否，如「吁」字在「于」部時作「从口从于、于亦聲」，在「口」部則作「从口于聲」；「否」字在「不」部時作「从口不、不亦聲」，在「口」部時作「从口不」／「从口、不聲」；「愷」字在豈部時作「从心豈、豈亦聲」，在心部時作「从心豈聲」。關於這點，王初慶先生在著作中也曾經提及：

> 而由許慎對於一字兩收的字或析為會意、或析為會意兼聲、或析為形聲，固然或許是沒有嚴格遵守自己分類的標準，但事實上，它們的衍成與形聲字中「即聲即意」的那一部份是相似的。〔註61〕

像這種形構相同而釋語不一，以及重出之文卻說解各異的矛盾之處，雖然並不是很多，但也是在研究亦聲字時不可忽視的現象。畢竟少了這一部份，對亦聲字的研究就不能算是完整。因此，蔡信發就以前者作為亦聲與形聲相同的理由，王初慶先生則逕用文字衍生的角度來解釋後者。不過，若是追問為何《說文》中會作如此記載？則恐怕難以推求出一個解答。在此，我們只能提出這樣一個現象，以待日後研究了。

〔註60〕 蔡信發，〈《說文》「从某某，某亦聲」之商兌〉。收入，蔡信發，《說文商兌》（台北：萬卷樓，民國88年），頁171。

〔註61〕 王初慶先生，《中國文字結構析論》，頁139。

結 論

有關《說文》亦聲字的討論，向來聚訟紛紜、莫衷一是，這是由於亦聲字本身的特殊性，以及各家對六書的理解不同所致。事實上，今日我們所見與六書有關的早期資料，僅為鄭眾注《周禮》、班固於《漢書・藝文志》述小學，以及許慎〈說文解字敘〉一文當中寥寥數字，至於六書的內容及例證，也只有〈說文敘〉所言之：

> 一曰指事：指事者，視而可視，察而見意，二　是也。二曰象形：象形者，畫成其物，隨體詰詘，日月是也。三曰形聲：形聲者，以事為名，取譬相成，江河是也。四曰會意：會意者，比類合誼，以見指撝，武信是也。五曰轉注，轉注者，建類一首，同意相受，考老是也。六曰假借，假借者，本無其字，依聲託事，令長是也。〔註1〕

歷來各家的六書說，大體上都是圍繞著這段文字以及對《說文》自身的理解所建立，因此會有像裴務齊論轉注時所謂「考字左回，老字右轉」這樣的說法。而嚴格說來，現在各家的六書，恐怕都不是《說文》的六書，如王初慶先生所云：

> 其實今人論六書者，雖必上推《說文》，但引用《說文》中之資料，

〔註1〕許慎，〈說文解字敘〉。收入許慎撰、段玉裁注，《說文解字注》（台北：洪葉文化，1998年），頁762～764。

不過作為論證己見之註腳而已；是以往往有所引資料相同，而所見各異的情況。細究之，端在《說文》本無一完整的六書體系，更未使用六書的體系解析文字；後人各以自己所設定的六書體系分析《說文》，所據不一，當然會產生歧異。苟能言之有故，持之成理，其間雖有異同，倒是未必有是非可言。〔註2〕

《說文》當中是否已有六書存在？是一個可以再探討的問題。不過，就如同本文第三章中所分析，探討亦聲的歸屬時，必定會涉及其六書理論，在不同的體系之下，亦聲字的歸類會有不同的答案，或為會意、或為形聲、或為文字孳乳的轉注，不過，這些會意、形聲、轉注，是各家自己定義的會意、形聲、轉注，甲的定義和乙的見解不同，乙的見解和丙的說法也未必一致，誠可謂「名同實異」。因此，如果是用自身的理論，言之成理，那麼，個人以為，都可以成立。

不過，在歸類亦聲字時，即便各家用各家的體系來規範，卻仍然會有一些在規範之外的漏網之魚。面對這些例外情況，我們首先要思考的是，究竟許慎在作《說文》之時，究竟有沒有想要建立出一套規則？事實上，如果我們用今日的標準，來看古人的一些用語，會發現常常有例外之處，例如段玉裁作《周禮漢讀考》時，曾經列出了：「讀如、讀若擬其音，為比方之詞；讀為、讀曰易其字，為變化之詞」這樣的一個規範〔註3〕，不過，如果用這樣的標準回去檢視鄭玄的注，會發現這個標準並非百分之百正確，也就是鄭玄在注《周禮》的時候，並不完全依照這樣的標準。然而，值得注意的是，這是段玉裁整理鄭玄注後所作出的一個規範，而不是鄭玄自己所立出來的凡例，事實上鄭玄在注的當時，有沒有這樣的想法？我們不得而知，如同林美玲所言，古人在運用讀如、讀若、讀曰、讀為、讀與某同這類的術語時，並不像我們現代的術語那麼的精密而有規範〔註4〕。同樣的，《說文》當中的「亦聲」字，究竟有沒有一套那麼嚴謹的規則？抑或只是很單純的標出這個字的結構有「某亦聲」，亦即有聲韻關係而已？

〔註2〕王初慶先生，〈再論《說文》說解本不及六書〉。收入《形聲專題研討會論文集》（台北：輔仁大學中國文學系，民國93年12月），185。

〔註3〕段玉裁，〈周禮漢讀考序〉。《周禮漢讀考》收入《續修四庫全書》，第80冊（上海：上海古籍出版社，1995年）。

〔註4〕林美玲，《說文讀若綜論》，國立臺灣師範大學國文研究所碩士論文，頁31。

再者，如同金鐘讚所言：「在人文科學上，沒有一個說法是不具有例外現象的。」〔註5〕因此，魯實先在下「形聲必兼會意」這樣的一個規範之時，也訂下了「狀聲之字聲不示義」、「識音之字聲不示義」、「方國之名聲不示義」、「假借之文聲不示義」四個例外現象〔註6〕。即便後來蔡信發修正到「形聲字除識音之字的聲符外，其餘都是兼義的」〔註7〕，仍然有一個例外現象。因此，可不可以用魯實先的標準，說亦聲字是形聲字，除了幾個聲韻關係相當遠的字，如「彤」、「戍」、「舌」、「羑」、「叙」、「竦」、「獸」、「昌」、「季」外；或是用林尹的體系，說亦聲字是會意字，除了一些可以用單體表義的字，如「禮」、「返」、「選」、「誼」、「鞶」、「忿」、「敵」、「甫」、「舒」、「剝」、「劃」、「憙」、「主」、「音」、「阱」外；抑或用王初慶先生的說法，認為亦聲字是會意字，而產生的原因則是由於文字的孳乳，除了一部份字，如「舞」、「匹」、「覷」、「柧」、「樊」、「舌」、「單」、「吏」之外。用這種先定立大原則，來為亦聲字作歸屬，然後再列出一部份的例外情形，或許是不錯的方式。

至於本文對亦聲字的看法，首先，個人認為，「亦聲」現象是許慎在做《說文解字》時所使用的一種術語，因為如果我們徵之甲骨、金文，可以發現，很多字在古文字當中，非但字義不是如許慎所云，連字形也有相當大的不同，甚至亦聲中所必需具有的聲符，在甲金時期也並不存在。因此，亦聲字的現象只存在於《說文》當中，而今日要探討亦聲字，也一定要站在尊重《說文》的角度上，試圖整理出一套體系。

其次，亦聲字作為一個現象，並不具有相當嚴謹的標準，這點我們可以從亦聲字中，亦聲部份與全字間聲韻關係從遠到近可略分成七大類，細分成十五種；亦聲字部件構成有時需所有部件兼備，有時只需單一部件，有時甚至無法說明；亦聲字在目前的三個《說文》傳本當中，若是從其分不從其合可列出二百六十七字，但三本都載為亦聲者，卻僅有一百四十字，僅有五成二左右。而且亦聲還有形構相同而釋語不一，以及重出之文卻說解各異的矛盾存在。甚至，如果我們想訂立一條「亦聲字的亦聲部份和全字之間必定有聲

〔註5〕 金鐘讚，《許慎說文會意字與形聲字歸類之研究》，國立臺灣師範大學國文研究所博士論文，頁289。

〔註6〕 魯實先，《假借遡源》（台北：文史哲出版，民國62年），頁36～65。

〔註7〕 蔡信發，〈形聲字聲符兼義之商兌〉。收入《第六屆中國訓詁學全國學術研討會論文集》（台北：銘傳大學應用中文系，民國92年3月），頁5。

韻關係」，都會因為唯一的例外「鴈」而無法作一個完全的肯定。

因此，本文認為，如果要對亦聲字做一個歸類，可以採取分類的方式。早在清代，王筠對亦聲現象做規範時就說：

> 言亦聲者凡三種：會意字而兼聲者一也，形聲字而兼意者二也，分別文之在本部者三也。會意字之從義兼聲者為正，主義兼聲者為變。若分別文則不然，在異部者概不言義，在本部者概以主義。〔註8〕

把《說文》亦聲字分為「會意兼聲」的會意字，「形聲兼義」的形聲字兩大類，另外，又立一「分別文在本部」的特殊狀況。近人任胜國在〈《說文》亦聲字說略〉中，也曾將亦聲字分成：

> 一、分化孳乳字：
>
> ①亦聲偏旁是本字，亦聲字是累增字，二者為對等關係。
>
> ②亦聲偏旁是本字，亦聲字是區別字，二者是本義，與引申義關係
>
> ③聲偏旁為借字，亦聲字為區別字，兩者有通借關係。
>
> 二、會意兼聲字
>
> ①亦聲字从亦聲偏旁本義得義。
>
> ②亦聲字从亦聲偏旁引申義得義。〔註9〕

類似這樣，將亦聲字分成幾大類，以此來對亦聲字做規範，是本文認為較為允當的作法，因為，無論用什麼樣的方式試圖作一個歸類——用諸體皆表義當作會意、用有帶聲符當作形聲、用文字發展的過程說是孳乳字——都會有例外的情形產生。所以，亦聲字並非鐵板一塊，而是可以分成許多小類。最後，由第二章的分析可以看出，亦聲應該和聲韻較有關係，至於構形上，則參差較大，且有很多不可解的地方，或者是許慎用太過進步的小篆來解字，導致問題的產生。又可知許慎在解字時，於構形部份，有用本義，有用引伸義，有用假借等等。今試用例外較少的聲韻關係，將亦聲字歸在形聲一類，而分正例變例〔註10〕，將亦聲字

〔註8〕王筠，《說文釋例》（北京：中華書局，1985年），頁54。

〔註9〕任胜國，〈《說文》亦聲字說略〉煙台師範學院學報（哲學社會科學版），1994年1期，頁46～48。

〔註10〕當然，同樣的方式也可以運用在將亦聲字視為會意、將亦聲字視為孳乳。

分類如下，作為本文的結論：

　　一、正例：亦聲字與所从之亦聲部份，聲韻關係較為相近者：

　　　　①雙聲疊韻者，如禮、晨、雖、婚、鑿等。

　　　　②聲同韻近者，如莫、冥等。

　　　　③韻同聲近者，如春、泮、甫、冠、敓等。

　　　　④聲近韻近者，如博、叓、息、舌等。

　　　　⑤韻同者，如吏、單、䫲、壹、酒等。

　　二、變例：亦聲字與所从之亦聲部份，聲韻關係較為疏遠者

　　　　①韻部旁轉者，如彤、戍等。

　　　　②韻部對轉者，如舌、羡、奴、竦、獸等。

　　三、例外：亦聲字與所从之亦聲部份，聲韻關係極遠和無聲韻關係者：

　　　　①韻部旁對轉者，如昌、季。

　　　　②無聲韻關係者，如雁。

　　不過，雖然本文將亦聲歸到形聲並且作了這樣的分類，但是並不表示本文認為亦聲字和一般的形聲字沒有差別。如同王初慶先生所言：「惟亦聲字介於會意與形聲之間，主其為會意者，亦應重視「亦聲」之寓意；主其為形聲者，則不可忽略其即聲即義之事實。」〔註11〕蔡信發也說：「《說文》亦聲字的釋語是『从某某，某亦聲』與一般『从某某聲』的形聲字應無差別。如一定要區分二者之異，則只是亦聲字的聲符表義作用較為顯明罷了。」〔註12〕兩位先生對於亦聲字的看法，一主會意、一主形聲，但是都同意亦聲字的聲符表義性質相當強，這和一般「从某某聲」的形聲字顯然有一些差異。除此之外，如果從文字發展來看，有相當多的亦聲字可以視為孳乳字，這一點也不能夠忽略。因此，雖然本文將之列在形聲，但是所採取的是一個比較寬的標準，即是以聲韻關係為主，所切入的立足點是絕大多數的亦聲字和它的亦聲部份都有相當密切的關係這一點之上，但是絕對不能因此而忽略了聲韻關係之外的形義關係、孳乳關係等特色。

　　另，在論文寫作的過程中，發現亦聲字的出現有時相當集中，例如「羡」

〔註11〕王初慶先生，《中國文字結構——六書釋例》（台北：洪葉文化，2003 年），頁 396。
〔註12〕蔡信發，〈段注會意形聲之商兌〉，收入《說文商兌》，頁 181。

部之下的「羑」、「僕」、「龒」〔註13〕，整個部首的字都是亦聲字；又如「茻」部之下的「莫」、「莽」、「葬」字〔註14〕，「句」部之下的「拘」、「笱」、「鉤」字〔註15〕，「丩」部之下的「茻」、「糾」〔註16〕，「丶」部之下的「主」、「音」〔註17〕，是除了部首之外，整個部首所屬的文字都是亦聲字；再如「井」部下的「阱」、「刱」〔註18〕，「夰」部下的「睪」、「奰」、「昦」〔註19〕，則是一個部首當中，絕大多數字都是亦聲字；至於像「咢」、「單」、「喪」這三個字〔註20〕，雖分屬「吅」、「哭」兩個部首，可是也相當的接近。至於為什麼會有這樣的情形？由於可供判斷的資料太少，因此本文不敢率爾枉說，只能在最後揭示出在《說文》亦聲字中還存在這樣一個可以探討的問題。

〔註13〕 此三字都是三本皆有之亦聲字。

〔註14〕 「莫」字為小徐、段注有之亦聲字，「莽」字為三本皆有之亦聲字，「葬」字為小徐、段注有之亦聲字。

〔註15〕 「拘」、「笱」、「鉤」皆是三本均有的亦聲字。

〔註16〕 「茻」字屬三本皆有之亦聲字，「糾」字則為段注獨有之亦聲字。

〔註17〕 此二字都是三本皆有之亦聲字。

〔註18〕 兩字都是三本皆有之亦聲字。

〔註19〕 「睪」字是大徐、段注有之亦聲字，「奰」、「昦」則是三本皆有之亦聲字。

〔註20〕 「咢」字為小徐、段注有之亦聲字，「單」字為三本皆有之亦聲字，「喪」字為大徐、段注有之亦聲字。

參考書目

一、書籍專著部份

（一）原典部份

1. 東漢・許慎撰、南唐・徐鉉校定，說文解字真本，臺四版，台北：臺灣中華書局，民國 75 年 5 月，清乾隆大興朱筠仿宋重雕本。

2. 東漢・許慎撰、南唐・徐鉉校定、民國・黃侃批校，黃侃手批說文解字，1987 年 7 月，清嘉慶陽湖孫星衍仿宋小字本。

3. 東漢・許慎撰、南唐・徐鉉校定，說文解字，北京：中華書局，2003 年 1 月，清同治番禺陳昌治翻孫刻一篆一行本。

4. 南唐・徐鍇，說文解字繫傳，北京：中華書局，1987 年 10 月，清道光祁巂藻影宋重刻本。

5. 東漢・許慎撰、清・段玉裁注，說文解字注，台北：洪葉文化事業有限公司，1998 年 10 月，經韻樓本。

6. 清・桂馥，說文解字義證，北京：中華書局，1987 年 7 月，描修湖北崇文書局本。

7. 清・王筠，說文釋例，北京：中華書局，1985 年 1 月，道光三十年刻本。

8. 清・王筠，說文解字句讀，北京：中華書局，1988 年 11 月。

9. 清・朱駿聲，說文通訓定聲，台北：世界書局，民國 59 年 9 月。

10. 清・莫友芝，唐寫本說文解字木部箋異，台北：藝文印書館，民國 54 年，藝文印書館四庫善本叢書本。

11. 民國·楊家駱編，說文解字詁林正補合編，台北：鼎文書局，四版，民國 86 年九月。

12. 清·張度，說文解字索引，台北：藝文印書館，民國 55 年，藝文印書館百部叢書集成靈鶼閣叢書本。

13. 清·徐灝，說文解字注箋，收入上海古籍出版社編，《續修四庫全書》，第 225～227 冊，上海：上海古籍出版社，1995 年。

14. 清·錢坫，說文解字斠詮，收入上海古籍出版社編，《續修四庫全書》，第 221 冊，上海：上海古籍出版社，1995 年。

（二）近人著作

1. 廖平，六書舊義，收入上海古籍出版社編，《續修四庫全書》，第 228 冊，上海：上海古籍出版社，1995 年。

2. 蔣伯潛，文字學纂要，台北：正中書局，民國 41 年 10 月。

3. 錢玄同·朱宗萊，文字學音篇·文字學形義篇，三版，台北：臺灣學生書局，民國 58 年 3 月。

4. 帥鴻勳，六書商榷，台北：正中書局，民國 58 年 4 月。

5. 江舉謙，說文解字綜合研究，台中：東海大學，民國 59 年元月。

6. 章炳麟，國學略說，台北：學藝出版社，民國 60 年 4 月。

7. 魯實先，假借遡源，台北：文史哲出版社，民國 62 年 10 月。

8. 杜學知，六書今議，台北：正中書局，民國 66 年 10 月。

9. 王力，同源字典，北京：商務印書館，1982 年 10 月。

10. 李國英，說文類釋，修訂三版，台北：南嶽出版社，民國 73 年 8 月。

11. 黃永武，形聲多兼會意考，台北：文史哲出版社，1984 年 10 月。

12. 馬敘倫，說文解字六書疏證，上海：上海書店，1985 年 4 月。

13. 魯實先，珍本文字析義真蹟，台北：魯實先全集編輯委員會，1993 年 6 月。

14. 弓英德，六書辨正，台北：臺灣商務印書館，二版，1995 年 6 月。

15. 龍宇純，中國文字學，台北：五四書店，定本再版，民國 85 年 9 月。

16. 王師初慶，中國文字結構析論，台北：文史哲出版社，四版，民國 86 年 9 月。

17. 林尹，文字學概說，台北：正中書局，1998 年 9 月。

18. 蔡信發，說文商兌，台北：萬卷樓，民國 88 年 9 月。

19. 許錟輝，文字學簡編·基礎篇，台北：萬卷樓，民國 88 年 10 月。

20. 蔡信發，六書釋例，台北：萬卷樓，民國 90 年 10 月。

21. 白川靜，白川靜著作集·別卷：說文新義，東京：平凡社，2002 年 1 月。

22. 王師初慶，中國文字結構——六書釋例，台北：洪葉文化，2003 年 11 月。

23. 陳新雄，古音研究，台北：五南圖書，民國 85 年 11 月。

24. 沈寶春，桂馥的六書學，台北：里仁書局，民國 93 年 6 月。

二、學位論文部份

1. 曾勤良，二徐說文會意形聲字考異，輔仁大學中文研究所碩士論文，民國 56 年。

2. 劉煜輝，說文亦聲考，中國文化學院中國文學研究所碩士論文，民國 59 年。

3. 張達雅，說文諧聲字研究，東海大學中文研究所碩士論文，民國 68 年。

4. 徐士賢，說文亦聲字二徐異辭考，國立臺灣大學中國文學研究所碩士論文，民國 79 年。

5. 金鐘讚，許慎說文會意字與形聲字歸類之原則研究，國立臺灣師範大學國文研究所博士論文，民國 81 年。

6. 闕蓓芬，說文段注形聲會意之辨，國立中央大學中文研究所碩士論文，民國 82 年。

7. 巫俊勳，說文解字分部法研究，輔仁大學中國文學研究所碩士論文，民國 83 年。

8. 劉雅芬，《說文》形聲字構造理論研究，國立成功大學中國文學研究所碩士論文，民國 87 年。

9. 鄭佩華，《說文解字》形聲字研究，國立臺灣師範大學國文研究所碩士論文，民國 87 年。

10. 莊舒卉，說文解字形聲考辨，國立成功大學中文研究所碩士論文，民國 89 年。

11. 張進明，《說文解字》會意探原，靜宜大學中國文學研究所碩士論文，民國 90 年。

12. 馬偉成，王筠《說文解字句讀》「聲符兼義」探析，逢甲大學中文研究所碩士論文，民國 91 年。

13. 黃婉寧，《說文》誤形聲為會意字考，國立臺灣師範大學國文研究所碩士論文，民國 91 年。

14. 劉承修，《說文》形聲字形符綜論，東吳大學中國文學研究所碩士論文，民國 91 年。

15. 方怡哲，六書與相關問題研究，東海大學中國文學研究所博士論文，民國 92 年。

16. 吳憶蘭，徐鍇六書說研究，中國文化大學中國文學研究所博士論文，民國九十二年。

三、單篇論文部份

1. 施人豪，說文所載形聲字誤為會意字考，女師專學報，2 期（民國 61 年 8 月）：頁 265～278。

2. 施人豪，說文所載形聲字誤為會意字續考，女師專學報，4 期（民國 63 年 3 月）：頁 261～288。

3. 高明，說文解字傳本考，東海學報，16 期（民國 64 年 6 月）：頁 1～19。

4. 高明，說文解字傳本續考，東海學報，18 期（民國 66 年 6 月）：頁 1～24。

5. 王英明，對「聲符兼義」問題的再認識，語言文字學，語言文字學，1990 年 3 期：頁 25～33。

6. 金鐘讚，由文說論《說文》亦聲字，第五屆國際寄第十四屆全國聲韻學學術研討會，新竹：新竹師範學院語文教育系，民國 85 年 5 月。

7. 任胜國，《說文》亦聲字說略，煙台師範學院學報（哲學社會科學版），1994 年 1 期：頁 46～49。

8. 呂慧茹，《說文解字》亦聲說之檢討，東吳中文研究集刊，6 期（民國 88 年 5 月）：頁 137～160。

9. 李師添富，段玉裁形聲說商兌，紀念陳伯元教授榮譽退休學術研討會論文集，台北：洪葉文化，2000 年：頁 87～95。

10. 吳東平，《說文解字》中的「亦聲」研究，山西師大學報（社會科學版），2002 年 3 期：頁 145～148。

11. 蔡信發，形聲字聲符兼義之商兌，第六屆中國訓詁學全國學術研討會，台北：銘傳大學應用中文系，民國 92 年 3 月 20、21 日。

12. 沈林，《說文》「亦聲字」讀若探求，重慶教育學院學報，2002 年 5 期：頁 49～51。

13. 朴真哲，《說文》亦聲說之檢討，東吳中文研究集刊，10 期（民國 92 年 9 月 15 日）：頁 21～32。

14. 蔡信發，段注《說文》會意有輕重之商兌，第十五屆中國文字學國際學術研討會，台北：輔仁大學中文系，民國 93 年 4 月 17、18 日。

15. 馬偉成，《說文解字》部首亦聲字初探，第十五屆中國文字學國際學術研討會，台北：輔仁大學中文系，民國 93 年 4 月 17、18 日。

16. 王宏傑，《說文》亦聲字之「會意兼聲」性質初探，輔大中研所學刊，14 期（民國 93 年 9 月）：頁 53～81。

17. 王師初慶，再論《說文》說解本不及六書，許錟輝教授七秩祝壽論文集，台北：萬卷樓圖書，2004 年 9 月：頁 281～295。

18. 陳新雄，從形聲立場看六書體用與造字之本說，形聲專題學術研討會，台北：輔仁大學中文系，民國 93 年 12 月 18 日。

19. 許錟輝，從四體六法說看形聲，形聲專題學術研討會，台北：輔仁大學中文系，民國 93 年 12 月 18 日。

20. 李宗焜，龍宇純先生六書形聲說，形聲專題學術研討會，台北：輔仁大學中文系，民國 93 年 12 月 18 日。

21. 王師初慶，形聲探微，形聲專題學術研討會，台北：輔仁大學中文系，民國 93 年 12 月 18 日。

附錄　《說文解字》亦聲字表

　　亦聲字整理，今以弓英德先生〈段注說文亦聲字探究〉一文中所整理之表格最為條理井然，然亦不免有所罅漏，如於大徐本亦聲字中缺「䞓」；小徐本亦聲字中缺「莫」、「孝」、「戌」；段注本亦聲字中缺「轎」、「戌」；三本皆有之亦聲字缺「㹴」、「幽」、「銑」、「酒」；段注亦聲字缺「氂」、「君」、「命」、「癹」、「齔」……等多字。又誤以大徐所無之「挈」為亦聲字。闕誤不可謂不多，龍宇純於《中國文字學》一書中早已提及[註1]。然今學者論《說文》亦聲字，尚多引用弓氏之表格。雖云以有小疵之資料，未必無法得出正確之結論，然亦應避免。故今重新校讀大徐、小徐、段注三本《說文》，為此附錄。大徐本以大興朱筠仿宋重雕本、小徐本以燾陽祁雋藻影宋抄重雕本、段注本以經韵樓本為底本。又弓表中，合段注亦聲、大徐新附、小徐注等亦聲字於一表，今離析之，分為五表。

一、大徐、小徐、段注三本亦聲字對照表

編號	部首	小篆	正楷	大徐本	小徐本	段注本	備註	頁數
1	一	吏	吏	从一。从史。史亦聲。	從一。從史。史亦聲。	从一。从史。史亦聲。		34

[註1] 龍宇純，《中國文字學》（台北：五四書店，民國 85 年，定本再版），頁 307。

2	示	禮	禮	从示。从豐。豐亦聲。	從示。從豐。豐亦聲。	从示。从豐。豐亦聲。		34
3	示	祏	祏	从示。从石。石亦聲。	從示石。石亦聲。	从示石。石亦聲。		35
4	示	禬	禬	从示。从會。會亦聲。	從示。會聲。	從示。會聲。		35
5	玉	琥	琥	从玉。从虎。虎亦聲。	從玉。虎聲。	從玉。虎聲。		36
6	玉	瓏	瓏	从玉。从龍。龍亦聲。	從玉。龍聲。	從玉。龍聲。		36
7	玉	瑁	瑁	从玉冒。冒亦聲。	從玉冒。冒亦聲。	从玉冒。冒亦聲。		37
8	玉	珥	珥	从玉耳。耳亦聲。	從玉耳。耳亦聲。	从玉耳。耳亦聲。		37
9	玉	玲	玲	从玉。从含。含亦聲。	從玉。從含。含亦聲。	从玉含。含亦聲。		38
10	丨	於	於	从丨。从㣊。㣊亦聲。	從丨㣊。亦聲。	从丨㣊。㣊亦聲。		38
11	屮	岁	岁	从屮。从分。分亦聲。	從屮分。分亦聲。	从屮。分聲。		39
12	艸	蒀	蒀	从艸風。	從艸風。風亦聲。	从艸風。風亦聲。		39
13	艸	菋	菋	从艸柔。柔亦聲。	從艸柔。柔亦聲。	从艸柔。柔亦聲。		40
14	艸	春	春	从艸。从日。屯聲。	從艸。從日。屯亦聲。	从日艸屯。屯亦聲。		40
15	茻	莫	莫	从日在茻中。	從日在茻中。茻亦聲。	从日在茻中。茻亦聲。		41
16	茻	莽	莽	从犬。从茻。茻亦聲。	從犬。從茻。茻亦聲。	从犬茻。茻亦聲。		41
17	茻	葬	葬	从死在茻中。	從死在茻中。茻亦聲。	从死在茻中。茻亦聲。		42
18	八	公	公	从重八。亦聲。	從重八。亦聲。	从重八。		42
19	八	必	必	从八弋。弋亦聲。	從八。弋聲。	从八弋。八亦聲。		43
20	半	胖	胖	从半。从肉。半亦聲。	從肉。從半。半亦聲。	从肉半。半亦聲。		44
21	半	叛	叛	从半。反聲。	從半。反聲。	从半反。半亦聲。	段注：按，各本云半也，从半反聲，轉寫者多奪字耳	44

22	牛	牭	牭	从牛。从四。四亦聲。	從牛四。四亦聲。	从牛四。四亦聲。		45
23	牛	犓	犓	从牛芻。芻亦聲。	從牛芻。芻亦聲。	从牛芻。芻亦聲。		45
24	牛	掔	掔	从牛。从臤。臤亦聲。	從牛臤。臤亦聲。	从牛臤。臤亦聲。		45
25	吅	咢	咢	从吅。屰聲。	從吅屰。亦聲。	从吅屰。屰亦聲。		46
26	吅	單	單	从吅里。吅亦聲。	從吅里。吅亦聲。	从吅里。吅亦聲。		46
27	哭	喪	喪	从哭。从亾。亾亦聲。	從哭。亾聲。	从哭亡。亡亦聲。		47
28	走	趣	趣	从夭。龠聲。	從走。從龠。龠亦聲。	從走。龠聲。		48
29	辵	遷	遷	从辵。从罙。罙亦聲。	從辵罙。罙亦聲。	從辵屰。屰亦聲。		48
30	辵	返	返	从辵。从反。反亦聲。	從辵反。反亦聲。	从辵反。反亦聲。		49
31	辵	選	選	从辵巽。巽亦聲。	從辵巽。巽亦聲。	从辵巽。巽亦聲。		49
32	彳	徖	徖	从彳。从柔。柔亦聲。	從彳柔。柔亦聲。	从彳。柔聲。		50
33	齒	齨	齨	从齒。从臼。臼亦聲。	從齒。臼聲。	从齒臼。臼亦聲。		50
34	齒	齰	齰	从齒。从骨。骨亦聲。	從齒。骨聲。	从齒骨。骨亦聲。		51
35	牙	𤘘	𤘘	从牙。从奇。奇亦聲。	從牙奇。奇亦聲。	从牙奇。奇亦聲。		51
36	疋	疋	疋	从疋。疋亦聲。囵象疋形。	從疋囵。囵象疋形。	从疋。疋亦聲。囵象疋形。		52
37	疋	延	延	从爻。从疋。疋亦聲。	從爻疋。亦聲。	从爻疋。疋亦聲。		52
38	舌	舌	舌	从干。从口。干亦聲。	從干口。干亦聲。	从干口。干亦聲。		53
39	句	拘	拘	从句。从手。句亦聲。	從句手。句亦聲。	从手句。句亦聲。		53
40	句	笱	笱	从竹。从句。句亦聲。	從竹句。句亦聲。	从竹句。句亦聲。		54
41	句	鉤	鉤	从金。从句。句亦聲。	從金句。句亦聲。	从金句。句亦聲。		54

42	屮	𦮔	芺	从屮。从丩。丩亦聲。	從屮丩。丩亦聲。	从屮丩。丩亦聲。		55
43	丩	糾	糾	从糸丩。	從糸。丩聲。	从糸丩。丩亦聲。	段注:丩亦二字今補。	55
44	十	博	博	从十。从尃。	從十尃。亦聲。	从十尃。亦聲。		55
45	十	劦	劦	从十。力聲。	從十。力聲。	从十力。力亦聲。	段注:力亦二字今補。	56
46	言	詵	詵	从言。从先。先亦聲。	從言先。先亦聲。	从言先。先亦聲。		56
47	言	詔	詔	从言。从召。召亦聲。	從言。從召。召亦聲。	（闕）		57
48	言	警	警	从言。从敬。敬亦聲。	從言敬。敬亦聲。	从言敬。敬亦聲。		57
49	言	誼	誼	从言。从宜。宜亦聲。	從言宜。亦聲也。	从言宜。宜亦聲也。		58
50	言	諰	諰	从言。从思。	從言。思聲。	从言思。思亦聲。	段注:思亦二字今補。	58
51	言	訋	訋	从言。从口。口亦聲。	從言口。口亦聲。	从言口。口亦聲。		59
52	羊	羹	羹	从羋。从廾。廾亦聲。	從羋。從収。収亦聲。	从羋。从廾。廾亦聲。		59
53	羊	儀	僕	从人。从羊。羊亦聲。	從人。從羊。羊亦聲。	从人羊。羊亦聲。		60
54	羊	羹	羹	从羊。从八。八亦聲。	從羊。從八。八亦聲。	从羊八。八亦聲。		60
55	𦬠	樊	樊	从𦬠。从棥。棥亦聲。	從𦬠棥。亦聲。	從𦬠棥。棥亦聲。		61
56	晨	晨	晨	从臼。从辰。辰亦聲。	從臼辰。亦聲。	从臼辰。辰亦聲。		61
57	爨	釁	釁	从爨省。从酉。从分。分亦聲。	從爨省。酉。從分。分亦聲。	从爨省。从酉。从分。分亦聲。		62
58	革	鞣	鞣	从革。从柔。柔亦聲。	從革。柔聲。	从革柔。柔亦聲。		62
59	革	鞅	鞅	从革。从夾。夾亦聲。	從革。從夾。夾亦聲。	从革。夾聲。		63
60	爪	采	采	古文孚。从禾、古文保。	古文孚。從古文保。保亦聲。	古文孚。从禾、古文保。保亦聲。		63
61	又	叔	叔	从又持崇。崇亦聲。	從又持崇。	从又持崇。		64

62	几	鳧	鳧	从鳥。几聲。	从鳥。几聲。	从几鳥。几亦聲。	段注:各本作從鳥几聲，今補正。	64
63	攴	整	整	从攴。从束。从正。正亦聲。	從攴。從束正。亦聲。	从攴。从束正。正亦聲。		65
64	攴	政	政	从攴。从正。正亦聲。	從攴。正聲。	从攴正。正亦聲。		65
65	攴	敆	敆	从攴。从合。合亦聲。	從攴。合聲。	从攴合。合亦聲。		66
66	攴	敡	敡	从攴。从易。易亦聲。	從攴。從易。易亦聲。	从攴。从易。易亦聲。		66
67	攴	敤	敤	从攴。从辜。辜亦聲。	從攴辜。	从攴辜。辜亦聲。		67
68	攴	敽	敽	从攴。从矞。矞亦聲。	從攴。矞聲。	从攴。矞聲。		67
69	攴	敳	敳	从攴。从豈。豈亦聲。	從攴豈。豈亦聲。	从攴豈。豈亦聲。		68
70	用	甫	甫	从用父。父亦聲。	從用父。父亦聲。	从用父。父亦聲。		68
71	目	𥄲	𥄲	从目。从延。延亦聲。	從目。從延。延亦聲。	从目。从延。延亦聲。		69
72	目	瞑	瞑	从目冥。冥亦聲。	從目冥。冥亦聲。	从目冥。		69
73	目	眇	眇	从目。从少。少亦聲。	從目少。亦聲。	从目少。	段注:少亦聲。	70
74	鼻	齅	齅	从鼻。从臭。臭亦聲。	從鼻臭。臭亦聲。	从鼻臭。臭亦聲。		70
75	皕	奭	奭	从大。从皕。皕亦聲。	從大。從皕。皕亦聲。	从大。从皕。皕亦聲。		71
76	隹	雊	雊	从隹。从句。句亦聲。	從隹句。句亦聲。	从隹句。句亦聲。		71
77	隹	雁	雁	从隹。瘖省聲。或从人。人亦聲。	從隹。疒省聲。或從人。人亦聲。	从隹。从人。瘖省聲。		72
78	首	𩠲	莫	从首。从火。首亦聲。	從首火。首亦聲。	从首。从火。首亦聲。		72
79	羊	羌	羌	从人。从芊。芊亦聲。	從人。從羊。羊亦聲。	从羊儿。羊亦聲。		73
80	瞿	瞿	瞿	从隹。从䀠。䀠亦聲。	從隹䀠。亦聲。	从隹䀠。䀠亦聲。		74

81	丝	幽	幽	从山中丝。丝亦聲。	從山中丝。丝亦聲。	从山丝。 丝亦聲。		74
82	叀	叀	叀	从幺省。中、財見也。中亦聲。	從幺省。中、財見也。中亦聲。	从幺省。从中。中、財見也。田象謹形。中亦聲。		74
83	予	舒	舒	从舍。从予。予亦聲。	從舍。予聲。	从予。舍聲。		75
84	叔	叔	叔	从又。从屮。	從又。從屮。屮亦聲。	从又卪。卪亦聲。		76
85	叔	叔	叔	从叔。从井。井亦聲。	從叔井。井亦聲。	从叔井。井亦聲。		76
86	屮	殯	殯	从屮。从賓。賓亦聲。	從屮賓。賓亦聲。	从卪賓。賓亦聲。		77
87	肉	瘷	瘷	从疒。从朿。朿亦聲。	從疒朿。朿亦聲。	从疒朿。朿亦聲。		77
88	肉	腥	腥	从肉。从星。星亦聲。	從肉星。星亦聲。	从肉星。星亦聲。		78
89	刀	剝	剝	从刀。從录。录亦聲。	從刀。录聲。	从刀录。录亦聲。		78
90	刀	劃	劃	从刀。从畫。畫亦聲。	從刀畫。畫亦聲。	从刀畫。畫亦聲。		78
91	刀	劑	劑	从刀。从齊。齊亦聲。	從刀。齊聲。	从刀。齊聲。		79
92	刀	刺	刺	从刀。从朿。朿亦聲。	從刀。從朿。朿亦聲。	从刀朿。朿亦聲。		79
93	竹	筑	筑	从竹。从巩。竹亦聲。	從巩。從竹。亦聲。	从巩竹。竹亦聲。		80
94	竹	籆	籆	从竹。从塞。塞亦聲。	從竹塞。塞亦聲。	从竹塞。塞亦聲。		81
95	开	迎	迓	从辵。从开。开亦聲。	從辵。從开。开亦聲。	从辵六。六亦聲。		81
96	甘	曆	曆	从甘。从麻。甘亦聲。	從甘麻。甘亦聲。	从甘麻。甘亦聲。		81
97	曰	曹	曶	从曰。从冊。冊亦聲。	從曰冊。	从曰。从冊。冊亦聲。		82
98	可	可	可	从口丂。丂亦聲。	從口丂。丂亦聲也。	从口丂。丂亦聲。		82
99	于	呼	呼	从口。从亏。亏亦聲。	從口。從亏。亏亦聲。	从口亏。亏亦聲。		83

100	喜	憙	憙	从心。从喜。喜亦聲。	從心喜。喜亦聲。	从心喜。喜亦聲。		83
101	豈	愷	愷	从心豈。豈亦聲。	從心豈。豈亦聲。	从豈心。豈亦聲。		84
102	慮	鑪	艫	从慮宓。宓亦聲。	從慮宓。宓亦聲。	从慮宓。宓亦聲。		84
103	血	盡	盡	从血。聿聲。	從血聿。聿亦聲。	从血。聿聲。		84
104	◀	坒	主	从坒。象形。从丨。丨亦聲。	從坒。象形。從丨。丨亦聲。	坒。象形。从丨。丨亦聲。		85
105	◀	啇	音	从丨。从否。否亦聲。	從否。從丨。否亦聲。	从丨。从否。丨亦聲。		85
106	丹	彤	彤	从丹。从彡。	從丹彡。彡亦聲。	从丹彡。彡亦聲。		86
107	井	阱	阱	从𦥑。从井。井亦聲。	從𦥑井。井亦聲。	从𦥑井。井亦聲。		87
108	井	刱	刱	从井。从刀。井亦聲。	從刀井。井亦聲。	从刀井。井亦聲。		87
109	食	饗	饗	从倉。从鄉。鄉亦聲。	從鄉。從食。鄉亦聲。	从鄉。从倉。鄉亦聲。		87
110	食	餽	餽	从倉。从鬼。鬼亦聲。	從食鬼。鬼亦聲。	从倉鬼。鬼亦聲。		88
111	會	𥬱	晉	从會。从辰。辰亦聲。	從會辰。辰亦聲。	从會辰。會亦聲。		88
112	舜	舞	舜	象形。从舛。舛亦聲。	象形。從舛。亦聲。	象形。从舛。舛亦聲。		89
113	木	朻	朻	从木。丩聲。	從木丩。丩亦聲。	從木丩。丩亦聲。		89
114	木	栅	栅	从木。从冊。冊亦聲。	從木。冊聲。	從木。冊聲。		90
115	木	櫹	櫹	从木。晶聲。	從木晶。亦聲。	從木。從晶。晶亦聲。	唐寫本作：從木晶。晶亦聲。	90
116	木	枰	枰	从木。从平。平亦聲。	從木。平聲。	從木平。平亦聲。		91
117	木	杽	杽	从木。从手。手亦聲。	從木手。手亦聲。	從木手。手亦聲。	唐寫本作：從木手。手亦聲。	91
118	木	樟	樟	从木。章聲。	從木。章聲。	從木章。章亦聲。	段注：章亦二字今補。	92

119	出	糶	糶	从出。从糶。糶亦聲。	從出。從糶。糶亦聲。	从出。从糶。糶亦聲。		92
120	貝	貧	貧	从貝。从分。分亦聲。	從貝。分聲。	从貝分。分亦聲。	小徐注：當言。分亦聲。脫誤也。	93
121	邑	鄯	鄯	从邑。从善。善亦聲。	從邑善。善亦聲。	从邑善。善亦聲。		93
122	日	晃	晃	从日。兂聲。	從日光。光亦聲。	从日。兂聲。		94
123	日	晛	晛	从日。从見。見亦聲。	從日見。見亦聲。	从日見。見亦聲。		94
124	日	昌	昌	从日。从曰。	從日。從曰。曰亦聲。	从日。从曰。	小徐注：此會意字，言亦聲，後人妄加之，非許慎本言也。	95
125	𣎆	旄	旄	从𣎆。从毛。毛亦聲。	從𣎆。毛聲。	从𣎆。毛聲。		95
126	冥	冥	冥	从日。从六。冖聲。	從日六。冖聲。	从日六。从冖。冖亦聲。	小徐注：當言。冖亦聲。傳寫脫誤。 段注云：依小徐說補。	96
127	弓	函	函	象形。舌體弓弓。从弓。弓亦聲。	象形。舌體弓弓。弓亦聲。	舌體弓弓。从弓。象形。弓弓亦聲。		96
128	束	柬	柬	从木弓。弓亦聲。	從木弓。弓亦聲。	从木弓。弓亦聲。		97
129	鼎	鼏	鼏	（闕）	（闕）	从鼎冖。冖亦聲。		97
130	穴	窞	窞	从穴。从臽。臽亦聲。	從穴。從臽。臽亦聲。	从穴臽。臽亦聲。		98
131	穴	窺	窺	从穴中正見也。正亦聲。	從穴中正見。正亦聲。	从穴中正見。正亦聲。		98
132	疒	瘧	瘧	从疒。从虐。虐亦聲。	从疒虐。虐亦聲。	从疒虐。虐亦聲。		99
133	冖	冠	冠	从冖。从元。元亦聲。	從冖元。元亦聲。	从冖元。元亦聲。		99
134	冖	冣	冣	从冖。从取。取亦聲。	從冖取。取亦聲。	从冖取。取亦聲。		100

135	网	兩	兩	从一。网平分。网亦聲。	從一。從网。网亦聲。	從一网。网亦聲。		100
136	网	羉	羉	从网繯。繯亦聲。	從网繯。繯亦聲也。	從网繯。繯亦聲。		101
137	网	罶	罶	从网留。留亦聲。	從网。畱聲。	從网畱。畱亦聲。	小徐注：當言。畱亦聲。脫亦字。	101
138	㪜	㪜	敝	从攴。从㡀。㡀亦聲。	從㡀。從攴。㡀亦聲。	從㡀。從攴。㡀亦聲。		102
139	人	仲	仲	从人。从中。中亦聲。	從人中。中亦聲。	從人中。中亦聲。		102
140	人	㐌	㐌	古文伊。从古文死。	古文伊。從死。死亦聲。	古文伊。从古文死。		103
141	人	偕	偕	从人。皆聲。	從人皆。皆亦聲也。	從人。皆聲。		103
142	人	傾	傾	从人。从頃。頃亦聲。	從人。從頃。頃亦聲。	從人頃。頃亦聲。		104
143	人	儀	儀	从人。義聲。	從人義。義亦聲。	從人。義聲。		104
144	人	係	係	从人。从系。系亦聲。	從人。系聲。	從人。系聲。		104
145	人	像	像	从人。从象。象亦聲。	從人象。	從人。象聲。		105
146	人	倦	倦	从人。从㑞。㑞亦聲。	從人。㷠聲。	從人㑞。㑞亦聲。		105
147	匕	化	化	从匕从人。匕亦聲。	從人。從匕。匕亦聲。	從匕人。匕亦聲。		106
148	从	從	從	从辵从。从亦聲。	從辵。從从。亦聲。	从从辵。从亦聲。		106
149	丘	屔	屔	从屾。泥省聲。	從屾。從泥省。泥亦聲。	從北。從泥省。泥亦聲。		107
150	衣	袒	袒	从衣。从日。日亦聲。	從衣。從日。日亦聲。	從衣。从日。日亦聲。		107
151	衣	褕	褕	从衣黹。黹亦聲。	從衣黹。黹亦聲。	從衣黹。黹亦聲。		108
152	毛	孝	孝	从老省。从子。	從老省。從子。老省亦聲。	从老省。从子。		108
153	見	覽	覽	从見監。監亦聲。	從見監。亦聲。	從見監。監亦聲。		108
154	欠	歊	歊	从欠高。高亦聲。	從欠高。高亦聲。	從欠高。高亦聲。		109

155	欠	歐	从欠。从鹵。鹵亦聲。	從欠。從鹵。鹵亦聲。	从欠。从鹵。鹵亦聲。		109
156	欠	欥	从欠。从曰。曰亦聲。	從欠曰。曰亦聲。	从欠曰。曰亦聲。		110
157	頁	頌	从頁叟。叟亦聲。	從頁叟。叟亦聲。	从頁叟。叟亦聲。		110
158	頁	頛	从頁。从耒。	從頁耒。亦聲。	从頁耒。亦聲。		111
159	面	靦	从面見。見亦聲。	從面見。見亦聲。	从面見。見亦聲。		111
160	須	髻	从須。从冉。冉亦聲。	從冉。冉亦聲。	从須冉。冉亦聲。		111
161	彡	彰	从彡。从章。章亦聲。	從彡。章聲。	从彡章。章亦聲。		112
162	后	听	从口后。后亦聲。	從口后。后亦聲。	从后口。后亦聲。		112
163	勹	匐	从勹。从合。合亦聲。	從勹。合聲。	从勹合。合亦聲。		113
164	屵	屵	从山厂。厂亦聲。	從山厂。厂亦聲。	从山厂。厂亦聲。		113
165	厂	庆	籒文从矢。矢亦聲。	籒文從厂矢。矢亦聲。	籒文从矢。矢亦聲。		114
166	石	碫	从石。段聲。（大徐本作「碬」）	從石。段聲。（小徐本篆作「碬」）	从石段。段亦聲。	段注：各本作「从石段聲」四字，今正	114
167	而	耏	从而。从彡。	從彡。從而。亦聲。	从彡而。而亦聲。		115
168	馬	馷	从馬。从八。	從馬。八聲。	从馬八。八亦聲。	段注：合二徐本訂。	116
169	馬	駮	从馬。从文。文亦聲。	從馬文。文亦聲。	从馬文。文亦聲。		116
170	馬	馺	从馬。从及。	從馬。及聲。	从馬及。及亦聲。	段注：合二徐本訂。	117
171	犬	猶	从犬。从音。音亦聲。	從犬。從音。音亦聲。	从犬音。音亦聲。		117
172	犬	奘	从犬。从壯。壯亦聲。	從犬。壯聲。	从犬壯。壯亦聲。		118
173	火	煣	从火柔。柔亦聲。	從火柔。柔亦聲。	从火柔。柔亦聲。		118

174	火	燓	樊	从火棥。棥亦聲。	從火棥。棥亦聲。	从火林。(段注本作「焚」)		119
175	囪	恖	恖	从心囪。囪亦聲。	從心囪。囪亦聲。	从囪。从心。囪亦聲。		119
176	尣	楇	尵	从介。从骨。骨亦聲。	從介骨。骨亦聲。	从尣骨。骨亦聲。		119
177	壹	壹	壹	从壺。吉聲。	從壺。吉聲。	从壺吉。吉亦聲。		120
178	幸	執	執	从丮。从幸。幸亦聲。	從丮幸。幸亦聲。	从丮幸。幸亦聲。		121
179	亢	䡅	䡅	从亢。从夋。亢亦聲。	從亢。從夋。亢亦聲。	从亢。从夋。亢亦聲。		121
180	夰	昦	昦	从夰。从皕。皕亦聲。	從皕。從夰。	从夰。从皕。皕亦聲。		121
181	夰	臩	奡	从百。从夰。夰亦聲。	從百。從夰。夰亦聲。	从百。从夰。夰亦聲。		122
182	夰	杲	昦	从日夰。夰亦聲。	從日夰。夰亦聲。	从日夰。夰亦聲。		122
183	大	奘	奘	从大。从壯。壯亦聲。	從大。壯聲。	从夰壯。壯亦聲。		123
184	立	竦	竦	从立。从束。	從立束。亦聲。	从立。从束。		124
185	心	息	息	从心。从自。自亦聲。	從心自。自亦聲。	从心自。		124
186	心	志	志	从心。之聲。	從心。之聲。	从心屮。屮亦聲。	段注:原作从心之聲,今又增二字	125
187	心	憼	憼	从心。从敬。敬亦聲。	從心敬。敬亦聲。	从心敬。敬亦聲。		125
188	心	恩	恩	从心。因聲。	從心。因聲。	从心因。因亦聲。	段注:依《韻會》訂	126
189	心	懭	懭	从心。从廣。廣亦聲。	從心廣。廣亦聲。	从心廣。廣亦聲。		126
190	心	慈	慈	从心。从弦。弦亦聲。	從心。弦聲。	从心弦。弦亦聲。		127
191	心	懝	懝	从心。从疑。疑亦聲。	從心疑。疑亦聲。	从心疑。疑亦聲。		127
192	心	忘	忘	从心。从亾。亾亦聲。	從心。亾聲。	从心。亡聲。		127
193	心	愾	愾	从心。从氣。氣亦聲。	從心氣。氣亦聲。	从心。氣聲。		128

194	心	患	患	从心。上貫吅。吅亦聲。	從心。上貫吅。吅亦聲。	从心。上貫吅。吅亦聲。	段注:古本當作「从心毌聲」四字。	128
195	心	恇	恇	从心匡。匡亦聲。	從心匡。匡亦聲。	从心匡。匡亦聲。		129
196	水	汭	汭	从水。从內。內亦聲。	從水。內聲。	从水內。內亦聲。		130
197	水	沕	沕	从水。从穴。穴亦聲。	從水穴。	从水穴。穴亦聲。		130
198	水	洸	洸	从水。从㿿。㿿亦聲。	從水㿿。㿿亦聲。	从水光。光亦聲。		130
199	水	派	派	从水。从厎。厎亦聲。	從水厎。厎亦聲。	从水厎。厎亦聲。		131
200	水	汲	汲	从水。从及。及亦聲。	從水。及聲。	从及水。及亦聲。		131
201	水	懘	懘	从水。从愁。愁亦聲。	從水。愁聲。	从水。愁聲。		132
202	水	洋	洋	从水。从半。半亦聲。	從水半。半亦聲。	从水半。半亦聲。		132
203	水	漏	漏	从水。扁聲。	從水。扁聲。	从水扁。扁亦聲。	段注:此依韻會而更考定之如此。	133
204	水	萍	萍	从水苹。苹亦聲。	從水苹。苹亦聲。	从水苹。苹亦聲。		133
205	不	否	否	从口。从不。不亦聲。	從口不。不亦聲。	从口不。不亦聲。		134
206	門	閨	閨	从門。圭聲。	從門圭。圭亦聲。	从門圭。圭亦聲。		134
207	門	閽	閽	从門。从昏。昏亦聲。	從門。昏聲。	从門昏。昏亦聲。		134
208	手	挻	挻	从手。从延。延亦聲。	從手。延聲。	从手延。延亦聲。		135
209	手	授	授	从手。从受。受亦聲。	從手。受聲。	从手受。受亦聲。		135
210	手	擊	擊	从手。从毀。毀亦聲。	從手。毀聲。	从手毀。毀亦聲。		136
211	手	拲	拲	从手。从共。共亦聲。	從手。共聲。	从手。其聲。		136

212	手	扣	扣	从手。口聲。	從手口。口亦聲。	从手。口聲。		137
213	女	姓	姓	从女。从生。生亦聲。	從女生。生亦聲。	从女生。生亦聲。		137
214	女	娶	娶	从女。从取。取亦聲。	從女。取聲。	从女。取聲。		138
215	女	婚	婚	从女。从昏。昏亦聲。	從女昏。	从女昏。昏亦聲。		138
216	女	姻	姻	从女。从因。因亦聲。	從女。因聲。	从女因。因亦聲。		139
217	女	妊	妊	从女。从壬。壬亦聲。	從女壬。壬亦聲。	从女壬。壬亦聲。		139
218	女	娣	娣	从女。从弟。弟亦聲。	從女。弟聲。	从女。弟聲。		140
219	女	婢	婢	从女。从卑。卑亦聲。	從女卑。卑亦聲。	从女卑。卑亦聲。		140
220	女	媄	媄	从女。从美。美亦聲。	從女。美聲。	从女。美聲。		141
221	女	奸	奸	从女。从干。干亦聲。	從女干。干亦聲。	从女。干聲。		141
222	乁	也	也	象形。	象形。乁聲。	从乁。象形。乁亦聲。	段注：又補三字。	141
223	匸	医	医	从匸。从矢。	從匸矢。矢亦聲。	从匸矢。矢亦聲。		142
224	匸	匹	匹	从八匸。八亦聲。	從匸八。八亦聲。	从匸八。八亦聲。		142
225	糸	絑	絑	从糸。从米。米亦聲。	從糸。從米。米亦聲。	从糸米。米亦聲。		143
226	糸	緉	緉	从糸。从兩。兩亦聲。	從糸。從兩。兩亦聲。	从糸网。网亦聲。		143
227	虫	螟	螟	从虫。冥聲。	從虫。從冥。冥亦聲。	从虫冥。冥亦聲。		144
228	虫	蝕	蝕	从虫。从貸。貸亦聲。（大徐本作「蝕」）	從虫。從貸。貸亦聲。（小徐本作「蝕」）	从虫貸。貸亦聲。		145
229	虫	蝕	蝕	从虫人食。食亦聲。	從虫人食。食亦聲。	从虫人食。食亦聲。		145
230	風	颭	颭	从風。从忽。忽亦聲。	從風。從忽。忽亦聲。	从風忽。忽亦聲。		146
231	黽	鼀	鼀	从黽。从尢。尢亦聲。	從黽。從尢。尢亦聲。	从黽尢。尢亦聲。		146

232	坒	坪	从土。从平。平亦聲。	從土。平聲。	从土平。平亦聲。		147
233	坰	均	从土。从勻。勻亦聲。	從土。勻聲。	从土勻。勻亦聲。		147
234	墨	墨	从土。从黑。黑亦聲。	從土黑。	从土黑。		148
235	城	城	从土。从成。成亦聲。	從土成。成亦聲。	从土成。成亦聲。		148
236	塋	塋	从土。熒省聲。	從土。營省。亦聲。	从土。營省。亦聲。		149
237	矖	矖	从田。柔聲。	從田柔。柔亦聲也。	从田柔。柔亦聲。		149
238	黃	黃	从田。从炗。炗亦聲。	從田。炗聲。	从田。炗聲。		150
239	功	功	从力。从工。工亦聲。	從力。工聲。	从力。工聲。		150
240	勮	勮	从力。从徹。徹亦聲。	從力徹。徹亦聲。	从力徹。徹亦聲。		151
241	釦	釦	从金。从口。口亦聲。	從金口。口亦聲。	从金口。口亦聲。		151
242	鏨	鏨	从金。从斬。斬亦聲。	從金斬。斬亦聲。	从金斬。斬亦聲。		151
243	鈴	鈴	从金。从令。令亦聲。	從金。令聲。	从金。令聲。		152
244	鍒	鍒	从金。从柔。柔亦聲。	從金。柔聲。	从金柔。柔亦聲。		152
245	料	料	从斗。从半。半亦聲。	從斗半。亦聲。	从斗半。半亦聲。		153
246	軓	軓	从車。从反。反亦聲。	從車。反聲。	从車反。反亦聲。		153
247	轂	轂	从車。从轂。轂亦聲。	從車轂。轂亦聲。	从車轂。轂亦聲。		154
248	輭	輭	从車。而聲。（大徐本作「輭」）	從車。而聲。（小徐本作「輭」）	从車。重而。而亦聲。	段注：各本篆作輭，解作从車而聲，今更正。	154
249	陸	陸	从𨸏。从坴。坴亦聲。	從𨸏。坴聲。	从𨸏。坴聲。		154

250	阜	圖	陷	从𨸏。从臽。臽亦聲。	從𨸏。臽聲。	从𨸏。臽聲。		155
251	阜	圖	頤	从𨸏。从頃。頃亦聲。	從𨸏。頃聲。	从𨸏。頃聲。		155
252	阜	圖	阢	从𨸏。从兀。兀亦聲。	從𨸏。兀聲。	从𨸏。兀聲。		156
253	阜	圖	隙	从𨸏。从𡭔。𡭔亦聲。	從𨸏。𡭔聲。	從𨸏𡭔。𡭔亦聲。		156
254	𩰫	圖	䦒	从𩰫。从火。遂聲。	從𩰫。從火。從遂。遂亦聲。	从𩰫。从火。遂聲。		157
255	幺	圖	𦅅	从幺。从糸。	從糸幺。幺亦聲。	从幺糸。幺亦聲。		157
256	幺	圖	𡎸	从幺。从土。	從幺。從土。	从幺土。幺亦聲。	段注：各本無此三字，今依上篆補。	158
257	宁	圖	䢃	从宁。从甾。	從甾。從宁。宁亦聲。	从宁甾。甾亦聲。		158
258	叕	圖	綴	从叕。从糸。	從糸。從叕。亦聲。	从叕糸。叕亦聲。		159
259	嘼	圖	獸	从嘼。从犬。	從犬嘼。亦聲。	从嘼。从犬。		159
260	子	圖	字	从子在宀下。子亦聲。	從宀子。子亦聲。	从子在宀下。子亦聲。		160
261	子	圖	季	从子。从稚省。稚亦聲。	從子。稚省。稚亦聲。	从子。稚省。稚亦聲。		160
262	厶	圖	疏	从㐬。从疋。疋亦聲。	從㐬。從疋。疋亦聲。	从㐬。从疋。疋亦聲。		161
263	丑	圖	肚	从丑。从肉。	從肉丑。丑亦聲。	从丑肉。丑亦聲。		161
264	丑	圖	羞	从羊。从丑。丑亦聲。	從羊。從丑。丑亦聲。	从羊丑。丑亦聲。		162
265	酉	圖	酒	从水。从酉。酉亦聲。	從水。從酉。酉亦聲。	从水酉。酉亦聲。		162
266	酉	圖	酣	从酉。从甘。甘亦聲。	從酉。甘聲。	从酉。甘聲。		163
267	戊	圖	戌	从戊含一。	從戊一。亦聲。	从戊一。一亦聲。		163

二、徐鉉注亦聲字表

編號	部首	小篆	正楷	正文說解	徐鉉注
1	殳	㸰	役	戍邊也。从殳。从彳。	彳。步也。彳亦聲。
2	血	盬	䘑	血醢也。从血。肰聲。禮記有䘑醢。以牛乾脯粱　鹽酒也。	肰。肉汁滓也。故从肰。肰亦聲。
3	夰	槀	槀	驚走也。一曰往來也。从夰䍐。周書曰。伯槀。古文䍐。古文囧字。	䍐猶　也。䍐亦聲。

三、徐鍇注亦聲字表

編號	部首	小篆	正楷	正文說解	徐鍇注
1	艸	蓏	蓏	在木曰果。在地曰蓏。從艸。㼌聲。	此當言。亦聲。寫誤少亦字也。
2	艸	墼	墼	敊或從堅。	堅亦聲。
3	艸	菜	菜	艸之可食者。從艸。采聲。	采亦聲。少亦字。
4	口	吁	吁	驚也。從口。亏聲。	當言。亏亦聲。脫誤也。
5	言	詥	詥	諧也。從言。合聲。	此少亦字。
6	放	放	放	逐也。從攴。方聲。凡放之屬皆從放。	當言。方亦聲。
7	木	櫃	櫃	（植）或從置。	置亦聲。
8	木	梳	梳	理髮也。從木。疏省聲。	當言。從木。疏省。疏亦聲。傳寫脫誤。
9	木	杵	杵	舂杵也。從木。午聲。	此當言。從午。午亦聲。
10	朩	朩	朩	艸木盛朩朩然。象形。八聲。凡朩之屬皆從朩。	當言。八亦聲。傳寫誤。少亦。
11	貝	貯	貯	積也。從貝。宁聲。	當言。宁亦聲。少亦字也。
12	貝	貶	貶	損也。從貝。從乏聲。	當言。從乏。乏亦聲。脫誤也。
13	貝	貧	貧	財分少也。從貝。分聲。	當言。分亦聲。脫誤也。
14	貝	賃	賃	庸也。從貝。任聲。	此脫亦聲字。
15	日	昵	昵	（暱）或從尼作。	尼亦聲。
16	冥	冥	冥	幽也。從日六。冂聲。日數十。十六日而月數始虧。幽也。冂聲。凡冥之屬皆從冥。	當言。冂亦聲。傳寫脫誤。

17	夕	夢	夢	不明也。從夕。瞢省聲。	當言。瞢亦聲。寫少亦字。
18	禾	穦	穦	穀可收曰穦。從禾。嗇聲。	當言。嗇亦聲。誤脫亦字。
19	穴	穴	穴	土室也。從宀。八聲。凡穴之屬皆從穴。	當言。八亦聲。
20	穴	宄	宄	窺也。從穴。九聲。	當言。九亦聲。
21	网	罶	罶	曲梁寡婦之筍。魚所畱也。從网。畱聲。	當言。畱亦聲。脫亦字。
22	帛	帛	帛	繒也。從巾。白聲。凡帛之屬皆從帛。	當言。白亦聲。脫亦字也。
23	人	企	企	舉踵也。從人。止聲。	當言。亦聲。
24	人	偏	偏	熾盛也。從人。扇聲。詩曰。偏方熾。	當言。扇亦聲。
25	人	儐	儐	道也。從人。賓聲。	當言。賓亦聲。

四、段玉裁注亦聲字表

本表所謂「段注亦聲字」者，僅止於段玉裁在注中自云「亦聲」者，因此注「亦聲」、「當云亦聲」、「當是亦聲」等，皆在本表所收錄範圍之內。至於其他非段氏自注者，如人部「俜」下云：「韵會作：『從人甹、甹亦聲』」；土部「墨」下云：「大徐有『黑亦聲』三字」；心部「息」下云：「各本此下有『自亦聲』三字」等，皆不具列。

編號	部首	小篆	正楷	正文說解	段　注
1	示	禛	禛	吕真受福也。从示。真聲。	此亦當云。从示。从真。真亦聲。
2	示	祟	祟	神禍也。从示出。	按。出亦聲。
3	玉	珩	珩	佩上玉也。从王行。所以節行止也。	此字行亦聲。
4	艸	蘪	蘪	艸木生箸土。从艸。麗聲。易曰。百穀艸木麗於地。	此當云。從艸麗。麗亦聲。
5	犛	氂	氂	犛牛尾也。从犛省。从毛。	則是犛。亦聲。
6	告	告	告	牛觸人。角箸橫木。所吕告人也。从口。从牛。易曰。僮牛之告。凡告之屬皆从告。	告亦聲。
7	口	君	君	尊也。从尹口。口吕發號。	尹亦聲。

8	口	命	命	使也。从口令。	令亦聲。
9	口	唬	唬	虎聲也。从口虎。讀若暠。	从虎口。虎亦聲也。
10	㳇	登	癹	吕足蹋夷艸。从癶。从殳。春秋傳曰。癹夷蘊崇之。	癶亦聲。
11	此	呰	呰	疵也。闕。	其形則从此。从吅。此亦聲。
12	辵	道	道	所行道也。从辵首。一達謂之道。	首亦聲。
13	彳	御	御	使馬也。从彳卸。	按。卸亦聲。
14	行	衙	衙	行且賣也。从行言。	言亦聲也。
15	行	衛	衛	宿衛也。从韋帀行。行。列也。	韋亦聲。
16	齒	齔	齔	毀齒也。男八月生齒。八歲而齔。女七月生齒。七歲而齔。从齒匕。	蓋本从匕。匕亦聲。
17	㕎	㕎	㕎	言之訥也。从口內。凡㕎之屬皆从㕎。	內亦聲。
18	言	論	論	議也。从言。侖聲。	當云。从言侖。侖亦聲。
19	言	議	議	語也。一曰謀也。从言。義聲。	當云。从言義。義亦聲。
20	言	說	說	說釋也。从言。兌聲。一曰談說。	此从言兌會意。兌亦聲。
21	言	訥	訥	言難也。从言內。	內亦聲也。
22	舁	與	與	黨與也。从舁与。	舁与皆亦聲。
23	革	鞔	鞔	鞔或从宛。	宛亦聲。
24	革	鞈	鞈	防汗也。从革。合聲。	當云。从革合。合亦聲。
25	鬥	鬩	鬩	恆訟也。詩曰。兄弟鬩於牆。从鬥兒。兒。善訟者也。	兒亦聲。
26	攴	㳵	㳵	辟㳵鐵也。从攴湅。	湅亦聲。
27	攴	敗	敗	毀也。从攴貝。賊敗皆从貝。	貝亦聲。
28	攴	畋	畋	平田也。从攴田。周書曰。畋尒田。	田亦聲。
29	用	葡	葡	具也。从用。茍省。	茍亦聲也。
30	目	眇	眇	小目也。从目少。	少亦聲。
31	白	智	智	識暜也。从白亏知。	知亦聲。
32	隹	雀	雀	依人小鳥也。从小隹。讀與爵同。	小亦聲也。

33	幺	幼	幼	少也。从幺力。	幺亦聲。
34	骨	骴	骴	鳥獸殘骨曰骴。骴。可惡也。从骨。此聲。明堂月令曰。掩骼薶骴。	從骨。從此。此亦聲。
35	可	奇	奇	異也。一曰不耦。从大。从可。	可亦聲。
36	号	號	號	嗁也。从号。从虎。	号亦聲。
37	壴	尌	尌	立也。从壴。从寸。寸。持之也。讀若駐。	壴亦聲。
38	豈	𧯷	𧯷	汔也。訖事之樂也。从豈。幾聲。	按。當云。从豈幾。幾亦聲。
39	豆	梪	梪	木豆謂之梪。从木豆。	豆亦聲。
40	豊	豑	豑	爵之次弟也。从豊弟。虞書曰。平豑東作。	當是弟亦聲也。
41	血	䀋	䀋	血醢也。从血。肬聲。禮有䀋醢。㠯牛乾脯粱　鹽酒也。	从肬而肬亦聲。
42	皀	即	即	即食也。从皀。卪聲。	此當云。从卪皀。卪亦聲。
43	亼	今	今	是時也。从亼乀。乀。古文及。	乀亦聲。
44	入	糴	糴	市穀也。从入糴。	糴亦聲。
45	㫗	覃	覃	長味也。从㫗。鹹省聲。詩曰。實覃實吁。	當作鹹省。鹹亦聲。
46	㫗	厚	厚	山陵之㫗也。从厂。从㫗。	㫗亦聲。
47	㐭	廩	廩	㐭或从广稟。	稟亦聲。
48	華	華	華	榮也。从艸𠌶。凡𠌶之屬皆从𠌶。	𠌶亦聲。
49	𨛜	𨞙	𨞙	里中道也。从𨛜共。言在邑中所共。	共亦聲。
50	㫃	旟	旟	錯革鳥其上。所㠯進士眾。旟旟。眾也。从㫃。與聲。周禮曰。州里建旟。	按此八字當作。从㫃。从與。與與。眾也。與亦聲。
51	晶	𣊫	𣊫	房星。為民田時者。从晶。辰聲。	當云。从晶。从辰。辰。時也。辰亦聲。
52	明	明	明	照也。从月囧。凡明之屬皆从明。	囧亦聲。
53	多	𡖍	𡖍	厚脣皃。从多尚。	依今音則當云。多亦聲。
54	米	𥻆	𥻆	舂糗也。从米臼。	臼亦聲。

55	宀	寷	寷	大屋也。從宀。豐聲。易曰。豐其屋。	當云。從宀豐。豐亦聲也。
56	瘳	瘳	瘳	寐而覺者也。從宀。從疒。夢聲。周禮呂日月星辰占六瘳之吉凶。一曰正瘳。二曰咢瘳。三曰思瘳。四曰寤瘳。五曰喜瘳。六曰懼瘳。凡瘳之屬皆從瘳。	夢亦聲。
57	冃	冒	冒	冡而前也。從冃目。	冃亦聲。
58	网	置	置	赦也。從网直。	直亦聲。
59	人	伍	伍	相參伍也。從人五。	五亦聲也。
60	人	仚	仚	人在山上皃。從人山。	山亦聲也。
61	衣	表	表	上衣也。從衣毛。	毛亦聲也。
62	欠	歛	歛	堅持意。口閉也。從欠緘聲。	當云。從欠緘。緘亦聲。
63	百	脜	脜	面和也。從百肉。讀若柔。	肉亦聲。
64	首	䥓	䥓	戱䰀也。從斷䰀。	斷亦聲。
65	彡	彭	彭	清飾也。從彡。青聲。	疑此當云。彭。青飾也。從彡青。青亦聲。
66	彣	彣	彣	馘也。從彡文。凡彣之屬皆從彣。	文亦聲。
67	髟	髦	髦	髦髮也。從髟毛。	毛亦聲。
68	卪	邲	邲	輔信也。從卪。比聲。虞書曰。邲成五服。	當云。從比卪。比亦聲。
69	辟	䶒	䶒	法也。從辟井。周書曰。我之不䶒。	辟亦聲。
70	勹	勼	勼	聚也。從勹。九聲。讀若鳩。	此當作。從勹九。九亦聲。轉寫奪之。
71	包	包	包	妊也。象人裹妊。巳在中。象子未成形也。元气起於子。子。人所生也。男左行三十。女右行二十。俱立。於巳為夫婦。裹妊於巳。巳為子。十月而生。男起巳至寅。女起巳至申。故男年始寅。女年始申也。凡包之屬皆從包。	包亦聲。
72	包	胞	胞	兒生裹也。從肉包。	包亦聲。
73	包	匏	匏	瓠也。從包。從瓠省。包。取其可包藏物也。	包亦聲。

74	山	嵒	峊	陬隅。高山之阝也。从山阝。	阝亦聲。
75	广	庫	庫	兵車藏也。从車在广下。	車亦聲。
76	石	碞	碞	礜碞也。从石品。周書曰。畏于民碞。讀與巖同。	品亦聲也。
77	石	䃛	䃛	上摘山巖空青。珊瑚䃛之。从石。析聲。周禮有䃛蔟氏。	从石析會意。而析亦聲也。
78	馬	騛	騛	馬逸足者也。从馬飛。司馬法曰。飛衛斯輿。	飛亦聲。
79	馬	駫	駫	馬肥盛也。从馬。光聲。詩曰。駫駫牡馬。	从馬光會意。而光亦聲。
80	馬	飆	飆	馬疾步也。从馬。風聲。	此當云。从馬風。風亦聲。或許舉聲包意。或轉寫奪扁。不可知也。
81	馬	駉	駉	牧馬苑也。从馬回。詩曰。在回之野。	回亦聲。
82	廌	廌	廌	解廌獸也。侣牛。一角。古者決訟。令觸不直者。象形。从豸省。凡廌之屬皆从廌。	此下當有豸亦聲。
83	犬	類	類	種類相侣。唯犬為甚。从犬。頪聲。	按。此當云。頪亦聲。
84	交	絞	絞	縊也。从交糸。	交亦聲。
85	壹	懿	懿	嫥久而美也。从□。从恣。省聲。	當作从心。从欠。壹亦聲。
86	心	悳	悳	外得於人。內得於己也。从直心。	直亦聲。
87	心	愘	愙	敬也。从心。客聲。春秋傳曰。曰備三愙。	當作。从心客。客亦聲。
88	心	愚	愚	戇也。从心禺。禺。母猴屬。獸之愚者。	愚亦聲。
89	心	態	態	意態也。从心能。	能亦聲。
90	心	懣	懣	煩也。从心滿。	滿亦聲。
91	心	漣	漣	泣下也。从心。連聲。易曰。泣涕漣如。	連亦聲。
92	心	繠	繠	𡲢也。从惢糸。	惢亦聲。
93	水	遡	遡	㴑或从辵朔。	朔亦聲也。
94	辰	衇	衇	血理分衺行體中者。从辰。从血。	辰亦聲。

95	氐	(篆)	覷	衺視也。从氐。从見。	氐亦聲。
96	仌	(篆)	冬	四時盡也。从仌。从夂。夂。古文終字。	夂亦聲。
97	雨	(篆)	電	霐昜激燿也。从雨。从申。	申亦聲也。
98	非	(篆)	卶	別也。从非己。	非亦聲。
99	至	(篆)	臸	到也。从二至。	至亦聲。
100	門	(篆)	閹	門豎也。宮中奄昏閉門者。从門。奄聲。	此當言。从門奄。奄亦聲。
101	弜	(篆)	弗	弜或如此。	弗亦聲。
102	土	(篆)	堟	坅也。从土帚。	帚亦聲。
103	金	(篆)	鋪	鐘或从甬。	甬亦聲。
104	金	(篆)	銜	馬勒口中也。从金行。銜者。所㠯行馬者也。	葢金亦聲。
105	金	(篆)	鏶	怒戰也。从金。憖省。春秋傳曰。諸侯敵王所憖。	此會意。而憖省亦聲也。
106	九	(篆)	馗	九達道也。佀龜背。故謂之馗。从九首。	九亦聲。
107	九	(篆)	逵	馗或從辵坴。馗。高也。故从坴。	玉裁按。坴亦聲。
108	酉	(篆)	醉	卒也。卒度其量。不至於亂也。从酉卒。一曰。酒潰也。	卒亦聲也。

五、徐鉉新附亦聲字表

編號	部首	小篆	正楷	正文說解
1	言	(篆)	謎	隱語也。从言迷。迷亦聲。
2	肉	(篆)	腔	內空也。从肉。从空。空亦聲。
3	日	(篆)	晬	周年也。从日卒。卒亦聲。
4	网	(篆)	罭	魚網也。从网或。或亦聲。
5	人	(篆)	儈	合市也。从人會。會亦聲。
6	人	(篆)	低	下也。从人氐。氐亦聲。
7	人	(篆)	債	債負也。从人責。責亦聲。
8	人	(篆)	價	物直也。从人賈。賈亦聲。

9	人		傜	賃也。从人跳。跳亦聲。
10	鬼		魑	鬼屬。从鬼。从离。离亦聲。
11	赤		赨	大赤也。从赤色。色亦聲。
12	水		涯	水邊也。从水。从厓。厓亦聲。